敕勒川年华

冯同庆◎著

世界知识出版社

图书在版编目（CIP）数据

敕勒川年华/冯同庆著．—北京：世界知识出版社，2018.7

ISBN 978-7-5012-5798-0

Ⅰ.①敕… Ⅱ.①冯… Ⅲ.①长篇小说—中国—当代 Ⅳ.①I247.5

中国版本图书馆CIP数据核字(2018)第166033号

责任编辑　刘豫徽
责任出版　王勇刚
责任校对　马莉娜

书　　名　敕勒川年华
　　　　　Chilechuan Nianhua
作　　者　冯同庆
蒙古文书名题字者　莫勒特图·赛罕其木格

出版发行　世界知识出版社
地址邮编　北京市东城区干面胡同51号（100010）
经　　销　新华书店
网　　址　www.ishizhi.cn
投稿信箱　lyhbbi@163.com
电　　话　010-65265923（发行）
　　　　　010-85119023（邮购）
印　　刷　北京市朝阳印刷厂有限责任公司
开本印张　880毫米×1230毫米　1/32　11¾印张
字　　数　240千字
版次印次　2018年8月第一版　2018年8月第一次印刷
标准书号　ISBN 978-7-5012-5798-0
定　　价　38.00元

献给我的母亲！

看川看山
走进敕勒

望天望野
苍茫如歌

结庐结亲
耕牧生活

阴山岫下
年华多磨

风吹草低
青春几何

玉汝于成
俱生苦乐

走乡走城
走向辽阔

敕勒川年华

范敬宜

二〇〇八年八月

人物关系表

司马小宁，京城名校舜天男中学生，1968年到敕勒川插队，那里属黄河前套，当过“村头儿”，闯过大祸，犯过大错，后在北京高校任教。

司马小宁发小、插友：

赵小驹，京城名校育实女中学生，敕勒川插友，曾经“飒爽英姿”，后来做了军医。

卞清怡，赵小驹的同学、插友，在敕勒川短暂生活，之后去滇缅参战，再后从事外贸生意。

张朵儿，赵、卞的同学、插友，培育良种，家族与敕勒川有渊源，后就职联合国粮农组织，在非洲办农场时罹难。

妮妮，敕勒川岱村闺女，大队妇女队长，也是“村头”，后嫁到东部盟，盛年返乡参加乡村振兴。

顺生，蒙名讷日贵，自幼从内地送到敕勒川抚养，妮妮的外甥，后成为科技名人，被命名为小行星。

扎那，自治区研究室干部。

巴师长，自治区驻军师长，赵小驹父亲的战友。

郝德旺，岱村书记。

世元，妮妮的父亲，岱村大队长。

安印堂，岱村安氏后人，小队长。

张兰兰，流落岱村的甘肃流民，副小队长。

王二杆子，被除军籍的军人，信奉“在胡地讲胡理”。

二圪蛋，岱村民兵队长，司马小宁的助手。

安福锁，岱村安氏族长。

娣女子、招弟、秀珍，安氏女性亲族。

安东子，岱村安氏后代，旗农牧局高级农艺师。

司马小宁同学、插友：

瞿奋斗，插队组长，知青生活操持者，副小队长，后在北京的大学从事留学生管理。

柳和平，赤脚医生，熟知中外历史，后在北京的大学任教。

樊山岳，小学教师，后旅居美国。

令狐时间，培育良种，后成为建筑结构设计软件系统专家，被誉为“行业乔布斯”。

漆京生，饲养员，后旅居加拿大。

孔金鸽，当过“村头”，大队会计，知青生活操持者，后在北京的大学从事学院管理。

米蛟龙，小队会计，后当过“村头”，再后任共和国农业部长秘书。

李振东，广播员，后旅居美国。

司马小宁校友、插友：

晓喻，岱村邻村号村“村头”，回京后担任领导工作，北京2008年奥组委工作。

仁智，晓喻同学、插友，与舜天老校长——阳校长熟识。

单小辫、单小小、单丫丫，年幼到敕勒川插队的孩子，天主教徒后代。

韩青山，敕勒川回乡知青。

九原西的知青们，1965 年就到黄河后套插队的北京知青集体。

晏老师，舜天男中班主任。

韩老师，舜天男中大队总辅导员。

郭老师，舜天男中地理老师。

朱老师，舜天男中历史老师。

刘老师，舜天男中数学老师，先生是京师大学魏老师。

魏老师，京师大学老师，负责管理学生，舜天男中刘老师的先生，后调任北京舞蹈学院党委书记。

朱老师，京师大学经济学老师。

芦教授，北京某大学教师，曾经做过毛主席的侍讲。

刘教授，北京某大学教师，芦教授的先生，司马小宁因专业相同而与其结识。

目　录

缘起

我16岁时，去敕勒川插队，妈妈说，那里虽是边地，却是宽乡。

1968年我16岁，按中国人说法，已是志学年龄，却要去敕勒川插队，安家落户，母亲没来送行，她说："你见过那里的人啊，还一起去拜过佛呢。"

想起来了，那是我十来岁的时候，几位蒙古族打扮的人，走进我们的四合院，问哪里能敬佛？母亲就让我给他们带路，"去宫院吧"。

他们是观光团的，到北京参加国庆活动，住在我们附近的旅馆里，我带着他们，穿过几条胡同，进了雍和宫。

他们直奔天王殿，见着弥勒佛，倒地就拜，我也看着弥勒，圆头大肚，慈眉笑脸，一高兴，也"咯咯咯"笑起来，还对着弥勒，拍肚皮、摸肚脐。

"施主，勿高视，勿喧哗，法喜、法乐、法悦，宜心走、忌外执。"僧人说我呢，不该这么喜形于色，乐不可支，我不好意思起来，就回了家。

母亲带我来过这里，最喜欢看的就是弥勒佛，僧人说过，毛泽东主席也来过雍和宫，进来之后，首先来到天王殿，也是来看弥勒。

临行前，我与母亲又谈了一阵。

“妈妈，蒙地的人，很和善吧？”

“是啊，妈妈知道那里，虽是边地，却是宽乡。”

“妈妈放心就好，毛主席说啦，长城内外惟余莽莽，广阔天地，别说边疆，就是出境出国，为有牺牲多壮志，我要做毛主席的好孩子！”

“那——，那妈妈呢？”

“当然，也是您的孩子啦，不过——，‘可离父母一世，不离毛主席一时’……”我附在妈妈耳边，说了一个秘密，愿望或理想吧。

“噢——，那妈妈就懂啦，也对啊，孩子，你记住，长大以后，除了共产党，什么也别参加。”

接着，妈妈又悄悄告诉我，毕竟呢，那里是塞外，王公、官吏、喇嘛、兵匪，都作乱过，烟土啊，梅毒啊，说是禁绝啦，还得防身啊！

妈妈还送我一帧绢本《广寒宫图》，北海琼岛的宫阁，“想北京了，就看看，大元建京城时，这是北京的中心呢”。

“呜——呜——呜”，汽笛长鸣，“咣——咣——咣”，绿皮火车启动啦，站台上的亲人，车厢里的游子，好多都泪水涟涟，有人还泣不成声。

没有人给我送行，妈妈也没有来，我就看着车厢里的人，带队的，是来接人的内蒙古自治区干部扎那，我们是男校学生，知青小组没要女生。

可是几位女生还是和我们一个车厢。扎那后来告诉我，安家落户，都是男生还行？其实，其中有的女生我认识，像赵小驹、张朵儿、卞清怡……

我们男生，亲似兄弟，北京话称哥们儿，几位女生嘛，竟有的与我是发小，还就遇上了，又成了“插友”，后来在敕勒川度过了一段非常岁月。

“咯噔——咯噔——咯噔”，列车行进，慢慢地，灯光转暗，瞌睡袭来，车厢里不再嘈杂。

敕勒川，阴山下
天似穹庐，笼盖四野
天苍苍，野茫茫
风吹草低见牛羊

梦呓似的，飘来歌吟，《敕勒歌》。

阅读时聆听腾格尔的《敕勒川》
感受内蒙古青春激情诗意年华

灿烂的朝霞
升起在金色的北京
庄严的乐曲
报道着祖国的黎明
…………
火红的太阳
照耀在中南海上
伟大的首都
你是毛主席居住的地方
…………

又回荡起，《北京颂歌》。

由远及近，绿皮火车，疾驰十多个小时，蜿蜒在敕勒川上，阴山山脉，映入眼帘，原野、岩岫，越发分明可辨……

第一章

我到非洲奔丧送朵儿入土

朵儿，我的发小，敕勒川插友，红粉知己，离开敕勒川后仍研习农业，又到非洲办农场，我们分别四十年后，她不幸罹难，我去参加葬礼，送她入棺入土。

近四十年后，2005 年 2 月，非洲班图洛，我从寒冷的北京飞到这里，天气明媚温暖，却是来参加发小、插友张朵儿的葬礼，曾经的红粉知己啊。

她来这里办农场已经十年了，川流瀑布旁，逶迤丘陵边，地幅数千顷，栏牛数万只，棚鸡几十万，近日购下新地，新路也铺通啦。

她想试路，就让丈夫，非籍英裔的小约翰·亨利·史密斯（John Henry Smith Jr.）开动路虎越野，她策马扬鞭，挥动八米长套马杆，贴身竞速。

道路上，一个拐弯处，落日的霞光，蜂蜇似的刺入眼帘，亨利不由得急打车把，车体侧滑，旁边的朵儿还在直冲，连人带马扎进轮下、滑入底盘……

“How are you！Red guard of Mao！Children of Mao！”正历丧妻之痛的亨利来接我，问着好，称我“毛主席的红卫兵”“毛主席的孩子们”。

“你们老外还这么称呼我们？‘文革’过去那么多年了，都是历史啦。”我解释着，与他一起，走向停放棺木的教堂。

白绫幔帷上，竟有几行汉字——

古老京城送游子
苍茫敕勒来少年
青春年华归何处
俯地仰天问阴山

这么多年过去了，看来，朵儿念兹在兹，还是当年的京城，还是当年的敕勒川，还是那里的青春年华。

尽管阴阳两隔，朵儿还是那么漂亮，好像更加丰满，神韵尤在，我埋下头，热泪淌心，很多往事画片似的闪回……“别任性！”我告诉自己打住。

我取出一支枳芨礼盒，那是敕勒川上，“风吹草低”的草编织的，枳芨是弱碱地上，一种顽强生长的禾草，往往长到比人还高。坚挺的芒叶，晾晒干爽，翠绿鹅黄，纤细透亮，可以做成各种工艺品。

我把盒子里几样受托之物，交给亨利，一是小驹带给朵儿的信，一是敕勒川的女娃子妮妮让带的两个手袋，一撮黄灌区壤土，一只金箔锻蚊虫。

小驹的信，说不用拆封，她俩能神交，妮妮是蒙古族，按照习俗，粟钙土入葬，陪伴安息，金蚊虫入棺，转运来生，就都放在了朵儿身上。

然后，我小心翼翼，挪到了她的神阙穴，就是脐中，俗称肚脐眼，我们都知道，这是人体唯一能见、能触的穴位，祈望回阳救逆，她能一路走好。

朵儿离开敕勒川后，一直研习农业，辗转来到非洲，力主农牧商工兼营，结识了隔壁农场的亨利，相恋成婚。

他们夫妻，合力打拼，扩大规模，提高质量，在中南非洲业绩骄人，博得好名声，员工多、朋友多。

第二天早晨，在教堂墓地举行仪式，唱赞美诗，诵读《圣经》，盖棺时，我看着信札、袋土、金蚊，还在神阙穴的位置上，就放心了。

那么多黑人朋友簇拥过来，献上各色花瓣，掩土竖碑，之后，都围绕着亨利，或点头，或摆手，诉说着安抚的话，慢慢散去。

傍晚时分，牛群回栏，数千上万，荡起薄薄的雾气，人们收工后，从农地、牛栏、鸡场，赶去亨利和朵儿的住处，参加葬宴。

落日余晖，晚霞彩锦，宴饮歌舞，通宵达旦。这里的人们乐天，没有看到哭哭啼啼，人走了，走得平和、安详、愉快才好。

看着这宴席，我就想起插队的时候，基本是吃不饱的。也是因为那里穷困，才要去有所作为，喊出口号啦，“扎根农村一辈子，青春献给敕勒川！”

宴席上的吃食，完全不同，馋人的牛排、鱼柳，清香的玉米糊、土豆泥，鲜灵的蔬菜沙拉、水果拼盘，纯醇的饮品酒酿。

我就动起手来，亨利能说中文，便攀谈起来。

“黑人朋友，又歌又舞，不怎么吃啊……”

“他们把吃看得很淡，土太好啦，粮食太容易长啦，有吃有喝，连娶女人都容易……”

说着，他取来玻璃罐，蛮大的，看着像土，粉末状、淡青色，伴有颗粒，舀了一羹匙，问我要不要放到汤里，尝尝？

“朵儿有时候会说起你，说你插队时，常常吃不饱，伤害了肠胃，这可是‘天然肠胃药’。”

客随主便，我就尝了尝，不一会儿，肠胃咕咕作响，浑身舒爽。

我好奇：“这么好的地方，连土都能治病，你们跑过来，要做什么？”

“使命吗？”我问。

“使命？对，可以说，是使命。”亨利答。

使命？什么使命？朵儿的什么使命？我脑际就回响起歌声——

我是一个黑孩子
我的祖国在黑非洲
黑非洲
黑非洲
黑夜沉沉不到头
…………

《我是一个黑孩子》的歌声，当年我们都会唱，朵儿一直记得？毛主席赋予的使命？还是后来敕勒川启示的使命？

上学时，学校曾经传达毛主席讲话，他老人家接见非洲朋友，西南非洲妇女代表团，询问那里的地理、气候、人口、语言、河流……

毛主席说，一见非洲朋友就亲近，觉得平等，肤色黑黑的，黑得出油，很美，还说，现在的娃娃吃蜜糖长大，要请她们当教员，与非洲妇女代表会见。

朵儿和一些同学，参加了与她们的会见，懂得了世界上还有三分之二的人在吃苦受难，还知道了，毛主席已经让自己的女儿下农村体验生活了。

晚宴之中，暮色沉、燃灯亮，“嗡嗡嗡”，蚊虫开始叮咬，我有些紧张，要是被传上疟疾，打摆子，那可不好，眼神求助亨利。

“没有事情的，看看看，很大的，花脚蚊，不是小黑蚊，和你亲热呢。”

他就解释，花脚蚊不会传病，小黑蚊要防着，带有病毒。

“啊，我明白啦，你们是来亲热的，不是来播病的，啊？”

他一改哀痛，憨厚地笑起来，手画十字，点着头，原来这里，需要他们——

这里虽然土沃田肥，却气候多变，生计原始，常常造成饥馑，就算能够果腹，农牧产品整理加工，集结外运，绿地产业，都有待开发。

第二章

祭师施法术我又见到了朵儿

我与朵儿的丈夫亨利聊天，一位非洲祭师来做祈祷，幻觉之中，竟让我与朵儿又见了一面，你说是巫术？却未卜而知，知而如算。

与亨利聊天，聊着聊着，我就知道了，John Henry Smith Jr.，其姓氏 Smith，意为铁匠。

他的家族，是不列颠铁匠，越洋航行，不能缺少这些匠人，钉铆锤钻，紧固船体，防渗堵漏，小修大补，世代往返于英伦与非洲。

到了祖父那辈，一位传教士把老人家留住，一起营造教堂，渐渐喜欢上这里的川流、丘陵，就安家落户，娶妻生子啦。

从铁匠作坊，到办起农场，再加工销售，后代们，“白皮肤非洲人”，交了不少当地朋友，彼此之间，建立情谊。

当然，“白佬”“黑鬼”，这当初的称谓，一直时隐时现，甚至还发生过冲突，“白佬”擅火枪，“黑鬼”弄弓矛。

“白佬”是商种，种植要走市场，是要赚钱的，还征田扩地。“黑鬼”是自种，播下种，够吃够喝，就满足啦，还租田卖地，买卖、卖买，难免摩擦。

严重的时候，诡状异象，商种的粮仓，竟然平移挪位，数十间仓房，无端地就飘动起来，飘啊飘，飘落到自种的地盘上。

“白佬”当然不干啦，要找法官打官司，“黑鬼”并不示弱，说找什么法官，要请就请巫师，这纠葛就怎么也判不清啦。

老亨利带着大亨利，去求当地酋长，酋长让他们与法官、巫师，坐在一起，三言五语，就化干戈为玉帛。

相互礼让，就多了来往，一起规划种植，一起饮宴歌舞，一起教堂祈祷，一起占卜法术，“白佬”“黑鬼”，不再蔑称，多了朋友。

“白皮肤非洲人”之后，又有了“黑皮肤英国人”。到了小亨利一代，黑白啊、教宗啊、言语啊，没了那么多禁忌。

当然，贫富还有，差别还不小，敌意却消退了，更多的是在一地谋生。

小亨利与我聊得正酣，忽闻欢声笑语，皓月之下，灿星伴随，几束燃灯，引带一众，从柚木林中，走近我们。

为首的显然是祭师，智慧长者，彩涂饰面，头披羽帽，身服兽皮，脚踏木靴，左手执杖，右手拂巾，那垂巾，看一眼就知道，绫罗绸缎。

他目光炯炯，透着和善，望着我，之后与小亨利说起话来，好像是一种部族语言，比比画画的，从肢体语言看，与我的到访有关。

大概的意思是，朵儿故国的朋友，不远万里而来，当施法附灵，祈福祷愿，问我意下如何？

“小宁，他们想做仪式，为朵儿，噢，也为你。”

“亨利，他们与朵儿很熟吗？”

“是啊，他们都知道，你们有毛主席，帮助他们修铁路……”

“很多年前的事情啦，铁路管理不是有一些问题吗？”

“问题归问题，很早就有了情谊，他们与朵儿，刚一见面，就显得亲热。”

“就因为有毛主席？”

“当然。还有啦，朵儿聪明嘛，同他们谈天说地、道古论今，说全地球的人，都应该对非洲人好，非洲是人类的摇篮，各个大洲，各人种、各种族，都从这里发祥…… 你看那拂巾，朵儿送他的，他常常就披挂起来呢……”

“噢，是这样。毛主席关心非洲，因为都是穷朋友，要改变贫穷面貌，老人家晚年也常说，各有各的路，不要盲目学中国，要找适合自己的路。”

我起迎长者，向他鞠躬，他把我安顿在座椅上，让我闭目敛心，舞动起术杖术巾，数十小祭司，整齐动作，围着我，击手鼓，挥砍刀，又蹦又唱。

激越中有哀婉，欢快中有牵念，夸张的动作，多变的躯体，闪光的刀锋，亢奋的音调……

一弹指，一瞬间，竟见到朵儿，向我快步走来，还早早展开双臂，两人相拥，就紧紧地抱在一起……

泪水，是喜泪吗？扑簌簌落下来，落在两人的肩背上，她翻转手掌，塞给我两样物件，推送到肚脐前，“这是什么？”

双眼模糊，我就使劲盯住看，袋土？金蚊？怎么是袋土呢？怎么是金蚊呢？不是随你下葬了吗？不是随你入棺了吗？怎么又送回来啦？

朵儿，你不愿意我来送行？不愿意随物下葬？不愿意随物入棺？有什么说道吗？怎么我、小驹、妮妮都不知道，不懂得呢？

后来，清醒了才知道，哪里是送回来啦？是长者，把我带入了梦幻，让我与朵儿，得以相见，当面话别。

说是话别，哎，怎么怎么就，还没说什么呢，朵儿就消失啦，待祭师离开后，我发现，自己手里真有两样物件，还稳稳地托在肚脐前。

袋土，黑钙土，当地肥沃的土壤，花脚蚊，血檀木雕琢而成，大而有形，啊，我明白了，是回赠给妮妮、小驹的。

虽然与枳芨礼盒中的栗钙土、金蚊虫不同，也还是壤土啊，也还是蚊虫啊，怎么这么有意思？距离上万公里之遥，竟然有着近似的习俗？

怪不得朵儿说呢，各大洲的人，包括我们亚洲的中国人，也都是从这里发祥的？是不是这么回事呀？

“亨利，你搞鬼吧？你也讲中国人的礼尚往来？我带来什么，还要都带回去吗？带就带吧，搞什么巫术呢？”

“巫术？小宁，你错怪啦，我没有来得及给你准备什么礼物，那物件，是智慧长者感念朵儿，东方女子，秀美、亲和、能干，幻化而来，想请你替她带回去的。”

“那物件，幻化而来？听说过，这里巫术神奇，还真是神奇！不过，长者并不知道我带来什么呀？”

“没错，这就是神奇，真的神奇！嗨，有时候，连朵儿和我，也不得不信，未卜而知，知而如算。祭师跟我说过，朵儿骑乘罹难，在他们这里，要算是一种福气，辽阔田野，信马由缰，归入田土，才能够魂入天堂，朵儿知道这种说法，自己说过呢，如果人有一死，宁愿就这么爽快地归去……唉！她，她就真这么走了……有人说这是巫术，我宁愿相信，这是一种仪式，一些手法，也是神奇的想象，让人们的喜怒哀乐有所寄托。当然，其中的奥秘，我到现在也没有参透。噢，不过，我也真有东西要交给你呢。”

原来，朵儿有信，一封是给小驹的，一封是给我的。亨利嘱咐我，朵儿说过，你在这里，先不要拆封，回去后再看吧。

回程的飞机上，我拆开给我的信，一张老照片先滑落出来，是我与小驹、朵儿、清怡，噢，还有妮妮，在敕勒川的合影……

第三章

一起插队的女生有我的发小

我们知青小组都是男生，其他插队伙伴里，有我认识的女生，还是发小，不管大院里的，还是胡同里的，都出生在一个医院里，都被称为“斯大林之婴”，发小感情深厚。

那张敕勒川旧照，勾起了我的回忆，我们下乡时，真是心负使命的。

我叫司马小宁，爸爸妈妈取名，意在安宁、宁静？那时，我们被称为战后婴儿，祖国花朵，中学时，在京城的舜天男中读书，据说是最好的男中。

八年抗战后，接着又是几年的内战，才进入了和平建设，父母有了我，我出生后，父母起的这名字，就是祈望安宁、宁静吧？

可能也是随了双亲，当初进这所男中，似甘愿进教堂啊，一门心思为读书呀，清教徒似的，不吸烟、不喝酒、不看戏、不跳舞，立志是要考清华、北大的。

我跟着同学去敕勒川，是因为厌倦造反，失学、抄家、武斗，看不惯这些，如果到农村去，说不定可以实实在在地干点儿事情。

不过，运动一来，谁也躲不过，心里却苦闷，不高兴就避着红卫兵，离群索居，偶尔却也起哄似的，到大学看看大字报。

也是巧啦，碰见育实女中的小驹，人家是最好的女校，又是童年的伙伴，就说起话来，自此，来来往往，发小后来又成了插友。

“宁宁？——好帅啊，还穿着军装！瞅这卷花头，这高挑身材……”

上中学后，我常穿军装，两个叔叔都是部队的，换装下来，妈妈让穿，可以省些家用。这时，毛主席还没有接见红卫兵，学生们少有穿军装的。

她上手帮我捋捋头发，整理军装，揪揪这儿，拽拽那儿，说自己也得弄一身穿上，还说现在不上课，有时间该多来往。

也难怪，我们是一个幼儿园的。一位开国上将把分到的四合院——一座王府的套院让给了我们。平日，院里浓荫遍地，夏天，满院紫藤萝，更是幽静美丽。

还记得我和她，还有一些孩子，包括朵儿、清怡，在藤萝架下，常常就撩起衣服，晾肚皮，摸着圆鼓鼓的肚脐眼。

好像别的孩子，肚脐眼是凹进去的，我们都是凸出来的，褶皱纹理，花瓣似的，高兴起来，互相摸脐花，不分男女，常就乱亲，亲嘴、亲脸、亲脐。

插队之后才知道，蒙地人，也讲肚脐眼，眼点、眼线，还牵连着京城大都呢，长大后又知道，肚脐是命蒂，连着五脏六腑，管着元气归藏。

我们都出生在北京友谊医院，被称为“斯婴”（“斯大林之婴”），医院是斯大林提议办的，抗美援朝，要盖在安东，鸭绿江边。

后来，毛主席、周总理建议盖在北京，苏联专家，医德医术都挺高，连这剪脐带，都弄出了脐花，“友谊之花”，中苏友谊结晶的孩子。

那幼儿园实行寄宿制，家长周末才来接，有时候，家长忙于工作，周末也不来，我们常常两三周才能回一次家。

扒着窗户等家长，等不着，就偷偷抹眼泪，小驹可不管不顾，扯着嗓子，号啕大哭，我记得，自己走过去帮她揩眼泪呢，她不哭了，就帮我揩。

到了上小学，就分开啦。其实，我们之间有区别。

小驹、清怡，是大院里的孩子，朵儿、我，是胡同里的孩子，都入了各自附近的小学，来往就少啦，不过，彼此还知道。

小驹家是军干，清怡家是高知，大院有警卫警戒。朵儿家是高层，起义将领，将军的宅子在胡同里，总是大门紧闭。

我呢，本该是大院的孩子，可没在大院里。家父做过地下工作，原来住普通四合院，后来机关建了大院，他考虑再三，没有去，喜欢平房？不知道。

可邻居看到，常有一些首长，轿车载着来看他，还在我们家里，吃母亲做的家乡饭，欢声笑语的，让整个院子都热闹起来。

我长大后才慢慢知道，家父虽为党工作，却是党外人士，组织安排？另有隐情？我们孩子不明白。父亲故去后，按照离休待遇，安置在八宝山公墓。

也是后来才慢慢知道，小驹与清怡，也有不同，小驹父亲，赵军长，湘籍红军，后来在敕勒川打游击，清怡的父亲，却是留用人员，美国归来的专家。

还有，就是朵儿，也是后来才知道，她不是将军的孩子，只是寄养在将军家里，称将军为义父，当然，两个家族，族缘深厚。

运动一起来，按血统论，我们几个不会太近，红黑之别呀，而不管怎么红、怎么黑，“等阶”“等级”，还都不“贱”，加上童年友谊，就一直有些来往。

那之前有一年，我考上舜天，她们都考上育实，赶上庆祝少先队建队，在人民大会堂举行活动，我们还都成为代表，竟又碰到一起，大家又欢聚一堂。

临告别时，小驹不干，想再玩会儿，就去了北海，我们四个人，租了一只小船，我是唯一的男孩子，当然就划船啦，她们仨，就欢唱起《让我们荡起双桨》——

让我们荡起双桨
小船儿推开波浪
海面倒映着美丽的白塔
四周环绕着绿树红墙

红领巾迎着太阳

阳光洒在海面上
水中鱼儿望着我们
悄悄地听我们愉快歌唱

做完了一天的功课
我们来尽情欢乐
我问你亲爱的伙伴
谁给我们安排下幸福的生活

小船儿轻轻飘荡在水中
迎面吹来了凉爽的风

第四章

“毛主席的孩子们”要去敕勒川

红卫兵一出现，我们就都被称为“毛主席的孩子们”，到毕业分配时，与我要好的同学和发小，机缘巧合，都选择了敕勒川。

那次，小驹摆弄我的军装，我有些不自在，回家后，就脱了下来，从此，再没穿过，不是嫌弃她碰我，而是觉着不对劲儿。

一个女孩子，怎么喜欢军装啊？没有几天，越来越多的孩子，都变着法儿弄军装穿，毛主席一接见，那就红绿海洋啦。

人人舞动红宝书——《毛主席语录》，还人人穿上绿军装，自称红卫兵，记忆中有赤卫兵，那是攻打冬宫的先锐，也想仿效当一次英雄？

小驹说，接见时，她也戎装在身，上了天安门，与毛主席握了手，一起合影呢，兴奋得夜不能寐。我却想，这算什么，碰上了，又不是靠自己干出来的。

其实，我已经见过毛主席两次了，每年国庆游行，我们都在少先队方队里，不过，我也真是有遗憾，一直没能真真切切看看他老人家。

我们的方队，前面是红旗队，后面是鸽子队，我个子高嘛，就在红旗队，而且在队首，本来离天安门最近，可以清清楚楚地看到老人家。

而为了保持队列整齐，要求我们队首只能目视前方，不能侧目，在队伍起步的时候，可以远远望见，可离他老人家越近，就越看不清、看不到。

我还盘算着，再游行时，跟老师商量商量，能不能在鸽子队里，即使仍然在队首，放鸽子的时候，趁着乱，也能侧目，仰望高视，近距离看到他老人家。

没有想到，运动一起来，国庆游行也改样了，事先的练习，夜间的演习，主要是外地红卫兵，节日那天，变成了毛主席检阅红卫兵。

我就再没有见到他老人家，算是憋了口气？就有了一个想法，是想凭自己的努力，能够得到他老人家亲自接见……

嗨，没有与外人说过，就是自己的一个愿望、一个理想，后来知道，自红卫兵兴起，外国人就把我们都称为“毛主席的孩子们”。

Red guard of Mao
Children of Mao

“毛主席的红卫兵”，也被称为“毛主席的孩子们”。

小驹见过毛主席后，第二天晚上，天安门西侧中山公园音乐堂内，几所中学名校红卫兵集会，批判黑帮分子，批判教育口领导，连带批判各校校长。

他们被押解到舞台上，喷气式，还没看清楚，几十个红卫兵，军用皮带，齐刷刷抡起，铜头铁扣，雨点儿般，砸向师长师尊，殷红血流，立刻淌下来……

我离开座位，想退场，隐约中，看到舞台上，赵小驹？她的身影？

之后，我再也不想见她，一年多以后，武斗平息了，抄家过去了，串联停止了，人也倦怠了，失意的不少，毕业分配渐渐开始了，她来找我。

去哪里？是要看家庭出身的，“等阶”“等级”，不予考虑，以红黑为准，她父亲一直没有受到太大冲击，她完全可以留城，我也可以留城。

她风风火火跑来，告诉我她想去敕勒川，那是她父亲战斗过的地方，要继续革命。她来找我，是了解我的去向。

“宁宁，你怎么一直不找我啊？要离校啦，我想去敕勒川，一起去啊？”

“你去吧，我还没想呢。”

我在搪塞她。实际上，事有凑巧，我也计划去那里呢，但是我不愿意与她同行。

说到下乡，说我们在寻找出路，其实更是要仿效，都受到《青年毛泽东的故事》的影响。——

在湖南省立图书馆，第一次看到了世界大地图。以前，世界究竟有多大，是不太明确的。当时认为，湘潭县已不小，湖南当然更大，全中国古称天下便大得不得了。在世界地图上看到中国只占世界的一部分，小了，湖南更小了，湘潭和韶山更没有影子了。世界真是大呀！

而做事情，要从眼前做起，从湖南一师毕业时，与蔡和森等，在岳麓山挑水拾柴、蚕豆拌饭，想建立耕读新村，到北京后，参观王光祈的耕读互助团，拜访新农村运动倡导人周作人，送赴法勤工俭学的朋友走后，在上海实验互助工读，同工、同食、同衣，负责洗衣、送报……

再看自己的周围，我也看出来啦，社会导向在变，一人舜天，就有榜样啦，称模范学长。比如，全市“三好”的肖学长，又如，在校就入党的寇学长。

肖学长，2.10米的身高，校篮球队中锋，球队连拿几届市中学组冠军，门门功课优等，高分升入清华大学。

寇学长，也是品学兼优，兼校团委副书记，我记得，一次去团委，他面对墙上的世界地图，神色凝重，与人议论反帝反修，心怀天下。

到了考虑下乡的时候，就有了新的榜样。

我的一位小学学长，曲学长，全市有名的红卫兵头头，也是厌倦了运动，就带头下乡，《人民日报》做了报道，我就找到了新的榜样，也就仿效吧。

等到毛主席批示："知识青年到农村去"，"不在城里吃闲饭"，曲学长已经下去一年多了，我们下去也几个月了。

眼观世界，眼前做起，紧跟领袖，追随学长，我暗下决心，实现自己新的愿望和理想。

我是跟几个男同学，要一起下乡的，跟这几个同学要好嘛，翟奋斗、柳和平、樊山岳、令狐时间、孔金鸽，十来个人呢。

都是高才生，品学兼优，运动一来，多有了家庭包袱，很难留城，多涉及成分黑，三青团、国民党、蓝衣社、胡风案、美苏特嫌、欺诈奸商……不一而足。

那时年龄小嘛，我并不明白这是些什么问题。

当然，到了运动过去之后，这些父辈们，被陆续甄别、平反，又都没事啦，恢复了身份、名誉、待遇，还都身贵名重的。

要好的伙伴们选择了敕勒川，说了好多理由，说比别的地方好，希望我同行，我似懂非懂，也难以搞明白，因为合得来，就答应了。

志同好友，一个重要原因，是受舜天男中的教育，人生不坠志向，青春要放光芒，出身不由己，道路可选择，"农村是广阔天地，大有作为"，也是毛主席说的。

再说赵小驹，看我冷淡她，就想了个主意，让朵儿、清怡来找我说情。

她俩来到我们校园，在绿树荫下等着我，我走近时，听到她们低语。

"朵儿，你说，小驹着急走，是不是犯事啦？血案？命案？咱们校长？雍和宫僧人？在查吗？”

“清怡，别瞎猜啊，——可能是她想和舜天的男生走吧？她比咱们早熟，是不是考虑以后，成人了……，舜天的男孩子，可是佼佼者。”

“噢。一些老红卫兵，也让她伤透心，说男女厮混，乱伦乱性，衣冠禽兽……”

“啊？真的假的？”

“我想起来了，还有她母亲也伤了她，她和母亲感情特好，赵军长常不在么，而她母亲和警卫员好像私通，父母就离婚了，她可能想，找伴侣就得可靠？要不，怎么老提舜天，与小宁老是来往。对了，你也想去敕勒川，是为什么？”

“将军在那里待过，驻军、屯垦、抗日，我从小就知道，那个地方错不了。”

“我和你们先一起去吧，权宜之计，等缅甸那边有了确切消息，我得以血荐轩辕，红心献给毛主席！”

“听说，缅共借势起来了，你真有勇气！非要去吗？”

“我和母亲几年没有见过父亲了，大院造反派说，父亲不是留用，是控制使用…… 我要证明给他们看，看谁的心更红！”

我装作没听见，凑过去，说了我的主意，——都愿意去，就都去吧，可是，我们男校男生都说好了，知青小组不要女生，各走各的吧。

“小宁，你们还挺封建！？”清怡说。

“也好，像小宁这样的，舜天的男孩子，有志向，要干事业的。”朵儿说。

去敕勒川，我也征求了母亲的意见，而且，母亲的理解也很重要，根据我的观察，父母都寡言，与做过隐蔽工作有关？不像其他家长，少有絮叨。

母亲的意思非常清楚，那里虽是边地，却是宽乡，地界宽绰，人也宽厚，北京城里，乱哄哄的，避乱离京，可能是好事情。

很多年以后，我又知道，母亲对敕勒川的了解，因有一亲族，我从未谋面的小姨，受教于中原农技学堂、农业学院，之后，到敕勒川边地拓垦。

第五章

“好孩子”有志向却也少不更事

我们插队的几个哥们儿，在中学遇上了好的班主任、好的辅导员，属于学校里最乖的孩子，那时就有了人生志向，现在想想，却也少不更事，人格有缺陷。

我们哥儿几个，该是学校里最乖的一类孩子，常被称为“好孩子”。

哥儿几个要论贵贱，都说不上贱，要论红黑，就都有渣儿。要说呢，我真没细琢磨过，彼此要好嘛，不乐意瞎打听，可影影绰绰，还知道一些。

就说奋斗，那是班长，虽然父辈工人，要往前倒几辈儿，就保不齐了，家道兴盛时，有财有文，发生变故，后代才做了工。

柳和平，班里学习委员，老爹留美，京畿大学名教授，还是哪一级的人民代表，一查过往，和什么“社”啊、“团”啊，扯上党派关系啦，历史污点。

樊山岳，天分可是不一般，全市数学竞赛优胜，据说爹妈都曾做“地下”工作，学生时代就入了党，后来不成啦，牵连

“左联”论争，还涉及“文艺黑线”。

令狐时间，学习好，身体好，钢琴、小提琴，多项运动，都倍儿棒，要说家教，温良恭俭让，运动中一问出身，不得不低头，不能言语啦。

我呢，说过啦，父亲无党无派，似乎有些背景，运动起来，揪这个、斗那个，老人家却没事，运动之前，我属于首批培养对象，要没运动已经是团员啦。

要说呢，当时遇上了一个好班主任——晏老师，在我们心目中，用现在的话说，特别阳光，很多年以后才知道，他父亲因莫须有罪名，被打成反党分子。

由于这个家庭包袱，明明分数足够，晏老师却不能踏入清华——他向往的名校之门，舜天的老师怜惜他，让他留校教书，接手的工作，就是做我们的班主任。

非常年代过去之后，晏老师也成为学校的一位领导，在拨乱反正中，他做了好多正本清源的工作，帮助好几位老师摆脱了困境，得以正常工作、生活。

晏老师带了我们两年，那是中学起步的关键两年，《中国青年报》上《让青春放出光辉》的文章，反反复复让我们读，写心得做交流，我们班就一直是“优秀班集体”。

对了，他还给我起过外号呢，那是到南口劳动，在荒地上种树，午休醒来时，大家伙在草垫的大通铺上愣神，晏老师就喊起来——

“哎！同学们看！看司马小宁！像不像‘大婴孩’?”

大婴孩，当时有一种香烟，商标就是一个男婴，被叫大婴孩，红红的底色，圆滚滚的大头像，大家伙儿都是知道的。

多年后再聚首，提起起外号，晏老师说，他从来没有给学生起过外号，我和同学们就说，“大婴孩”算不算？老师点点头，“那可能是唯一一次”。

好几个同学回忆起当年填写出身，晏老师护佑他们，同学自己在犹豫，要不要填写“反革命”“军统”“资本家”？晏老师一律给改成“职员”。

为师生重逢，礼胜同学献上了一幅装裱精致的墨宝：

…………

依稀入学时，
翩翩美少年，
师尊晏先生，
风姿亦粲然，
谆谆教诲情，
犹自在耳边，
…………
回首半生路，
最忆是少年，
青春曾立志，
奈何堕尘端，
命途有多舛，
风霜世路艰，
坎坷不沉沦，

一笑过百年。

从沪上赶来的融桂同学，献上了诗样的辞文：

母校越来越近，脚步越来越沉，真是近乡情更怯。一别数十年，最美好的记忆，是初中生活，最清晰的面容，是初中同学。那时，我们走出了饥馑的阴影，又被卷入运动的旋涡，虽然开始告别少年的稚嫩，但还没学会成人的圆熟，真诚，热情，充满朝气与理想！班主任晏老师——我们的大哥哥，满怀对我们的关爱，带领我们走过了那段少年时光！而今再相逢，不说事过境迁，不叹华发苍颜，唯有一颗激动的心，一股浓浓的情！我知道，即使有一天，我不能出现在同学们中间，我仍然是这个集体的一员，我不会忘记每一个人，大家也不会忘记我。

我也装裱了一帧墨文，献给晏老师、献给同学们：

亦师　亦兄　亦友
至亲　至爱　至诚

在这之前，我见到韩老师，少先队大队总辅导员，还是全国优秀辅导员，全北京才两名，另一名是小学名校——史家小学的。

韩老师与刘少奇主席合过影，他们亲切交谈的照片，仿佛刻印在同学们的眼睛里、心坎上，让我们也油然而生一种奋发之情。

久别重逢，他竟对我说："老师对不起你们呀！"我有些诧异，就说："您组织我们那么多活动，后来受上层牵连，吃尽苦头，怎么还向学生道歉？"

他平静而郑重地说："老师之于你们，在你们稚嫩的心灵上，在关键的发育期，有过误判，有过误导，错已铸下，就是改起来也并不容易。"

韩老师说的是那时的教育，单色的、纯色的、一色的，其实社会是多色的、复色的、杂色的，他嘱咐我："你们一定要慢慢成熟起来。"

我想，韩老师的话，是他跌宕起伏的人生体验，还是他刻骨铭心的人生感悟，也是老师对学生的浪推之寄、青蓝之望。

运动中，乖不管用，不是响当当的"红五类"，就心存忧惶，还有漆京生、孔金鸽、米蛟龙、李振东，都被称为"那一堆儿"，只是不算贱，没人敢太欺负。

我们没抄过家、没武斗过，也没掺和"上层"，却也没闲着，调查专案、走访城乡、帮助复课、辅导新生…… 想的就是做事，由小做起，把事做成。

主席挥手指航向
独厚于天逢沧桑
后辈追随献赤诚
誓为人类求解放

这是当年柳和平写的诗，也表达了我们的心声，每个人，各自抄写一份，带在身边，不止赤诚啦，虔诚！恨不得脱罪！赎身！换命！

回想当年的同学们，冲锋陷阵的，趾高气扬的，脚踏实地的，谨小慎微的，自惭形秽的，各色人等，皆同此心，连我们最乖顺的，也有那个时代的特定人格。

一种权威人格，对上服从，对自己身边的人反不够尊重，其实，是一种内在的纠结，产生一种莫名的冲动，内心与行为常常是分裂相悖的。

明明不确定，却非要如何，无论自恋，还是自慰，或是自虐，泯灭自我、本我，而非要逾越，崇尚超我。

你说是什么气质？灵气？憨气？豪气？反正都“舍我其谁的”，骤膺拔擢，以当重任，其实几十年看下来，当年的我们，都少不更事呦。

第六章

初遇敕勒人既快活又担心

老照片让我忆起往事。刚到敕勒川时，赵小驹与岱村车倌儿王二杆子相互斗嘴，听到晋腔晋语，我好生快活，听他们念叨烟土，就担起心来，还害怕会染上毒品、梅毒。

再说那张照片。

那是发小们到了敕勒川后的一张合影，不过还多了妮妮。

敕勒川每年开“三干会”，旗、公社、大队，三级干部会，通常在冬季，总结一年的成绩，安排来年的工作。

由于知青落户，都落到小队，那年的会就增加了一级，不仅小队长参加，让所有知青也一起参加，成了旗、公社、大队、小队，四级干部和知青会。

会议要开个两三天，我们被安排住在旗里的招待所，伙食在旗机关的食堂，厨师的饭还真是做得好，蒸莜面、油炸糕、肉烩菜……香得很呢。

一个学校的校友，彼此相熟的，被分在不同的公社，趁着开会，能够见上一面，诉说些什么，在紧绷的社会氛围下，挺开心畅怀的，像过年过节似的。

开会时，我们已经下乡三四个月了，可能因为都是男生，一门心思干活，老乡就夸我们，让公社、旗里，也都知道了，树为先进知青小组。

我们组长翟奋斗，组里论出身，血统最纯，京城最大国营企业燕机厂工人后代，代表小组发言。散会后，其他组知青就跑过来与我们合影。

小驹叫上朵儿、清怡，拉上我，要一起照一张，大队妇女队长妮妮，她们的新伙伴，与她们相随着，就留了这么个影。

照片上，小驹有股豪气，清怡也多少有些，朵儿沉稳得多，妮妮呢，也是安安静静的。

说过啦，赵小驹当过“老兵”——老红卫兵，与我们“这一堆儿”，本不该有交集，可是，认准我啦？看上人模样啦？卷花头、高身材？

再有，她判断，当初那幼儿园，孩子们都不贱，要不根本进不去，要说红与黑，她老打听我爹爹挨整没有？挨批没有？

一直没有，没挨整、没挨批，她是不是就认红不认黑啦？我后来，给自己解闷儿，爹爹不是共产党，也不是国民党，因此反倒免了祸殃？

又如清怡说的，她对老兵中一些鸡鸣狗盗之徒有了成见，自己考虑成年后，跟什么男生交往，得可心，能实干、能成事，就找上了我们？

照相的时候，她紧挨着我，悄悄说：“你们都是毛主席的好孩子。”意思就是，她天生就是，我们靠实干、靠成事，也能和她一样啦？

她说这些话的时候，蛮兴奋的，我内心却比较平静。

其实，那时，我是表面上平静，心里却很紧张，疑窦丛生，不光是之前听说她涉血案、有命案，近在眼前的是，她——

要说是在这之前，刚到敕勒川，她与老乡斗嘴，就让人生疑啦。

绿皮火车经过一夜的奔驰，把我们带到敕勒川，晨晖初上时，到达了终点站——察素齐镇，土默特左旗旗府。

知青们都在这里下了车，土默特所属的地域，从称谓说，魏晋称敕勒川，隋唐称白道川，辽金元称丰州滩，明清时蒙古族土默特部入驻，又称土默川。

这里，邻近黄河，又称前套平原，后建城库库和屯，意为青城，汉译为呼和浩特，又被称呼和浩特平原，而传之久远、声名远播的，则是敕勒川。

我们在察素齐镇休整了一天，第二天各自村上派来骡马车，接我们到落户的地方，看着这些骡马，没有原先想的那么强壮。

我们都分在博乐格岱村，也叫岱村，蒙古语“低洼之地”，这个村分两个小村，泊儿营子，海子的意思，淖尔营子，河泊的意思。

泊儿营子，在南面，又称南营子，淖尔营子，在北面，又称北营子，我一听，挺好，小驹她们在南营子，我们在北营子，相互隔着，省得干扰。

南营子那儿挂车，车老板儿，就是赶车人的头儿，一位半大老汉，人喊王二杆子，把知青招呼停当，甩动鞭梢，聚拢骡马，就要上路啦。

我感到奇怪，秋天还没过，他就戴着狗皮帽，还遮着头脸，拿出一绺纸，布上烟丝，取出个白片片，手一捻，成了白粉，裹进烟里，点燃后狠狠地吸。

"车老板儿，你这是做啥？"

"噢，你这闺女家家的，怎么唤我车老板儿？俺叫王二杆子！你不要唤我车老板儿，以后就唤王二杆子，机迷（明白）不机迷？"

"好啦，就唤你王二杆子，我是要问你，你弄这白粉粉，是在闹啥啊？"

"没闹啥，我说给你啊，我在弄洋牡丹，见了你们，高兴嘛！弄上两口，那可吃劲儿（可带劲儿）啦！你要不要，也试巴试巴？"

"你灰说（瞎说）吧，洋牡丹？鼓捣成特货了吧？哪来的特货?!"

"特货？甚是特货？你这个女娃娃，要咋呀？要查特货？现在，谁敢闹特货？你可不要无中生是非！你小小年纪，是不是不机迷哪？"

"我？小小年纪？我？不机迷？你可是，不要小看我，我什么不知道?!"

听到赵小驹与王二杆子，问着答着，满口的晋腔晋语，让我好生快活，爸爸妈妈，都是晋籍呢，从小听惯了，柔声中带着挑音。

可是，细一琢磨，我又担心上了，洋牡丹？弄成了特货？离开京城时，妈妈悄悄告诉我呀，那里毕竟是塞外，烟土啊，梅毒啊，说是禁绝啦，还得防身啊！

妈妈说，烟土让人上瘾，梅毒会传染性病！

怎么着，全都懂得？

她可说过，她父亲在这里多年，她——别染上什么，更别再遗传什么！不由得我就有了一种紧张。

“啪——啪——啪”，鞭响车动，骡马扬蹄，王二杆子不再与赵小驹理论，打着头阵，带着我们到岱村落户的知青，上路了。

我隔着几挂车，使劲儿盯着，看赵小驹，乱想起来，她——烂塌鼻子？嘴歪眼斜？手蜷脚拐？要是沾上烟土、染上梅毒，都有这种症候呢。

第七章

青纱帐角力让妮妮不安

王二杆子，鼓噪后生家二圪蛋，与我掼跤，其实打了个平手，却引起妮妮的不安，妮妮是我在岱村结识的第一个闺女家，在同龄女娃中可是可袭（惹人喜欢）。

到岱村时，赶上秋收，第二天，就跟着去田里割地，大棒玉茭、长穗高粱，长得粗细不一，高矮不齐，却漫野无沿，叶绿、茭黄、穗红。

敕勒的阴山，如同整个阴山山脉一样，属断块山，黢黑的山头，岫岫相连，苍苍茫茫，亦真亦幻，看看就让人遐想。

在这一段，叫大青山，山麓之南，却是一马平川，披上秋装，斑斓铺地，如流似淌，地尽长天，灿绚天涯，与学农时看京郊，完全不是一个景。

辽远、澄明、秀美，心情好，手上的镰刀，得心应手，这高秆庄稼，第一次割，难望到边的地垄，不知不觉，留在了后头，跟着社员，一起到了地头。

“京娃娃们，不赖嘛！咋听说，肩不能扛手不能提呢？可不敢灰说啦，好后生家哩！”

到了地头的社员，蹲呀、坐呀、躺呀，打起歇，议论着我们，一个熟悉的声音，哇啦哇啦，生怕人听不清，王二杆子吗？两个营子的人，碰到一起啦。

高声亮嗓，莫不是这老板儿，又吸白粉啦？还真是！社员不分老少，叼烟锅儿的，卷烟炮的，嘬烟屁的，我走近王二杆子，还没问究竟，他开腔啦。

“你们这京娃娃，后生家家，乳毛还没有退净吧？毛主席他老人家，就让你们来受苦？修理地球？行啊不行？”

“行啊，怎么不行？还要安家落户呢！”

“算毬（扯淡）啦，过个几年，就都走啦，不要嘴硬，受苦要有好身板儿，就你们这，细皮嫩肉？看俺们，这糙皮老肉！哎，要不要，试巴试巴？”

他一声招呼，“二圪蛋！”一后生，与我年龄相仿，“角抵角抵？”也叫搏克，北京人叫掼跤，我也没多想，就站了起来，二圪蛋已经拉开了架势。

小时候，在北京天桥看过掼跤把式，到了中学，有掼跤小组，虽没参加，也看过几次，觉得有意思，知道其中一些机巧。

二圪蛋蹦跶着，近身，拉扯我，他敦实，还有肌肉，我虽高些，单薄、猴瘦，他想用蛮力取胜？我躲闪着，牵着他的手，找破绽。

他把牢我双肩，右腿发力，扫我的双腿，想一招放倒，我顺势，弓腰伸右腿，插他右侧，想右肩摔，大背胯，俩人齐较劲，都失了重心，都倒卧在草地上。

众人叫好，我俩互相望着，“嘿——嘿——嘿”，“呵——呵——呵”，对着笑起来，打了个平手，彼此都有些开心。

两边的队长，看闹腾得差不多啦，吆喝干活儿，带头往地里走，王二杆子，不肯罢休，又发话啦——

“俺说队长大人哟，忙个甚吗？再叨拉叨拉（再说说话）……”

他整了整帽子，站了起来，讲起大漠跤王，那是成吉思汗王，王的叔父，与王意见不合，王授意属下，与之搏克，角力之中，跤王脊骨断裂，含冤而亡。

他的意思是，要角力，就要分胜负，草原历史上，汗王就是如此呢，莫不是怕啦？汗王的祖训，也不管用啦？

“你个二杆子，我不待要说你，胡撇乱侃，灰说甚哩？自古跤手，倒地言和，哪有倒地了，还争输赢？灰犳狍（私生子）们！都欢欢（快快地）割地去！”

“咋呀，还圪蹴（坐着蹲着）个甚？割不完，谁也别想回！”

这是我们营子的正副队长，安印堂、张兰兰，骂着王二杆子，轰大家去割地，众人起身，或紧或慢，就隐没在青纱帐里，王二杆子还在地边絮叨。

我割着地，就想，拿汗王说事？真的假的？毛主席可说过，他虽一代天骄，只识弯弓射大雕，连队长们都说啦，那王二杆子不对。

地割完了，收工往回走，妮妮走过来，叫住我，自我介绍，说她是村里的妇女队长，路过她家时，她邀我进去坐坐，我犹豫了一下，就跟着进去了。

> “印堂说二杆子，胡撇乱侃，对着呢！我听俺大与俺娘叨拉，大汗不只是靠蛮力，更是靠信义，不然，哪能打下那么大的天下。俺们岱村里，蒙汉杂居，彼此可是好啦，你们京娃娃，可是不要怕！”

她怕我受惊？特意安慰我？

刚到农村，遇上的第一个姑娘，当地人叫闺女家，就这么好，还是“村头”，我又意外又感动，就想多说些什么，可是忘词似的，欲语无言。

可能还是由于陌生，就表示了感谢，匆匆告辞了，又加快脚步，追上了回去的人群，回到知青点，思绪却停不下来。

嗯?！她还没成年，却发育起来，中等身高，匀称身架，粉白脸蛋，清灵绣眼，爽利乌发，辫子盘在后脑，围着淡色的花围巾，有些诱人呢！

后来，我才知道，她蒙汉混血，在同龄女娃里，更可袭（惹人喜欢），俊俏、心善、懂事。也是后来，我才知道，她家挂着毛主席的像，也藏着成吉思汗的像。

其实，毛主席也赞扬过蒙古族人，也称赞过大汗，希望蒙古族人保存大汗的荣耀，还隆重祭奠过大汗，新中国修复成陵，也是赞同的，还顶住了外来压力。

当然，这都是后来知道的啦，当时并不知晓。

第八章

我不相信胡地人会欺生

王二杆子老念叨："走胡地，随胡理。"小驹担心他欺生，给我们下马威，妮妮告诉北京的哥哥姐姐，这里的人不但不欺生，还收留生人，我相信妮妮。

晚上，印堂、兰兰，来到我们住处。

知青住房还没盖，我们暂住老乡安吉顺的板升房，泥土坯，层垒起，没后窗，前窗却阔大透亮，冬挡朔风，夏接暖阳，院似城堡，墙厚门高，气派、安全。

风吹草低的敕勒，原来住蒙古包，素称穹庐，又叫毡包，游牧为生，与中原农耕，虽有往来，难成常例，甚至划了黑界，纵火燎荒，彼此隔绝。

后来，有了"板升住种"的说法，汉人授农，蒙人授牧，农牧结合，住处不再游动，青砖筑青城，坯砖筑坯堡，板升房住人，堡子院拴骡马、圈猪羊。

博乐格岱，如这地名，凹处聚流，如海如泊，自古就有流民陆续投奔，来者分耘分食，板升都来者不拒，印堂家、兰兰家，都是汉人，又入了蒙地。

印堂家族属安氏，早期移民，土改时划成分，有高阶成分，地主、富农，有低阶成分，贫农、赤贫，他划成中农，被推举，居中联络宗亲，调剂农事。

兰兰是外省人，三年灾害时，甘肃浮夸风，他的父兄，竟都饥饿而亡，他带着母亲，偷攀运煤火车，逃过民警、路警追捕，冒死来到敕勒川。

非安姓的杂姓，都赤条条前来，按照先来后到，与蒙人、安姓相处，都得加着小心，兰兰实受、通灵，就被拥戴，做杂姓代言。

“小司马呀，看我兰兰，来这里，十来年啦，来到敕勒川，说是走进了胡地，却像到了家里一样。”

“小司马呀，不要听信二杆子那二货！那是个兵痞，还是二刈子（不男不女）兵痞。要让他们队上，批评他哩。”

二位队长为我而来，宽解的话，让人心里暖暖的，小驹也来了，还相跟着妮妮，同学们也聚拢过来。

小驹听说我刚来就和人家摺跤，不放心，就过来了，看看没事，就与老乡，扯起闲篇。

“你们咋叫人家二杆子，二刈子兵痞？做过逃兵吗？”

“他为讨生活，早年投晋绥军，成了傅作义的兵，打过鬼子，受过伤呢，跟着投诚，编入解放军，说是去朝鲜，又改编志愿军，不知咋的，还没过江，回来啦，你们说，这叫甚兵哩，当不当、正不正，‘不男不女’吗，不是二刈子兵吗？”

“逃回来啦？是不是逃兵吧？”

“哪知道呢，不机迷，反正回来就种地呗，怪话多，葡萄话、串串话……”

“都说些个甚？”

“那可多啦，叨拉不完呢，连我们都骂呢，什么‘死人逑——凉棒’，说我们呢，甚都不懂，嘴上老是叨拉，‘走草地，喝炒米，走胡地，随胡理’……”

“哎哟哟，这还不明白吗？说你们不懂蒙地呗，不懂得蒙地的理数、规矩，只有他才懂。”

大家听着小驹与印堂，一问一答，奋斗兴奋起来，

“那，司马这跤，还得摔呀？入乡随俗啊，不决胜负，就没有个完哪，就是不懂理数、规矩呀……”

“二位队长在，我看哪，咱们先查查他吧，到底是不是逃兵？临阵脱逃？先整治整治他吧！要不要报告大队？我们知青刚来，他要欺生吗？要给我们下马威吗？”

小驹这么说，显然是护着我，而我想，真要查起来，事情就大了，刚到村里，就与人家较上劲了？

妮妮说话啦，她叫我们：“北京哥哥”“北京姐姐”——

“赵姐姐，别信二杆子日鬼（糊弄），鬼画符呢，

俺这里的人，可是不会欺生，还会收留下生人，就说俺大俺娘，蒙汉合婚，可好哩，咋就不懂啦，印堂叔、兰兰叔，你们说呢，你们知道啊，俺家老祖，东部盟的，那有俺个侄儿子，就是汉人呢，说那些年闹饥荒，口里的孩子们饿呀、饥呀，受不了啦，几千个娃呀，送到咱们蒙地，都是妥妥地，收留啦、收养啦……”

“司马哥哥，俺说的，你听懂啦？俺可没有虚话！”

其实，我就没有怕，一丁点儿都没有，从小就淘气嘛，妈妈说过，我拿着竹竿儿，见着汽车就拦就挡，把送奶车上的玻璃奶瓶，都掀翻打碎过……

那时，一天到晚，昏天黑地地折腾，玩伴都是胡同串子，拉水车的、蹬排子的、掏大粪的，他们的后代们。

那时体瘦，却身高，孩子王，常挑头理论输赢，跟一些机关大院的孩子，尤其是女孩子老向老师告状，特别不对付，后来入了舜天，才不淘了。

而且，妈妈说啦，这里虽是边地，却是宽乡，老乡对我们挺好啊，就是王二杆子，我也没感到恶意，我们正年轻，摔巴摔巴，多热闹啊！

妮妮也说了吗，胡地的人，不欺生，还留人。我就笑呵呵说——

“我司马小宁，谢谢队长！谢谢小驹、妮妮！再遇上老王，摔不摔都行，输就输啦，赢就赢啦……”

实际上，那时，我并不懂得什么胡地、胡理，而赵小驹要整治王二杆子，也让我担心，后来他们还真互相纠缠上了。

第九章

院里房里好像男女不设防

从京城到岱村，进了堡子院，住在板升房，没想到的是开了“荤”，眼见着，年轻小伙子招惹人家媳妇家，耳听到，说个正经事也要扯上男男女女。

说着说着，我们知青要开伙了，队上怕我们初来乍到，不会做饭，不会做这里的莜面、糜子、黍子，安排了伙夫史常在，张罗我们吃晚饭。

两位队长、小驹、妮妮，还都没走，转转悠悠，看我们吃啥、咋吃，两位队长，还与房东家插科打诨，逗弄吉顺的媳妇娣女子。

我们在京城的时候，可没有这见识，离开幼儿园，一到小学就男女设防了，中学是男校，连女生都少见，与隔壁的女校办舞会，我是没有参加过。

这堡子院里、板升房里，好像男女不设防，拉拉扯扯，逗来逗去，用北京话说，想不沾“荤腥”都难。

一住进来，我就注意啦，吉顺媳妇那房门老是敞着，坐在炕上，往外瞭，头发梳得顺顺溜溜，盘成漂亮的发髻，脸庞娇嫩，眉目传情，可很少言语。

公公、婆婆、丈夫，不时到房子里，打探她，照应这、照应那，更有年轻小伙儿，相貌堂堂，来串门子，一屁股坐在炕上，紧挨着她，说这、说那。

“又怀上啦，看，看那吉顺家里人，伺候的……”

“哎呀，还不知道哪个犵狍的种呢，哈哈哈……”

“告给俺们啊，哪个犵狍的种呢？吉顺的？不是吉顺的？”

“欢欢地，说呀！谁呀？”

印堂、兰兰，说着、逗着，凑近娣女子，上手摩挲，抚脸摸肚，被娣女子，左挡右支，推了出去，嘴上骂着，却没有一点儿火气——

“灰犵狍，球迷性眼（色眯眯的），滚回去，去寻你们自己的老板儿（老婆）吧。”

我看着他们斗嘴调情，自小设的防，不知不觉就撤了，妈妈讲的梅毒，也忘在了脑后，看娣女子的丈夫吉顺都不嫌弃，倒觉得亲近、温馨、乐呵。

后来，就常常见到，有人与娣女子斗嘴，不是一次两次，不是一天两天，几乎总见到，有后生家，也有有妇之夫，反正长相都不差。

你要是说，相互私会？也不是，房门是敞着的，窗户也亮亮的，没有什么遮挡，家里人照常出出进进，彼此还都没干扰。

你要是说，没有什么私情？也不是，好像他们相互之间，总有说不完的话，偶尔还能听到，欢声笑语的，甚至附在对方耳朵上，悄声细语。

后来看到，敕勒川史料，在历史上，这里有一种与天然环境相伴的，性别之间的自然之情，那可是乡俗——

> 男女之嫌，不知避忌，平时嬉笑戏谑，履舄交错，恬不为怪，甚至兄死弟妻其嫂，或弟卒兄妻弟妇者，时所恒有，故无孤愤之男，无终寡之女。

也是后来琢磨，母亲说“作乱”，好像也有乱性？其实，这种“乱”，也不是那么吓人哦，如果世道不乱，民间自有节制，并不是非黑即白。

游牧的天然，农耕的规约，兄弟之妻，兄亡弟娶，弟亡兄娶，严酷环境下，并非添房，只为续宗，还少了鳏夫孤愤，也少了寡妇终寡。

想想，不更是一种仁爱嘛，暖暖的仁爱呢，情能有始终，义能不中沉，这是初到敕勒川见到的，后来见到的就更多啦。

一个几百人的村村，很少有人外出走动，比起口里，农闲还是多得多呢，难免“私会”，可因此而祸起萧墙，还是很有限。

离开敕勒川后，走过不少地方，也见到仁爱，各种样式的，唯有这里的记忆，什么时候想起来，都觉得更温暖。

他们，她们，都转悠着，我们吃完了，还都没走。奋斗客气，招呼着一起坐，房子里，炕上、炕下，挤得满满的。

“王二杆子说我们娇嫩，干不了苦重活儿，我看，这些个社员们，干起活儿来，也没有多大精神，为什么呢？”

“是呀，上工，哩哩啦啦，走到地头，就半小时，地头歇息，也半个多小时，我可看着手表呢。”

“得多少天收完啊？不会让秋霜打了吧？那可就损失啦！”

“我们在北京的时候，也到郊区干农活儿，收麦子，人家那麦子，一般高、一样粗，老农说‘麦打齐’，还说‘稻收平、谷看整’，这样产量才高，咱们这儿，高粱、玉茭，怎么粗细高矮，都不齐啊？更不平、不整，能有什么产量？”

…………

柳和平、樊山岳、令狐时间、漆京生、孔金鸽、米蛟龙、李振东，东一句、西一句，主要是问询队长，了解情况，也有些许嗔怪。

印堂、兰兰被问得有些发蒙，互相使个眼色：“娃娃们，受了（劳累了）一天啦，早些歇息吧，有空再聊吧。”撂下话走了，显然是躲了，不待要回答。

我们也有些尴尬，看看小驹、妮妮，也要走啦，奋斗招呼我，一起送送，送到院门，妮妮招招手，让我俩凑近，耳语了几句。

“喝茶提了个空壶，尿尿碰了个满壶？”

我俩不解其意，抓耳挠腮，费着思索，小驹凑过来，做了个比喻，我俩还是不懂，她就直白了一通，几个人大笑不止。

这言语上，是说喝茶、尿尿的家常事，想喝茶了，端起茶壶来，壶里没有水，喝不着，想尿尿了，提起尿壶来，壶里有尿，还是满满的，不得尿。

暗里却是说，男女私情，男人要近身女人，女人不待见，你男人就近不了身，想亲嘴，像茶壶里没水碰不上，想做爱，像尿壶里有尿不得入。

后来，我慢慢体会，那时妮妮，是借着男女情事，在说知青与乡亲，你们刚在村里落脚，就挑剔上乡亲了，这不对？那不好？

后果会是什么？就如同想喝喝不上，想尿尿不出，你们知青，还想在村里待下去？

知青与乡亲，到底该是啥关系呢？该是这种男女之情？有些私情，又不能都是私情？不能都是私情，也得有些私情？

第十章

黄河灌渠上识汉子品酒香

第一次见到黄河灌渠，都有些吃惊，接水、导水，自有一套办法，人得胆大，还得耐受，全是男人的活计，我们也没含糊，表现得像汉子，队长让我们也灌了白酒，才知道酒有多么香。

割完地，该浇地啦，黄河干渠的水，四级扬水，每年浇两次，初冬漫灌蓄墒，盛夏淹灌保墒，青壮年劳力，都得跟着上大渠。

这里属黄河河套，灌渠是有名的，这回见着了，土龙似的渠坝，蜿蜒在村北，得有几米高，下有分渠，再有毛渠，送水到地。

本来，大青山南麓，一马平川，坦荡原野，农牧兼蓄后，无须人灌溉，也无须用肥，播下籽种，就有收获，食谷尝蔬，自带丰盈。

这就是山里的洪泥，夏秋之际，伴着雨水，流淌到农地，携下山水山肥，浸润得地若海绵，把地下深层的地肥，也虹吸到地表。

后来，战乱、灾荒，滥伐滥垦，洪泥也好，虹吸也罢，没有了原来的模样，人们就另谋计策，开始引黄河水灌溉。

我们跟着到了渠上，看看渠道，都有些吃惊，宽宽的渠底，足有一丈多深，让人目眩，这要是放进水来，还不得波汹涛涌？

后来才知道，当年先祖开发，讲究思谋，善用形便，看地鼠钻洞，就跟上探深浅，深深浅浅，就知道了水位升降，这渠道高低，就有了定数。

遇上朔风激雨，牵上缰绳就跨坐骑，冲上茫茫田野，金钟倒挂，脸贴地皮，黄泥浊水，任由迸溅，水道流向立判，渠道曲直了然。

一代一代的开发者，走出灌区，被邀疏导淮河、浚垦西北，在山陕鲁冀，更是遍地足迹，还成为官家治水、治灾的座上宾。

而当时，我们并不知道，这塞外之地，昔日竟有如此的痛失与再造、毁弃与修复、苦难与辉煌。

此时，队上的队长，上渠的社员，都有一股雄气，跃跃欲试的，迫不及待的，后来想想，就是先祖留下的一套办法，还有那胆量、那能耐。

两个营子的人，得听统一指挥，大队长隋世元，说是妮妮的父亲，把两个小队的队长叫过去："两个口子，先南后北，按规矩来！"

水自西而东，西口子，流南营子地块儿，水来之后，先豁开，浇完堵上，让水东流，到了东口子，豁开后浇北营子地块儿，完后堵上，水流折去邻村。

一个口子，用多少水，是事先算计过的，按时间控制，到了点儿，该豁、该堵，不能耽搁，不然，吃亏、占便宜，队与队之间，就起争执啦。

“娃娃们，这可都是男人的活计，行啊不行？看看呢，还是也想试巴试巴？”

印堂、兰兰，从箩筐里，摸索出几个玻璃瓶子，拿在手上，来回晃悠，一些后生家，就拢过去，嗑开瓶盖，往嘴里灌，咕咚——咕咚——，飘来汩汩酒香。

两位队长，走向我们，手指口子旁，备好的镐、锹、铲，码放的沙袋、木桩、草绳，做着往下跳的姿势。

意思很明白，水过来豁、到点儿堵，除了动工具、搬物件，需要时，人得往水里跳，铲坝放水，筑坝拦水，要不要，也跟着跳？在问询我们。

我们几个，互相望了望，不约而同，异口同声——

“咋不行啊？行啊！不都是汉子吗！”

二位队长一听，满意、高兴，用当地话说，就是没让他们扫兴，没让他们败兴，他们就走到我们中间，示意喝上几口——

“寒水浸骨啦，身子暖了，才敢下！”

我们之前哪喝过酒？清教徒似的！就试着舔舔，可能是天气凉，想象中的辣啊、烧啊，全然没有，还觉着香喷喷的，每人都灌了几口，余香不绝。

西边的口子浇完了，二位队长过去，想去接水，南营子的人，拖沓着，不堵口子，又是王二杆子挑头，想多浇一会儿。

他还戴着狗皮帽，帽帘遮着脸，又拿出一绺纸，布上烟丝，取出个白片片，手一捻，成了白粉，裹成烟，点燃后，狠狠吸了几口。

二位队长，向我们招招手，冲王二杆子放话——

“你这灰鬼（不正经的人），浪张（张狂）个甚？再胡毬闹，让知青娃娃，把你狗日的一道，填到口子里！”

王二杆子看我们几个过来了，还一身酒气，有些意外，就打起愣，口难择言，招呼京娃娃：“你们也来大渠上啦？”

他又瞭瞭，我们身后，北营子几个后生家，各抄家伙，也跟来啦，就转身和他们队长合计，几个南营子后生，“扑通”“扑通”，跳到水里，不一会儿，口子堵上了。

水流到我们的口子，豁开、堵上，浇得顺利，几小时后，收工回村。这中间，苦重活计，都是社员干了，我们几个，跟着掘土填土，并没有让我们下水。

后来，我们在渠上干活儿，干过无数次，叫“挑大渠”，从渠底，撅起黄巴巴的胶泥，舞动着铁锹，抛到两人高的渠堰上，加固这灌渠。

真是汉子的活计，手掌磨出水泡，虎口裂开口子，血迹沾满锹把，干得汗流浃背，干得饥肠辘辘，真吃劲儿（用力），真受罪，却也真开怀。

第十一章

蒙曲儿里藏着川里的秘密

队长找来妮妮，一起唱山曲儿，我们才知道，敕勒川曾经是米粮川，而这好日子已经不再了，如果不瞒产私分，连肚饱都成问题，却成为不能与外人道的秘密。

渠坝上，喝了那么几口，我嘴里这酒香，就散不去了，晚饭后，径自去了粮房，剩下半瓶酒，队长让我们带回来，存放起来，我就想偷馋。

一眼看到那瓶子，伸手拿时，已是空瓶，哪些同学捷足先登啦？不由得郁闷，就朝院外走，迎头撞上人，小驹、妮妮又来啦。

还没顾上说什么，二位队长，也来啦，手里拎着两瓶酒，还提着个筐筐，笑盈盈地，让回屋里去，——

“小司马呀，这是去哪里？回啊，娃娃们都在吧？”

“打平伙（凑份子聚餐）！咱们老老小小，汉子们，一起好活好活！”

二位队长看知青都在，打开酒瓶，招呼吉顺，点起灶火，剁好葱花，取出筐里的鸡蛋，磕了一面盆，烧上胡麻油，四溢飘香，热腾腾的炒鸡蛋，就上桌啦。

吃惯了花生油，第一次吃，胡麻油炒鸡蛋，没有过的香哟，再抿上几口小酒，我们都有了微醺之意，后来知道，是油里什么酚啊、酸啊，在起作用。

二位队长夸我们，割地割得好，浇地胆子大，还避免了可能的斗殴。以往浇地时，两个营子，都想多浇，常起争执，动锹、动镐、动铲……

“有你们，从北京下来的娃娃在，他二杆子，也不好意思动手啦！”

看来，队长是来犒劳我们啦，有了一些信任？那次，有问不答，故意走开啦。这次，找上门来说话，是要做什么？

印堂也微醺啦，指着房门，再指院门，引我们往外看，稍远处，场院上，堆积如山的秸秆，饲养院，一槽一槽的骡马，又指指屋子里的知青和他们。

手上比画着，嘴里念念有词，还招呼那吉顺家的狗，“引娃”“引娃”，把它搂住，冲我们说话。

酒大舌僵，又夹带口音，印堂说些什么，我们听不清楚，兰兰也不是太明白，就转脸看妮妮，妮妮眨眨眼，嘴唇带笑，雪白的牙齿，唱起蒙古曲儿——

敕勒的风水开垦的风
刮来了种地的汉族人
蒙古人的土地汉族人耕
同喝一眼眼井水好交情
丝弦撩拨着彼此个心
蒙古曲儿唱得那个是汉词词儿
真真啊稀罕死个人

印堂高兴了，好像酒劲儿也小了些，又搂住吉顺，接着哼起爬山调——

茫茫野野敕勒川
不愁吃来不愁穿
青山高啊黄河弯
海海漫漫米粮川
牛羊肥啊生活宽
逃难人见了心喜欢

这蒙古曲儿、爬山调，大青山南北的山曲儿，是告诉我们，这里粮丰畜肥，老乡亲和，让我们放心？

哪里啊！我们想错啦，日后看下来，恰恰是——他们对我们不放心，村子里的秘密，不知该不该告诉我们，或者怎样告诉我们。

蒙古曲儿也好，爬山调也好，都是唱蒙汉杂居后，农牧兼蓄，这里成了米粮川，不愁吃穿。可是过了没有多少日子，我们就知道，今非昔比啦。

米粮川不再，有时候肚子都吃不饱，因此，妮妮才说，“喝茶提了个空壶，尿尿碰了个满壶”，事事不如意，常就秘密地瞒产私分。

他们常念先祖好光景，人也变得古精（动心眼）啦，费尽心机，就为求肚饱，瞒产的、私分的，除了粮食，还有甜菜、胡麻、麻子、山药蛋……

也是因为如此，我们知青，与村里老乡，起过争执，闹过磕踉（不愉快），起初，我们不太了解他们的焦虑，知道了之后，当然能够理解啦。

不过，怎么走出焦虑？老乡讲眼前生计，我们还怀揣理想，彼此磕磕绊绊，甚至起过争执，相伴走过了好几年。

也是好生奇怪，就这么着，老乡与我们、我们与老乡，在敕勒川留下的，竟是延续几十年的情谊，没有抱怨，多是温情。

而且，我们一群男孩子，与乡亲们，不论男女，都很要好，无论长幼，像总角之交，像青梅竹马，像自小就无猜忌，就是有了嫌隙，也能尽释。

当然，这都是后话啦。

而眼下，这酒，这蛋，这曲儿，这调儿，就是早早地做起铺垫啦，他们知道，我们迟早会知道，一起瞒？一起分？还是怎么着？就此“试探上了”。

印堂又灌了几口酒，红头涨脑，把引娃搂得更紧了，叫起妮妮，“再来！再来！要唱那个曲儿——‘天·王·人’！不唱，不算完！”

妮妮明白了，红唇白齿，曲婉动人——

长生天赐下的木草哟，无边无疆
大汗王驯养的骏骥哟，无敌无往
敕勒人锄治的苗田哟，无稗无荒

妮妮唱了一遍又一遍……

印堂、兰兰，想和着哼唱，却不能跟上，我们听的，更是一头雾水。

第十二章

扎那悄悄私话天种天熟

历史上，这里讲“天·王·人”，一种天种天熟的生态农种，印堂让妮妮讲给我们，我还问询过扎那，那是有传说、有史载的，当时，却只能悄悄地说说。

“说呀，快说呀，妮妮，就搭搭（顺着或接续着）说给娃娃们！”

妮妮刚停下，又让她解释，她又眨眨眼，抿了抿红唇，露出白白牙齿，说了一阵，我没都明白，后来归纳，就是天种、王教、人居。

再细论，再细想，是说这里习惯天种天熟，有三个意思：上天恩赐，汗王教导，人事有约。

妮妮指看场院，让看堆积的秸秆，说蒙地人相信，天神腾格里，也称长生天，赐福人间，此地的草啊、粮啊，人不用太管，自己就能长好。

又指看饲养院，说那些骡马，还有这狗狗，“引娃子”，就不同啦，大汗王有教诲，要喂食、要爱抚，才能长得好。

再指这板升，说蒙人与汉人，租佃立约，人始定居，才盖屋垒院，村子有了名、修了庙、立了社，地有人种，事有人管，村社才好起来。

妮妮，从印堂手里搂过引娃，问询道："印堂叔，俺说对啦？俺爹爹，常这么说呢，这几年不说啦，你让俺说这些，为个啥？"

后来，与扎那聊天，提到妮妮这些说法。他说，其实讲了一个简单的道理，从放牧，到养畜，到农种，庄户人自有办法，敕勒人更懂"命养"。

他夸妮妮聪慧，村子里，这样的女娃娃，并不多，好记性、好脑筋，能说给你们这些，那该是，"相好者实告"，与生人、外人，并不言说呢。

"命养？不告人吗"？我问啥意思，扎那有些木讷，思索一阵后，瞟瞟左右，没有别人，贴近、眯眼、低声，咬起耳朵来——

"这漠南，大青山，南坡腐殖质，人称洪泥，天雨冲到平川，自肥草木，粮食广种薄收，相比你们中原，太少费人工呢，自得其命么，'其命自养'。

在居的土默特部，随汗王马背上打天下，马啊、狗啊、羊啊，后来的骡啊、牛啊、猪啊、鸡啊，比起粮草，多费人工啦，相依为命呢，'其命共养'。

后来定居板升，驻牧住种，蒙汉混居，土地租佃，全靠租约，约为契，若天若王，农户永租，村社化讼，草原命运改变，成为米粮川啦，‘其命契养’。”

讲命养，讲到天王，讲到汗王，讲到契约如天如王，我当时，懵懵懂懂，听不太懂，又很喜欢听，觉得有味道、有意思。

大体的理解是，这里自然条件好，牧草、粮食容易长，又有汗王教诲，牲畜也养得好，移民进入，畜牧为农牧，有租约为契，就成为更富庶的地方。

扎那与隋世元，妮妮的父亲，先祖都属土默特部，世系姻亲，有些连带，由于各种征战，一部两分，一驻敕勒川，为西部盟，一驻卓索图，为东部盟。

如今，敕勒川的台阁牧镇，土默特族后裔，建起了土默特博物馆，重色屋檐，浅色壁墙，解说着东、西土默特迁徙的苦难，血脉相连的历史。

抗战时期，扎那祖上一支，成为“东北抗日遗族”，义勇军和难民，流亡来到敕勒川垦殖，主政的傅作义将军，让他们领房、领地，资助牛具、籽种。

自治区建立时，扎那已经长大，进入首府青城，在自治区党委做政策研究，有时候，下乡调研，也来过岱村，与隋家续上了族缘。

他还有些“私心”，带北京知青落户，一些名校的娃娃，安排在岱村，可能对娃娃们好，也对村子以后的发展好。

我与扎那，边说悄悄话，边转悠着，看场院秸秆，看饲养院骡马，我就忍不住与他争辩起来——这庄稼并不茁壮，这牲畜并不强壮。

再环顾左右，猪连圈都没有，满街乱窜，人要如厕，没有正经厕所，土坯垒的圈圈，口子没有拦挡，人刚起身，猪就来食。

“人屎猪吃了，猪屎鸡刨了，鸡屎风扬了”，连积肥、施肥都没有，除了白菜、胡萝卜、土豆，没有应时蔬菜、瓜果，连棵绿树都难见。

羊也是，看不到羊群，哪有“风吹草低见牛羊”，牛羊形单影只，瘦骨嶙峋，四处流窜，圈外没好草，圈起没精料。

“您讲命养，自养、共养、契养，听起来真好，可细看这里，哪有那么好?”

“小司马呀，我老扎，可不敢瞎撇呀，史上有载啊，《农桑辑要》《王祯农书》，我读过的，现在都被烧掉啦，都讲过的，这里农人，乐事趋功，无有偷惰，各户自种，也有互助，叫锄社，故岁皆丰熟……”

“现在，没有那么好啦?”

“哎，本来，蒙地特殊，习惯天种天熟，连毛主席都知道，从土改开始，就说对少数民族的土地，要自愿，由他们自己决定，我们叫‘自治区’噢，后来‘一大二公’，越搞越紧，谁还敢讲命养，收成就大不如前啦。”

“不讲命养，社员就不高兴？地就种不好?”

“本来，地是分到农户的，种什么、怎么种，由自己，后来归大堆儿，合作社、公社，农民不喜欢。”

“说是公社化，不是小队为基础了吗？还不喜欢吗?”

“你们在这里生活一段，慢慢就知道，农民喜欢什么啦！妮妮呢，不是也说给你们一些实话吗。”

“您，不便说吗?”

扎那没有再回答我，我也就不好意思追问，他又嘱咐了我几句，就若有所思地走了。

“我知道你们这些娃娃，名校好学生，人小志大，是要做事情的，如果你们需要我，我一定尽力，不过，现在的运动，不知会怎么发展，老乡们不会伤害你们，你们更不要伤害老乡…… ”

扎那噤若寒蝉？勾起了我的好奇。

想起那天，又喝又唱，并没弄清楚究竟，奋斗和我送走他们，心里都犯嘀咕，奋斗说，再看看吧，我说，让小驹找找妮妮，再摸摸底。

我就想，找她俩再聊聊。

第十三章

夜捕沙鸡才知道村里藏着暗铺

沙鸡是一种鸠鸽，终生配偶，当地人很少去猎杀，那天夜里，被我们“打平伙”吃啦，久不见肉腥，馋啊，吃白食，是在一处暗铺。粮食不够，能多吃一嘴，就悄悄地多吃一嘴。

小驹和妮妮在一个营子，没有多少天，已经像姐妹似的，奋斗和我，还没去呢，一天晚饭后，她们又上门啦。

“德旺子回来啦，他听说，你们在这里干得好，要找你们表扬表扬呢！”

妮妮报信，说的是村党支部书记，郝德旺，绥远和平解放后，参加了解放军，与王二杆子他们，编在一个部队。

王二杆子回村，他却编入志愿军，去了朝鲜战场，参加了战斗，入了党，学了文化，停战后回国，有了历练，办事稳重，脾气又好，做了村书记。

他是南营子人，属于杂姓，家境不好，在外当兵多年，很难贴补家用，到他该成婚时，备不起聘礼，娶的外省媳妇，灾年流落到这里的甘肃女子。

我们来时，他带着媳妇回了甘肃，那阵子，正常秩序乱了，一些人反而得闲，寻骨添坟，找灾年死去亲人的遗骨，入土为安。

书记的媳妇逃亡家乡后，再没回去过，知道了寻亲的事情，终日思乡，书记就答应，一起回去，就是费时数月，也要把这些迟来的后事，办办妥帖。

娶了甘肃媳妇的，或壮或老，都陪着媳妇回去，心里却都不安详，担心的是，如果那些地界好起来了，媳妇们还能不能跟着回来。

据说，除了极个别的，媳妇们祭奠了亲人，都跟着男人们回来了，他们与敕勒川有了感情，这里的地界好，这里的人也好。

“那里曾经是她们的伤心之地，留恋也渗着血泪，触碰起来，痛不欲生。”后来，德旺子跟我说过，他放下心，与媳妇一起，踏踏实实回到岱村。

妮妮向奋斗和我，反复说着郝书记，兴奋得不行，我俩当时并不理解，当然，人家一村之长要见我们，我们服从安排。

“两位哥哥，你们来了几个月啦，埋头干活儿，还没在村里好好转转吧？”

“奋斗，宁宁，咱们让妮妮，带着转转吧！”

她俩通报完，看夜还不算沉，就说带我们转转，我们就相跟着，去了村东沙滩地，淡淡的月光下，几个人在蠕动，原来在摆弄捕沙鸡的粘网。

又是王二杆子，带着伙伴，找曾经是海子、河泊的低处，支起几米高的麻绳网，之后，他们去搜寻沙鸡窝。孵卵的沙鸡，见到人就啸鸣起来。

记得《诗经》中有，“嘤其鸣矣，求其友声”，就真看到了，夜出的沙鸡，不过就寥寥几只，闻声返回窝巢，就撞到鸟网上，成了猎物。

王二杆子看到妮妮来了，还带着人，推推帽子，边收拾，边说话——

> “妮妮，这如今，沙鸡也不好打啦！中秋过后，就没见肉腥，熬不住啦，解解馋！哦哦，还带着知识青年，就一搭（一起）吧，也让他们尝尝咱们这里的野味嘛！”

沙鸡，是这里一种鸠鸽，虽为野生，终生配偶，雌雄亲鸟，共孵育雏，尤其是尾翎，针状长羽，人喜饰用，肉质虽鲜美，人们却很少猎杀。

偶有猎杀，往往是油水不足啦，由于庄稼差，沙鸡觅食难，几十只、上百只的羽群，再也见不到了，有经验的猎者，偶尔也就能捕获几只。

众人相跟着，进了村边一座堡院，南厢有个仓房兼粉房，里面热气腾腾，我们被告知，这是安福锁的家，他虽为富农，种地、赶车、漏粉，却有一身好手艺。

夜色暗暗的，房内昏昏的，油灯晃晃的，没有一个人说话，王二杆子把几只沙鸡，从枳芨编的篓子里取出来，悉心地把尾翎都拔了下来，拢起放好。

他把沙鸡交到安福锁手上，从伙伴那里拎过一箩筐土豆，堆到墙角的一堆土豆上，之后，指挥我们，排坐在条凳上，又捻了个白片片，抽了起来。

不大一会儿，安福锁指挥自己的儿子，在条案上排好几只大碗，大灶起锅，装满食盆，沙鸡块炖土豆粉条，就舀到了碗里。

闹自然灾害那些年，我在北京吃过内蒙古黄羊，那是叔叔部队捕猎的，又香又嫩，没齿难忘，这沙鸡啊、土豆粉啊，还从来没吃过呢。

王二杆子的伙伴，又开了几瓶酒，排好小瓷碗，“咚——咚——咚”，满好酒水，众人自取，之后都举起来，互相致意，就开吃啦。

闻着沁人心脾的美味，入乡随俗吧，奋斗和我，也端起大碗小碗，“呼噜——呼噜”，“哧溜——哧溜”，没吃晚饭似的，瞬间碗底朝天，嗯——与黄羊肉有一比。

美美吃了一顿，众人们抹着嘴，与安福锁挥挥手，算是感谢、告别，王二杆子几个人，朝我们挥挥手，也要告别。

王二杆子仿佛想起什么，摸索出拢好的尾翎，一团惹眼的沙黄色，似暗夜中的亮火，妮妮高兴地凑过去，伸手索要。

她拿过来后，就挑拣了一羽，插在了自己的辫子上，又回过身，要给小驹挑拣，小驹后退着，没让插。

王二杆子要走了，奋斗和我不好意思起来，一顿白食，这么解馋，想说几句感谢的话，他摆摆手，意思是用不着，就消失在夜色里。

从离开沙滩，就一直没有人说话，怎么都悄悄地？都变哑巴啦？我就想起，该问问呢。还没张口，小驹开口了——

"妮妮，你不是还有话吗，要和北京哥哥说……"

我们几个，就在村边，又告诉（聊天）了一阵。

"哥哥姐姐们，这叫打平伙，凑在一起，吃上一顿，福锁这院儿，算是个暗铺……"

"怪不得，谁都没有一句话，把事情就都办啦，暗铺？为什么要悄悄地？"

"还不是为了多吃一嘴、多喝一口，你们知青，供应一年官粮，到了明年，你们就明白啦……"

"队上分的粮，不够吃？"

"社员的吃、喝、用，就靠分些个粮食，公粮一交，剩下的怎么够？"

"那怎么办？"

"就各想办法嘛……"

第十四章

我关心粮食赵小驹想着抓人

如何分粮，成了村里的秘密，我想搞清楚，赵小驹却提出阶级斗争，要抓坏人，妮妮告诉她，岱村通善岱、通榆林，能走到陕北延安，村里没有二心的坏人，可赵小驹不相信。

听妮妮这么说着，相互就聊起来，我就开始发问了。

按照她的解释，割玉茭、割高粱，就是故意磨蹭，让初霜打过才好，报告公社，遇了霜冻啦，瞒下产量，其实霜打并没有冻，就可以少交多分。

“我们这里，玉茭子、高粱米，都是喂牲口的，再就是，背上到后山，去换那里的山药蛋，你们叫土豆，回来去粉房，晾粉条子，还有人拿上，去邻村找私人酒房，换白酒喝……”

一年后，我们吃队上分的粮，玉茭子还好吃，高粱米吃了，大便干结，几天便不下来，人感觉要憋死，痛不欲生，才明白了它们的真正用途。

“那天，印堂让你唱，米粮川呀，腾格里呀……就是为了告诉我们，换吃换喝？”

“是吧，不过呢，也不全是，是换命，村里的秘密呢，人命死活的秘密，我可不敢瞎说……到明年夏秋，你们就明白啦。”

“还有啦，那王二杆子，不是要摔跤，要论输赢吗，怎么不提啦，还请我们打平伙？”

“哎呀，他是稀罕你们，就想招惹你们，都说他古精、日央（可笑）、日鬼，就是机灵鬼，怪怪的，郝书记可稀罕他，他们一起当过兵，说他有见识呢……”

“啊，他，还有一些社员，老捻白片片，掺到烟里，都是啥东西？”

“哎呀，他们怪可怜的，难受才弄那些药片片，索密痛，镇痛药片片，不过呀——这地方，过去乱过，有可能也流散着一些——”

她话还没说完，小驹抢过话头——

“啊，我知道，他们叫洋牡丹，实际是特货，大烟土吧？解放这么多年了，这鬼地方，还没有肃清！怪不得毛主席指示呢，阶级斗争要天天讲、处处讲啊！”

小驹这么一说，我就一激灵，又看她的五官、手脚，有没有溃烂？扭曲？我又想起妈妈的话，可能是过虑啦，她没有沾染，而是要整治沾染的人。

“赵姐姐，两位哥哥，我倒忘啦，找你们还有正经事情呢，俺大告诉我，扎那伯伯捎来话，还让告诉北京知识青年，说运动要深入到下面啦，凡是有知识青年的地方，要把知识青年，作为依靠力量……”

群众性参与的运动，有一年左右，毛主席就考虑收尾，才有我们的下乡，而不久，这里就被鼓噪出什么组织，要加以肃清。

当地干部，并不相信，都知道是历史，而且已有定论，可在当时那种氛围下，从之前的自治区主席，到下面群众，都要被清查。

小驹也听风就是雨，不依不饶的，不仅不听妮妮的规劝，还与妮妮起了争执。

“啊，你们这自治区主席，这贼子，监护在北京，就在我们大院，这余党余孽，还不死心，还要复辟变天？没问题，我们知识青年，义不容辞，誓把运动进行到底！”

“赵姐姐，扎那伯伯，还有俺大，可不是这个意思，他们想悄悄告诉你们，要动动脑筋，不要掺和到里面去……另外，你不要喊什么贼子，我们都是乡里乡亲哪，都叫他云泽，云主席……”

“他搞民族分裂，你们还这么护着他？”

“姐姐说啥？我们这地方，就没有人搞分裂！你知道不？咱们岱村再往南，那是善岱镇，过去是好大的镇呢，是交通线上的重镇呢，往下连着，能走到陕北榆林，然后，然后再往下走、往南走，就通到陕北的延安啦……”

“这里？这里的人？能通到延安？真的假的？”

“姐姐，你咋就不信呢？云主席，还带着咱们这厢的人，那是老早老早来，就和延安一起啦……”

“嗯——好像也听说过，不过呢，过去同心，可不能保证永远同心，这人是要变的！现在怕是已经不同心了！”

“人是要变的？怎么变？我们这厢的人不会变！赵姐姐，你呀，你呀，你知道吗？我们这里，有一座寺，而且，而且……”

“而且，而且，而且什么？你说啊！”

“姐姐这么吼，我，我先不说啦……”

第十五章

村书记说岱村连着北京城

德旺书记讲村史，说这个村村也连着北京，村里人懂得家国大义，不过，现在的村子，地不肥、收入少、不富裕，让我们跟他们一起做些事情。

泊儿营子，淖尔营子，南北相连，中间有一片开阔地，大队部就建在这里，旁边还建有村小学、供销社。

德旺书记召集知青开会，二十多名知青，在小学校教室里，排排坐好，静静等候，不一会儿，他带着大队班子来了。

他中等身材，十分壮实，额头褶皱深深，双目如炬，高高鼻梁，丹唇清朗，带笑的面庞，圆润光鲜，我就想起弥勒，那个笑僧，不过，他和悦中带着威严。

他身着旧军装，已经洗得泛白，脚上一双大头靴，也磨出了亮色，头上的狗皮帽，毛绒差不多落光，却都干干净净，不染纤尘。

他对我们表示欢迎，抱歉离乡数月，才来与大家见面，听说我们都干得不错，他非常高兴，娓娓道来。

“这个村村，虽然很小，也和京城连着，清定鼎北京后，为五族大同，北方特别是西北，很多很多战事，总要征调土默特官兵，‘从征劲旅，委骨沙场，埋没于冰崖雪碛、黄沙白草之中者，不知凡几矣’……”

他停顿下来，显然有鲠在喉，过了很多天，提起这场景，才知道了下文，原来村北的美岱召，一座弥勒寺，藏着清帝的《诰命》。

其中述及，“土默特将弁兵丁，连岁从征，甚属勤劳，已命颁帑银赏赉”。这里面就有岱村的孩子们，当时避讳“封资修”，书记没有直言。

“1933年开始，长城抗战，对日第一次完全胜利，在1936年，在咱们西厢的百灵庙，从暴动到大捷，晋绥军中，主要是咱们这厢的人，毙伤俘虏千余，咱们伤亡300，也有岱村的娃子……”

后来，老乡告诉我们，策动百灵庙暴动和大捷的，有云主席，他家就在东面的塔布子村，带动不少老乡参加抗战。

他的这些活动，受共产党王若飞的西蒙工委领导，又是绥远主席傅作义将军的部署。而此时他被监护，王是“叛徒”，傅受冲击，德旺书记隐而不言。

经过一些时日，彼此相熟了，书记与我们，再提到云主席，就不隐讳了，却仍然不直呼其名，始终十分尊重地称“云主席”。

“岱村人，懂得家国大义，西厢邻村有热血青年，到京城读书，到延安受命，对咱们乡民们，有影响、有带动，绥远起义，赴朝参战，都有这里的娃子，作战、流血，退伍、转业，就是回到村上，内爱外敬，自知自行……”

岱村娃子赴朝参战，在我做了副大队长后，那时叫村革委会副主任，陆续与郝书记叨拉，才慢慢知道一些细节。

王二杆子，本名王望奎，百灵庙大捷完胜日军，他参战，还负了伤，受过嘉奖，好像有了资本，后来，他把德旺和几个岱村后生，带到部队。

起义之后改编，准备赴朝参战。望奎过去能够背《孙总理遗嘱》，一个字不差，又懂了遵守《毛主席命令》，让后生们别给自己丢脸。

偏偏这时候，岱村后生银柱惹事了，说是嫖妓，要除掉军籍，望奎知道，柱小子偷过腥，后来遇上相好枣花姑娘，就再没有花心过。

银柱要去朝鲜，不知何时能回，他“猫爪抓在心里头”，就去告别，枣花“掏上钱，贴上饭，铺盖蹬个稀巴烂”，俩人云雨欢会。

那时候，解放军有三大纪律八项注意，晋绥军有十大纪律，军长巡营，在这脏地方，逮住银柱，他有口难辩，被严令查办。

望奎找到监令官，把事情揽到自己身上，以为对老兵会有宽待，当场削发为誓，痛改前非，不想情急，刺刀削下去，拽下一片头皮。

望奎再无生发，成为癞痢头，却顶了罪，银柱去了朝鲜，他却未被宽待，被除军籍，回到村里，自此被叫王二杆子，村里人忌惮他有战功，不敢议论。

银柱在朝鲜，参加机场修建，一次飞机轰炸，遇难牺牲，咽气前，让同乡满都勒，给望奎捎话：“叔叔大德，照看好枣花姑娘。”

满都勒在朝鲜战场也受了重伤，弹片穿肺，碎片再难取出，一直痨病缠身，回到敕勒，领着政府抚恤，在老家台太阁村养伤。

枣花姑娘从良后，在旗府所在地谋了营生，等着银柱凯旋，望奎找到她，引到满都勒处，得知噩耗，枣花昏厥过去，看满都勒身边无人，留下照料。

受残的身体，受伤的春心，两厢搭对，自此彼此抚慰，没有婚娶，却过得平顺，望奎也就放下心来。望奎与枣花，相互也有走动，只有书记知道。

“只是这村村，能有京城的人来，还是头一遭，毛主席让你们下农村，能到我们这里，算是咱们两厢有缘分，我们会把你们当作亲人，扎那告诉我，你们有知识，要做事，那么就做事……”

“不过呢，这里不是山根底，见不到大青山的洪泥了，地不肥、收入少、不富裕，原来是水洼洼，海子、河泊，草场、湿地，现在倒成了旱地，要赶上山根底，并不容易，浇地是能浇，黄河水，留下盐碱也不少……”

郝书记安排有线广播，大喇叭一招呼，两个营子的小队长，不一会儿也来了，我们知青就都有了新的任务。

奋斗，副小队长；柳和平，赤脚医生；樊山岳，小学教师；令狐时间，良种场；漆京生，饲养院；米蛟龙，小队会计；李振东，广播站。

让我留在大队做副职，跟着郝书记、隋大队长，管理治安、民兵，办理一些村务，算个“村头”吧，孔金鸽被安排做大队会计，也算一个“村头”啦。

至于南营子知青，也安排了朵儿，随令狐时间参加良种场实验，北京又送来几位娃娃，单小辫，带着更小的妹妹，让朵儿帮助照顾。

“书记这么看重你们？还是娃娃呢，就都身负重任？为什么？”

“你说呢？”

朵儿有些意外，好奇，低语询问，我示意她，容后再告。

小驹、清怡没有参加，小驹被直调公社，清怡去了滇缅。

第十六章

小驹要为运动添柴加火

赵小驹一心想抓坏人，还让驻军巴师长帮忙，巴师长嘱咐她，要去撤火，不要添柴，她竟认为巴师长也是坏人，为了发泄不满，小驹纵马狂奔，刺马饮血。

小驹直调公社，我是知道的，她听说搞运动要把知青“作为依靠力量”，就到大队部摇电话，联系驻军，巴特尔师长，请他疏通公社，要承担任务。

巴师长是他父亲的部下，邀请她到驻地详谈，她就叫上朵儿、清怡，还有我，说是一起去吃黄羊肉，我就跟去了。

212 吉普接上我们，北上爬坡，大青山南坡，这阳坡坡，林草稀疏，进入北坡，这阴坡坡，反而林草丰茂。

虽是初冬，山野依旧葱茏，黄绿相间，甸岭错落，如画景致，徐徐铺展，不时见到小禽小兽，出没其间。

下午到达营区，后勤人员引带我们住下，摆上罐头、糖果、压缩饼干，沏上茶水，让我们垫垫，说晚上的活动，师长要亲自安排。

师长浓眉大眼，声若洪钟，器宇轩昂，问候了小驹，又见过我们，带着几位士兵，驱动几部212吉普、嘎斯，穿行林场，驶向高地。

林木婆娑的林场，向北是一片开阔草甸，坦平如毯，暮色降临，苍穹昏暗，师长让车子停下来，注视着远方，星罗棋布的草丛棵子。

黄羊群出现了，高角尖耳，密毛阔胸，领羊在前，数百只群羊，有序行进，十几分钟后，已是群尾，几只散羊，踯躅在后。

“啊咔——啊咔——啊咔”，高调嘶声，骤然而起，鸣音震空，几只散羊，仰头引颈，脖胀胸突，边吼边蹿，互相挤撞……

师长命令：“打开射灯！”齐刷刷，几束光柱，罩住散羊，师长又命令：“反复开关！”射灯忽亮忽灭，其间几只去追赶群羊，有两只就呆呆地站着，原地就擒。

“春不合围，夏不搜群，这初冬季节，可以狩猎哦，小驹啊，你们几个知道吗？现在是发情交配期，那些散羊，躁动不安啦，它们喜光，见光停，也有的不愿离群，就追上去啦……”

“巴叔，那这两只，怎么不动呢？就等你逮？”

“可能是老羊啦，也可能是伤羊啦，物竞天择，适者为生嘛，这两只要被淘汰啦，也正好，和你们一起解解馋，啊？哈哈哈！其实，也优化它们的种群呢，嗯?！……”

回到营区，师长动手，把羊放翻，从前胸处，刀破小孔，手伸进去，拽出整副内脏，再执锋刃，揭下整张皮毛，取下一对环棱黑角，没见一丝血腥。

战士们抬起整羊，送到伙房，去血清身，置于大灶锅中，不一会儿，水花翻滚，撒进葱、姜、花椒、胡椒、辣椒，再文火炖煮，肉香已经弥漫开来。

“伙吃全羊，就锅抓肉，提肉、吃肉啦，孩子们，战士们，动手吧！”

师长招呼着，指教着，人手短匕，人各大碗，蘸着多味调料，欢快地吃起来，肚饱罢手时，两副羊骨，完完整整，干干净净，留了下来。

饭后，师长与小驹低语，让她收好那对黑角，去公社接任务，已安排好，不过呢，“叔叔告诉你，什么这组织那组织，纯属子虚乌有，你去撤火，不要添柴”。

“巴特尔，这是上面的文件！经查，你是重要组织成员，潜伏军内，隔离审查！”

身着军服，手执枪械，几个造反派，神出鬼行般出现在我们面前，不容分辩，拢住师长双肩，反手带铐，连推带搡，带上军车，扬长而去。

“巴叔也是潜伏人员?! 哎哟噢，我的亲爹噢！——这个地方，苏修蒙修，太猖狂啦，民族分裂，破坏运动，今要凭此一役，彻底肃清敌对势力！”

小驹不但不相信巴师长，反而怀疑他心怀叵测，便决心投入运动，誓将革命进行到底。朵儿、清怡、我，不明白蒙地形势，都缄默无语。

第二天早晨，返程前，看到营区外，几匹军马，悠闲啃草，她带我们走了过去，“骑——”高嗓一跃，跨在马背上，看我们都不敢，拍拍马，绝尘而去。

后来才知道，巴师长曾是自治军骑兵战将，上峰阿根思密令，配合小驹父亲，按云主席指示，开展策反，参加了和平起义，编入解放军、志愿军序列。

“痛心疾首啊！要是家父知道了，此人出尔反尔，叛将复叛，还算个人吗？爹爹啊，还不羞煞气煞啊！”

她旋风似的，在营外高地上，跑了一圈又一圈，直到坐骑显出疲态，自己大汗淋漓，才折返回来，嘴上叫唤着那些狠话。

焦躁？狂躁？她口渴了，翻下马背，搂住马颈，把脸贴上去，右手摸索，腰边短匕，扬起右腕，倏忽一闪，匕锋刺马，刀缝涌血，她伏上嘴，吸吮起来。

啊？吸马血？吸了一阵，她停下来，询问我们：“要不要？”我们仨人都吓傻啦，哪敢去吸血，撤着步，往后退。

“宁宁，你不来吸？试试吗！我爹爹，和巴叔，啊，这个叛将，剿匪时，前不着村后不着店，痛饮过呢，马好呀，就是失了三分之一的血，也照骑照跑……”

她叫着我，看我呆立着，双掌敷在马伤处，用手指按压着，过了一会儿，好像缝合了似的，她亲亲马颈，拍拍马身，把马推送开，马就信步离开了。

“都是肉胎人身，脐花都一样，怎么就这么不同呢？小驹真如毛主席说的，‘要武嘛’，真格飒爽英姿！”

“本姑娘，名字都是小驹，投胎在军人家庭，不是很自然吗？奇怪吗？我很小的时候，爹爹就带我来，不就是骑骑马吗……”

“我投错胎啦，姓什么‘卞’，还叫什么‘清怡’，不脱胎换骨，是好不了啦，我也‘要武嘛’！……”

坐在 212 里，往岱村返，三个女子坐在后排，聊着天，还撩起棉衣，相互摸肚皮、美脐，“嘻嘻嘻”，“呜呜呜”，不知是说笑，还是哭诉。

“疯丫头”——我就想起北京人常说的这么一句话。

清怡要走啦，这次出行，权作告别。她有一男发小，已经进滇入缅，加入了缅共军队，投入了世界革命的战斗。

同时，有知青告诉她，在旗里偶然看到她的档案，可以肯定地说，这份档案“有鬼”，劝她离开此地为妙。

她异常痛苦，难以自拔，发小的滇缅来信，让她看到了明路，决心去投奔，去脱罪，去赎身，去换命。

第十七章

清怡为自证清白赴滇缅作战

清怡成了旗里“不安分因素”，为了自证清白，就去寻找自己的男发小，奔赴滇缅边界，准备参加关乎世界革命的战斗。

清怡离村，只有我们“斯婴”知道，头一天的晚上，我们聚在她们的住处，小驹开了好几盒罐头，红烧牛肉、油炸花生、冰糖菠萝……还有北京带来的二锅头，从巴师长营区带回来的糖果、压缩饼干，她们还用胡麻油炒了好几个鸡蛋。

“清怡，我在北疆，你去南疆，世界革命胜利那天，咱们胜利会师！”

小驹取出那对羊角，说这算珍稀物件，过去大漠南北征战，挽羊角弓，就是靠它，有着非凡的弹力，冷兵器胜过热兵器——

“毛主席说，飞鸣镝，翻动扶摇羊角，这羊角啊，就生成羊角旋风啦，横扫一切牛鬼蛇神！”

清怡珍重地收起来，也交给小驹一包物件，说如果自己牺牲了，那时母亲还活着，拜托交给老人，也送到父亲坟上……

那是一叠信笺，她与那位男发小，彼此倾诉的记录，也是立志献身全球解放事业的明证，她含着热泪，给我们诵念起来——

千万不要绝望，不要作践自己，不要把颓废做出路，

我们进行的是解放全人类的革命战争，

赴缅作战这条路，是迷人的，与其下乡，被当作劳动力安置，还不如身赴战场，去搏一次、战一回，

让暗淡下去的灵魂，重新爆发出灿烂的火花，

没有尝试过战争滋味的我们，总有这样的幻觉，仿佛与宗教教义中的天国一样，让人神往，

战争不是想玩就玩的游戏，而是残酷的成千成万的吃人惨剧，而从马列主义的角度看，这是天然的、必然的，“暴力是新社会诞生的产婆”，犯不上用伤感的眼光看，

…………

清怡念着、念着，倒平静下来，收起了泪水，与小驹，相互对视着，两双手就紧紧地、紧紧地，握在了一起。

我与朵儿有些不自在，她俩也看出来啦，小驹就走近我，问我要不要与她一起去公社搞运动，我有我的想法，又不便扫她们的兴致，就没回答。

她挨着我坐下来，动手给我脱衣服，一件、一件，脱得就剩内衣了，还让再脱，就光了膀子，还执意解开裤带，我就赤裸着，听凭她摆布。

可能是感到我有些不情愿，她嘴上不停地絮叨，说一定有虮子、虱子，顺着衣领、衣袖、前襟、后襟，那些走针线的缝隙，手碾虮子、齿嗑虱子，噼啪作响。

"小驹，你真行，不光上手，还上嘴啊？"

"宁宁，你就总不理解我，不碾死、不嗑死，虮子10天变虱子，虱子半月下虮子，死而复生，哎，你看我骑马，那马为什么听我的？你知道吗？"

"马为什么听你的？为什么呀？"

她就说，马喜欢她，像那天在兵营，头天晚上，她就看好了一匹，上去摩挲它，给它抓马虱，把马虱抓干净啦，它就舒服啦，就不烦躁啦，自然听话啦……

她这么说，我们仨就笑开了，我当然更理解她的意思，可是，我心里不能认同，中山公园音乐堂那一幕，我忘不了，真忘不了，而且……

"小驹，妮妮可提醒啦，那是扎那的意思，让咱们知青，不要掺和到运动里面去。"

我话没说完，小驹就反驳："扎那的意思？扎那也和坏人一伙儿吧？他们为掩盖敌情吧？!"

"还有清怡，如果你要从军，为什么不正经入伍？"

我对清怡说，清怡也反问："我能正经入伍吗？我爹爹的问题，还不知道有多严重呢！部队能要我这样的？"

朵儿把话头接住，还是建议她俩再考虑考虑，"小宁的想法，是不是有些道理？这是人生的大选择，是不是要特别慎重？"

小驹想都不想——

"哎！你俩啊，怎么就不认同我们？"

她转过脸，问清怡——

"哎！我发现，他们俩是不是，连相貌都相像哦？真的，看嘛！"

"还真是，心为貌根，想法一样，连相貌都相像啦？怎么这么多年，一直没注意呢？"

一语成谶，近四十年后，真被验证了，不过当时，就是几句笑谈。为了不伤和气，大家一起送走了清怡。

火红的太阳

照耀在中南海上
伟大的首都
你是毛主席居住的地方

清怡上路时，有些亢奋，还低声吟唱着，她已经知道，她档案中塞了东西，她父亲，不光留用、控用，查实为特嫌，旗里不安分因素调查，结果“卞清怡在列”。

再后来，听说她在缅北受了重伤，再见到她，双目几近失明，定格在我脑海里的，是那张女娃娃的脸，纯真，隐隐的忧郁，还有那个年龄罕见的决绝。

第十八章

弥勒笑僧就在川里人家

郝书记，老乡们，话里话外，常说有一召庙，供奉着弥勒尊。其实，我们感觉，从云主席，到村书记，连同普通老乡，好多人都是弥勒——笑僧的模样。

德旺书记的会散了，朵儿问我："你们还都是娃娃呢，怎么这么受信任？"

我说："你不是听到啦，书记说我们有知识，想做事嘛。"她说："知青，知青，不都有些知识吗，谁不想做事情啊？"

我想了想又说："都是男生吧，最乖那种，心不乱，踏实干活，'娃娃勤，爱死个人'，老乡喜欢，不看出身，大家没心理负担，活儿就干得更好吧。"

我又指给她看，北营子最近盖的新房，都有我们的汗水，到窑上脱坯，往墙上抹泥，向屋顶飞叉，一招呼，好几个后生一齐上，活计干得又快又好。

"那，你们也没少吃老乡，猪肉烩菜、黄米炸糕、凉拌豆芽…… 哈哈！平常，哪能吃上这些吃食……”

“那是自然啊，不过，我们毕竟是城里来的，吃得再多，比本村小伙子，食量也小得多呢……”

“老乡请你们，要划算得多?”

“其实，我们也高兴，老盼着谁家再盖房，解馋呢，在城里，很少这么享受……”

朵儿也受信任啊，安排到良种场，她常和令狐时间讨论粮种问题，认为这里常规籽种，已经多年多代，品种退化，酝酿改用杂交籽种，到海南育种。

“这里的老乡真好，对咱们这么好，‘视若己出’，叫成岱村自己的娃呢，北京人称哥们儿，这里称好兄弟，我义父离开这里很多年了，还时常想起、说起，让我来这里，他放心……”

“我妈妈也说呢，这里虽是边地，却是宽乡，你看到没有？咱们书记，面如笑僧弥勒呢……”

“嗨，小宁，妮妮可跟我说过，这里的人，好多人都像弥勒……”

“啊，脸盘圆圆的，眼睛眯眯的，阔口宽唇的，真是啊?!”

“妮妮说，老乡中，有人见过云主席，不少人都看到过他的照片，老乡认他的面相，特别是额头圆得好，眉目太可袭，觉得就是敕勒的现世弥勒，不过，她不敢跟小驹说，怕小驹训她……可是，她不说吧，又怕小驹做过头事……”

“那天，她有句话，说了半截子，说有个什么寺？让小驹给噎回去啦！”

“对，她和我也说过，是弥勒寺，就在咱们村西边，不过听说，让红卫兵全给烧了……”

郝书记，那次欲言又止，也是说的这个寺，美岱召，召就是寺，美岱的蒙文，麦达力（美岱召的得名是因为麦达力活佛在此坐床的缘故，当地人称麦达力，类似称颂阿弥陀佛），谐音为“美岱”，就是弥勒，这蒙地数得着的大寺，就是弥勒寺。

进入新世纪，我才有机会借着出差，到召庙参观，当年红卫兵点火，烧了几天几夜，文物殆尽，后来逐渐得以恢复，与这建筑主体，大有关系。

这召庙，依山就势，寺、城、宅，三位一体，墙体土筑石镶，敦厚结实，结构多为砖拱，浑同城堡，或比一般城堡还要坚固，“野火烧不尽”。

为了防止再毁，当地人把这里改成粮库，“储粮重地，闲人免进”，主体得以保留，收集、追寻、修复，文物重归，佛召再现。

佛教传入蒙地，信众特别讲究，佛有三世，燃灯佛为过去佛，释迦牟尼佛为现在佛，弥勒尊佛为未来佛，尤其尊崇未来佛。

美岱召诸佛，都构图丰满，在大殿中，从四周腰线，直到天花板，几丈有余，场面宏大，色彩绚烂，信众需要仰视方能尽观。

而弥勒佛，供位下壁，可以近观，仅披薄纱，袒胸腆腹，脚伸指动，一手捻佛珠，一手托布袋，与六位童子，欢快戏耍，是我见过的最活泼可爱的佛。

面相让人似曾相识，村书记，还有一些老乡，他们当然不敢自比佛尊，可面颊显阔朗，颧骨略高广，眼帘多舒展，老乡像佛尊？佛尊似老乡？

召庙住持告诉我，弥勒传到蒙地，已经从神佛，成为民间佛，被称为布袋和尚了，那布袋称为百宝袋，还称为乾坤袋。

百宝，是说他饥了、寒了，只要一坐下，把布袋往地下一撂，或伸手，或不伸手，荤素食物，布衲衣衫，可能还有，什么值钱宝物，尽入布囊。

乾坤，还是说他，饥不过食，暖不思淫，布袋往天上一扬，囊中百宝，任取四散，食寻饥腹，衣披寒身，物归需处，天承地愿，和乐人间。

"长老，人间施舍弥勒，弥勒施舍人间，食、衣、宝，从何而来啊？那，还有谁还愿意流汗、吃苦、务劳作、做营生啊？"

"施主不明？弥勒尊，本农家子弟，歌曰：手捏青苗种福田，低头便见水中天，六根清净方成稻（道），后退原来是向前。"

"弥勒尊是说，那布袋，所供百宝，皆素心劳作，诚意营生，方有福报？"

"施主了然。弥勒尊，一钵千家饭，孤身万里游，巡方化缘，从不歇息，问路白云头，升往兜率宫。麦达力！”

“信众也当，适如佛尊，劳作不息，营生不停！”

“施主了然。如此，百宝袋，人偈曰乾坤袋，天行地势，地顺天泰，袋为囊矣，时被觊觎，频频被夺，屡屡被烧，弥勒尊，失而复得，再失再得，无挂碍、遍十方、观自在，托上手、背于肩、挑在杖，始终袋不离身噢。麦达力！”

“麦达力！”

布袋有失，却一再复得，信众视为弥勒神奇，此乃乐生佛噢，未来佛噢，供奉美岱召，平视、共娱，敕勒人相信，有此护佑，劳作、营生，便有希望。

云主席在这里住过，开展活动，长城抗战时，傅作义将军在这里用兵，再往历史上说，这里的弥勒，和北京的弥勒，有好几处，都有着钩挂呢。

当时的美岱召，尽管已是废墟，朵儿和我还是想去看看，老乡听说了，告诉我们，“没有个看头啦”，只能作罢。

而后来却发现，朵儿与我各自手上，都有物件，也都与这弥勒，有着这样、那样的牵连呢，真如长老所言，弥勒尊——民间佛、布袋僧。

第十九章

单家兄妹青城脚下寻到教友

年幼的单家三兄妹，也是从京城来，让朵儿照顾着，三兄妹突然间消失了，原来是去寻糜子教友、奶子教友了，青城脚下的奎素村，收留了两个妹妹。

朵儿还有了新任务，照顾起新来的知青。

小驹上调，清怡离开，南营子知青减少了，旗知青办安排了新人，来了三兄妹，哥哥单小辫，带着俩妹妹，单丫丫、单小小。

不承想，这三兄妹，在北京地界上，竟然和我们是邻居。他们是被“甩包袱”甩出来的，也从京城来到边塞。

我们舜天男中，往南走一阵，就能看见一处神秘所在，高墙铁门，没有招牌的院落——一所工读学校，专收打群架、偷东西、耍流氓的“不良孩子”，单小辫就是。

他父亲可是虔诚的天主教徒，工读学校再往南，是座教堂，他父亲是教堂的木匠，教旨有“遗婴为罪”，若有身孕，绝不弃婴、溺婴，家里生下十个孩子。

20世纪50年代，“献堂献庙”，单木匠的生计，就上顿不接下顿了，孩子还一个接一个生，运动一来，教堂人员被遣散，他携家眷，避居京北郊老家。

一大家子，这么多人，张嘴要吃饭，单木匠看出来了，这里地少人多，族人有些愠色，看看第八子单小辫还算机灵，交代小辫：“带着俩妹妹，去敕勒川吧。”

单家，是京城教区最早的信众，蒙元时期，主教被恩准来华，后来，敕勒川的教士购买了大量土地，吸引了教徒，也安置了流民。

单木匠因修教堂，到过敕勒川，会过蒙民，见过那里命养的洪泥土、骡马羊、典契地，打定主意，找工读学校、知青办，把三兄妹，送上西去列车。

那年，单小辫14岁，两个妹妹，双胞胎，才13岁，他们见到朵儿，嘴都甜甜的，“姐姐”“姐姐”，不住地叫着。

谁知，单家兄妹到敕勒川没几天，就从岱村失踪啦。

朵儿急坏了，知青办、大队有交代呀，自己有责任啊，一天、两天、三天……无从查找，那时候全旗，方圆几十公里，除了旗府，都是泥土路……

“姐姐，你还好吧？”

“哎呀呀，单小辫！你们兄妹跑哪去啦？急死我啦！哎，哎，哎，怎么就你一个人呢？丫丫和小小呢？”

一周之后，单小辫回来了，只有他一人，两个妹妹不见了，他告诉朵儿，把她们安顿好啦，就放心吧，朵儿哪能放心，追问之下，他承认："送了人家啦。"

朵儿盘问："为什么要送啊？送了谁家啦？在哪里呀？"单小辫支支吾吾，朵儿把我们叫去，一起施压，他答应："那我带姐姐去看看吧。"

朵儿回来后，给我们讲，我们听得将信将疑——"他带着丫丫、小小，去找糜子教友、奶子教友啦……"

单家兄妹刚来时，已经开春啦，小辫听说很快就春锄、夏锄，之后夏收、秋收，都很苦重，停了官粮供应后，还得自己挑水、搂柴、点灶……

看看自己，瘦弱单薄，再看俩妹妹，青涩稚嫩，就琢磨，我连自己都管不了，还管得了她们？得找人家，爹爹说啦，遇着难处找教友。

有糜子教友，找到了，能够有吃食，起码饿不死，碰对了，还能混个肚饱，还有奶子教友，能给些教育，一起做做工，说不定，还能学点儿技艺……

他先是在岱村转，泊儿营子转完，转到淖尔营子，找人家，谁家是教友？屋顶啊、门窗啊，有没有什么记号，十字架啊、耶稣像啊……

他手上捏着一片彩色玻璃，运动起来时，有人捣毁教堂，大门、门窗，捣得稀巴烂，单木匠阻止，哪能阻止住，还差点儿挨了揍……

一片狼藉中，木匠看到一块七彩玻璃，完好的光体，描画着十字架、耶稣像，就私藏起来，这回交给儿子："遇上教友，拿出来，就能得到帮助……"

小辫又想起来，爹爹还说啦，近处没有往远处，东北方向，向着青城，那就朝远处走走。他带着俩妹妹，就悄悄上路啦。

青城、库库和屯、呼和浩特，建城时，蒙古族中兴，一土默特女子三娘子，监督建城，这是砖城，远望就是青黛之色。

当时有杂曲唱，"青黛染成千块玉"，寓意和乐美好，祖居漠北的蒙古族人，那里有青青的草原，南越大阴山，来到漠南敕勒川，也是风吹草低的一派青色。

不过，与中原常有战事，三娘子嫁给三任土默特部首领，一生主张息战修和，这青色，就又从漠南，浸染得越过长城，与京城一样样颜色了。

爹爹给小辫兄妹讲述这些故事时，他们未必听得懂，而能记住的是，青城与京城，连颜色都一样样的，心里就多了一份安稳。

这是一条山根底的路，要穿越沟涧，不时就出现溪流，一日中午，他们看到了青青的颜色，啊！来到青城脚下了。

就听到清凌凌——清凌凌的水声，一股旺泉，汩汩——汩汩——汩汩，水气昭然，水流翻滚，水花四溅。

兄妹们也是累了，都双脚如铅，扑到水里，捧起来就饮，甜甜的，冽冽的，沁心润脾，看看泉边的磐石上，刻写着：

奎素泉

后来知道，这本是蒙古语，“克斯陶勒盖”，意为“腹脐”，医者认为是寿命之穴，藏着天生的真息，若活化起来，能够青春不老。

这是好兆头啊，果不其然，再起身时，村落已经近在眼前，兄妹们试着走进去，有些惴惴，有些忐忑，蹑手蹑脚……

走着走着，忽然发现，有的人家，白白的窗户纸上，有彩色糖纸贴着，拼接成图案，阳光下，光彩闪烁，拿出自己的彩玻璃，阳光下，闪烁光彩——

主内平安！
兄弟姐妹，主内平安！
阿门！
阿门！

小辫借着彩光，试着敲门，晃晃彩玻璃，似有密契灵悟，就真找到教友了，四邻的教友，不动声色聚到一起，商量怎么安顿这两位小妹妹。

“就留在我们这儿吧，我们山根底，水好、地肥，比起岱村，要好许多。”

“京娃娃中，女娃娃不少呢，听说，去建设兵团的，兵团军官，糟蹋了不少，惹得北京总理发怒啦，命令开杀戒，以平民愤。”

“一些村子，也不行，男娃娃娶不上亲，打人家北京女娃主意，骗婚骗媳，有对人家好的，也有对人家不咋地的。”

朵儿看到两个单妹妹有了归宿，就和小辫一起回村，俩人还回头望望，不远处，那是青城的青黛之色，心也就放下了，脚步轻快，往岱村走去。

这一路上，从山根底自东向西，竟不时看到，地头陇边，各种药材，繁茂萋萋，枸杞、党参、锁阳、甘草……

第二十章

朵儿想着农种赵小驹非要剜苗

朵儿从书上知道，敕勒川过去的农种、兼种。我告诉她，村子里也悄悄种着枸杞、党参呢，长得还特别好。赵小驹却要剜要铲，给毁掉，甚至因此还要绑人。

朵儿回来后，我去看她，她坐在炕沿上，埋头翻着什么。

“回来的路上，看到各种各样的药材，就想起临来时，义父交给我一本农书，记载这个地方，‘农种不孤，兼种犹多’……”

一本不算厚的硬壳书，牛皮纸把封皮、扉页，包得严严的，她指画着书上，元有司农司，边驻旅蒙商，外来天主堂，晚近辟垦务，都分神于农种。

“牧而有农，农而习种，种而择优”，延续到民国，傅作义将军参与，造产救国、造产救穷，开发绥远，其中的敕勒川，她让我看，文字还配着照片——

满洲大豆
奉天玉米、高粱
俄国大麦、亚麻、甜菜
荷兰乳牛
巴西种猪
西班牙来格红鸡
法国家兔
澳洲美利奴羊
宁夏枸杞
山西党参
新疆锁阳
甘肃甘草

朵儿显得兴奋，不停地讲述着——

“这里，中原农地、塞北草原，相互过渡，两地在纬度上一样样的，都是北纬40°上下，同此凉热的地方，甚至比京城还好，温差大而有节度，冷而不寒，暖而不燥，反而有利于一些粮食、经济作物、牲畜、药材，长得更好，如果杂交，更能得到优种优品，以前，就引入了各地各国这么多品种。你是不是奇怪，这边塞之地，焉能如此？我告诉你吧，是因为有平绥铁路，清末咱们当地的商人就上奏朝廷，要修铁路，后来官办介入，到民国初年路就通啦，那时全国都没有太多铁路，敕勒川‘边’而不‘塞’！……”

这是一本《敕勒农事考察记事》，由于是民国版，朵儿不敢张扬，还把作者、序者，封得死死的。她继续跟我叨唠——

“我啊，只看其中的技术知识、专业内容……小宁，我也纳闷，这记事中的事情，现在哪能看到啊？哪有‘农种不孤’啊？毛主席可是讲‘以粮为纲’，不过这里的粮食，也长得不好啊。”

“我听北营子南头的有威老汉，爱说葡萄话，说什么‘毛主席好老汉，只让干活儿，不管饭’……”

“这恐怕冤枉毛主席他老人家了吧？他农家出身，看到农民穷，才立志改变，听说，他到苏联访问，要把苏联的东西南北都走遍了，特别要看集体农庄，后来知道他们的集体农庄，也解决不好粮食问题，就要办人民公社。”

“现在看，办人民公社，也还是粮食不充足，各种种植也废弛啦。”

“所以嘛，我为什么搞兼种试验？为什么搞良种试验？就要看看能不能找到好办法，找到好出路，粮食当然要种，可是得种好，其他非农作物，也不能不种吧？这不，有办法、有出路啊……这农书，讲的是过去就有呢，现在才知道，嗯，当下也有啊，看人家山根底，不也种了各种药材吗？”

“嗨，其实呀，咱们这儿，咱们岱村，也‘不孤’，也有‘兼种’呢，我就见着药材啊，你不知道？”

朵儿有些惊愕：“咱们岱村？也有兼种？真的假的？”

我就告诉她：“岱村的地头陇边，你是看不到药材的，我在大队负责治安嘛，到处转悠，知道堡子院里，房前屋后，种户也不少呢。”

尤其是枸杞、党参，在这里长得特别好，游商就带来种苗，神出鬼没，送到庄户人家，到了收获季，不知从哪里又冒出来，全数收购，兑付现金。

之后，游商就消失得无影无踪，老乡知道，这属“资本主义非法经营”，“破坏以粮为纲”，却能解决现金花销，就屡禁不止。

朵儿在良种场干活儿，从住处到良种场，从良种场到住处，两点一线，不太了解这些“院墙里的秘密”，她想看看，我就带着她，找上妮妮，在南营子转。

“你们这是什么做法？不懂得吗？”

“走草地，喝炒米，走胡地，随胡理……”

“王二杆子，你不要嚣张！抗美援朝时，你怯战私逃，这旧账还没算呢，你还想添新账?!你要再闹，现在就把你绑了，送到公社群专大院！”

“啊，你这女娃子！还京城里来？怎么能鄙睇（讥讽）人呢？你看看北营子的知青，你看看咱们营子的朵儿，可是没有你这副嘴脸！”

就这么巧！赵小驹回来了，就起了波澜，她回来取换洗的衣裳，遇见游商收药材。之前，旗里下发文件，杜绝药材种植，保障以粮为纲。

大队、小队也看到文件啦，都没当回事，她却叫上南营子小队的队长，带上几位民兵，挨家挨户，刨枸杞、铲党参。

撅根毁苗？王二杆子看不惯，就挑头与她理论，双方都不示弱，一个拿政策说事，一个靠乡俗评理，嘴巴子都足够好，眼看赵小驹要绑人。

“男不和女斗，老子什么没有见过？嬲（纠缠）也不嬲你，不待要嬲你！嘿嘿，看来，这个村村，俺德旺侄，管不住喽，俺也别给他找麻烦，俺走、俺走、俺走……”

王望奎看赵小驹天不怕、地不怕，就不想理她了，不知动了什么心思，扒拉开人群，一走了之，后来还真就离开村子，十天半月，也见不到啦。

我和朵儿、妮妮，看到这种场面，都上前劝赵小驹：“政策执行，也要讲政策吧，干什么这么着急，触犯众怒，总归不好吧？”

赵小驹怒目圆睁，盯住我，再盯看朵儿，又盯着妮妮，正了正军帽，整了整军装，束了束板带，也不管周围老乡怎么看，对我们大吼起来——

“宁宁，我说过好多次了，革命是有原则的，就因为是你，我忍着，不与你争辩，可是，这是割资本主义尾巴呀，你犹豫、彷徨、动摇？这样下去，还怎么改天换地？怎么完成毛主席交给我们的，继续革命的使命？”

“朵儿，咱们是发小，是姐妹，我不愿意伤你，可是，你知道吗？你也犹豫、彷徨、动摇，你要堕落吗，有人已经写检举信，送到公社啦，检举你，还有令狐时间，你们在良种场，搞什么鬼名堂？”

“妮妮，咱们在一个队上，你挺照顾我，可是，感情不能代替政策，你知不知道，这不是一个种植问题！啊，你父亲是蒙古族，你可要小心，运动正在深入，你不要被坏人迷惑了，这么点事情都推不下去，还怎么把运动进行到底？”

第二十一章

赵小驹查罂粟遭郝书记质问

和煦的阳光下，乌力罕老汉刨弄着罂粟花，赵小驹带人来查毒，她的本意是，由此追查背后的人凶，郝书记力保乌老汉，几句质问就把问题化解了，赵小驹不得不有所收敛。

围观的老乡，里三层外三层，我们也不再说话，任由赵小驹喋喋不休，不依不饶："我要向公社反映，看来，这个岱村还不简单呢，一定要把盖子揭开！"

她命令队长和民兵，南营子的药材，必须连根拔掉，之后，她会找大队领导，解决北营子的问题。

她扭头看到朵儿、妮妮："啊，你们的问题，更大更严重！走吧！走啊！去解决你们的问题！马上解决！"

她让我们都跟着她，急匆匆去良种场，嘱咐人到营子里，叫上令狐时间。

良种场在村北的滩地上，经精耕细作，成了肥沃良田，种植着好多良种，是知青的试验田，也是村里的育种地，夏秋之交，片片葱绿。

一种草本植物，绿色初染，细长茎身，互生羽叶，顶端的花芽，让人想起去年秋天，那时花蕾绽放，婀娜瓣花，酽红、绛红、浅红，娇艳得让人喜煞。

看护良种场的老汉乌力罕，正在地头陇边，刨弄着什么。

赵小驹，走近来逼视着乌力罕老汉——

> “去年就注意到啦！果真是啊！乌老汉，这是什么？你说说看，照实说来！”
>
> “这是？知青娃娃？你问我吗？嗨，花嘛，漂亮花，种着玩玩，玩玩呢……”
>
> “啰唆什么？听不见吗？问你呢，这是些什么？说不说啊？”
>
> “嗨，嗨，就是，就是甲青啊……”
>
> “什么？你再说？”
>
> “嗨，嗨，也叫阿芙蓉，也叫洋牡丹……”
>
> “说得好听，再说！”
>
> “大烟花，洋烟花……”
>
> “啊哈，就是鸦片、罂粟，就是毒品！种植毒品！白粉，海洛因，红丸，毒品泛滥吗？！”

“毒品？”朵儿、令狐时间和我，被吓住了，我想起妈妈的提醒，妮妮却不以为然，靠近赵小驹，叫着“姐姐”“姐姐”，说乌力罕是老实人，不会干坏事。

她又靠近乌力罕，叫着“叔爷”，让他不要害怕，赵姐姐是公社派来的，来了解情况，有什么说什么，用不着隐瞒。

老汉定了定神，说这籽种，不少人家都有，不少人家都种，他小时候，地里种的一片一片的，开花的时候，好看得很呢。

老汉有些忘情，眯起眼睛，飘飘欲仙的样子，和煦的阳光，把他那张笑脸，与背后的绿叶、花苞，照射得成了一幅画，众人也松弛下来。

“哎！哎！你这老汉，要咋呀?！不老老实实交代，还得意起来啦?！不要瞎侃啦！快快如实交代!!!”

众人也惊醒了似的，乌力罕老汉，就又交代了一阵，说他长大以后，特别是解放以后，再也不见种了，村里人，包括自己，再也没种了。

他看赵小驹，还是不依不饶的样子，就又絮叨了几句，意思是，这花儿实在漂亮，人们还叫它英雄花呢，如果见有人种，就为看花。而且，就是孤零零几棵，没有成片的种植啦，人要是染上风寒，那花果果，割下白浆浆，晾晾干爽，一吸呢就治好啦。

后来，读蒙元史，读敕勒史料，才知道，大汗西征，罂粟流入，就是观赏，也有药用，后来王朝更迭，官家吸食，浸入民间，借此征税，泛滥成灾。

到了民国，内战、抗战、内战，各派势力，聚财敛财，竟都倚此“特货”，课重税、换重金，支撑征战，敕勒烟民遍地，成为献贡者，也成为瘾伤者。

新中国成立后，罂粟毒品，始被禁绝，而此地比起中原，毕竟是冷寒之地，乡民身体不适，仍然习惯镇静、麻醉、催眠，耽迷其中，被医学称作的生物碱。

当初，看到王二杆子，他们捡白片片，我还担心过，这回才明白了，没有什么大不了，不知为什么，我相信妮妮，也相信乌力罕。

后来，我们往来敕勒与北京，老乡常托我们带些止痛片、镇痛片、活血片，其实就是为了吸食里面那丁点儿生物碱镇痛。

而且，那时候，药品短缺，老乡需要，我们能够代购，也是一份情缘，一种本分，一直也没有发现，因此而被毒毙的。

至于种植罂粟花，那些花朵，茕茕孑立，却真是漂亮，就是割浆、晒片，吸食起来，剂量有限，辅助疗治罢了，难能成瘾，更不要说成为瘾者。

而赵小驹，完全是另外一种判断——

“乌力罕！你是蒙人？祖上东部盟？有组织关系吧？什么关系？”

“知青娃娃，你不要喊叫嘛，我来慢慢说，是，我祖上，是东部盟的，抗战初，想打不能打，想战不能战，跟着退到关里，又退到这里，我们伤心啊，想家呀，被傅长官收留，一直做垦务，再没有什么关系……”

“没有关系？种罂粟干什么？啊，筹集活动经费吧？你们有多少人？怎么联络？公社的云贵小，是不是元凶？是不是你们的头目？你给过他毒品吗？说！”

也是后来听说，公社搞运动，草木皆兵，群专大院，周遭都是纸扎人像，要求各村深查目标，锁定目标后，人进大院监房，纸扎跪在院墙外。

云贵小，公社副书记，祖上也是东部盟的，被查后，一直没有认供，就被整治，放倒在长条凳上，撩开肚皮，肚脐眼上，炭块煨火。

任脉要穴，炭烤火灼，窍迷厥乱，他就昏死过去，苏醒后逼讯，还是无果，就推出去熬站，室外画圈，不准移步，夜高风寒，僵直跌倒，瞬间毙命。

赵小驹让民兵撬开他的嘴，查看是否吞毒，可能她听他父亲讲过？敕勒人有这么一种死法，不堪侮辱，吞食烟膏，即可身亡。

据说，日占时期，不仅晋绥军，八路军的大青山游击队，包括普通百姓、乡民，遇到日寇，不能躲过时，往往就这么，慷慨赴死。

也不知道云贵小吞没吞毒，赵小驹疑心自诈，急于抓到疑凶，竟怀疑起朵儿、令狐时间，迁怒妮妮，把他们带到大队部，索要交代、供词。

她的意思是，两线作战，让民兵把乌力罕带到公社，严刑逼供，让朵儿、令狐时间、妮妮，提供旁证、佐证，钳型两翼，合围取证。

德旺书记知道后，到公社去交涉——

> “小赵啊，你见到贵小书记吞烟膏啦？嗯，没见吧？又怎么能怀疑乌力罕老汉呢？”

"那，那，云贵小怎么就死啦?"

"他可不是容易死的人，你知道吗？他从小在青城武馆练拳，靠身锤、八卦拳、鸳鸯钺、换手剑、阴把枪，样样好，全公社都知道，他要真是坏人，弹弹腿、勾勾拳，劈头诛心，就把你们先弄死啦，之后自己再去死也可以啊……"

"他敢！我们有自治区、党中央的尚方宝剑，强大的专政机器……"

"怎么不敢？他知道自己必有一死——不过，他选择了自亡，你不想想，他至死没有伤你们，碰都没碰过你们吧？为什么？他不是不能啊！"

…………

"他曾经是巴师长的部下，师长来电话，商调你去公社，我们知道你是赵军长的女儿，贵小书记啊，那是不想给军长添麻烦……"

…………

"小赵啊，你该想想啊!"

…………

赵小驹慌了，傻了，缓了好一会儿神儿，向德旺书记摆摆手，书记就把乌力罕带了回来，回到村里，让朵儿、令狐时间、妮妮，也都回了家。

第二十二章

赵小驹聚众屠犬触犯众怒

春荒时节，赵小驹来催粮，理由是粮食不够吃，为什么还养狗？交不出粮食就杀狗！真就在操场上，集中屠起犬来，妮妮喊着北京赵姐姐“你把自己弄脏啦！你成不洁之人啦！”

敕勒的春天，很快就接上夏天，我们知青各自忙碌，除行医、从教、喂牲口、务良种，都帮助春播，参加春锄、夏锄。

收工后，还有村务，大队的、小队的，还自找营生，示范垒猪圈，试验种瓜菜，堆沤农家肥，栽种防风林……

春煦夏阳，季节交替下的博乐格岱，南望是无尽的青苗，北望是洒绿的大青山。而此时，敕勒川却又突然躁动起来。狗吠人喧，上百家犬，被牵到小学校的操场上。

“各位乡亲们，我们地处北部边疆，苏修蒙修，虎视眈眈，劳军戍边，是我们义不容辞的责任，光荣使命，上级已经发文，征集‘忠字粮’，可是，我们岱村，迟迟没有动静，公社派我回村征粮！”

“荒俭于春夏，哪有这时候征粮的？我们去年秋天交了公粮，哪还有余粮？离秋收还有一截子，我们恐怕都要断顿呢，京娃娃啊，快快行行好啊，不要再闹腾催粮啦！”

“我问你们，粮不够吃，为什么还养狗？有狗粮，没有军粮？哪有这样的道理？交不出军粮，就杀狗！而且，现在边防部队日夜拉练，夜间行军，到处狗叫，暴露军情，这些狗，本就该杀！”

赵小驹越过书记、大队长，强迫小队长，把两个营子的狗，都集中起来，看与乡亲们理论不清，就要开杀戒。

她侧过身子，拍拍身旁一个半大小子，指着学校半高土围：“牵上你的狗，把它吊到围墙上！”那后生怯生生，不动弹，她就连推带搡，狗就被吊起来。

“吱——吱——吱”，“嗷——嗷——嗷”，那只家犬，被悬半空，凄厉哀号，乡亲们仍然不动声色，“那就不客气了！”她抓住牵狗绳，猛一发力，犬竟身首异处。

血肉模糊的犬身，跌落在土围下，犬首滚落到远处，犬血迸射得老高老高，又溅落到四周，一切都好像凝固了，现场一片死寂。

突然间，“汪——汪——汪”，“吽——吽——吽”，“嗷——嗷——嗷”，百多家犬，都狂吠起来，声接过声，音高过音，挣脱着牵狗绳，齐齐朝向赵小驹，犬哀其类啊！

我们知青也聚拢过来，看到这场景，都很惊骇，我看到妮妮也来了，她想制止自己的这位北京姐姐，却没有来得及，很是懊悔，妮妮尖声喊起来——

“赵姐姐，你怎么啦？要做不洁之人吗？”

“什么不洁之人？”

“走遍敕勒川，哪有人杀狗狗啊？杀了狗狗的人，自己就脏啦！姐姐，你把自己弄脏啦！你成不洁之人啦！”

后来我听老乡讲，草原上一直有这样的传说，天神造物时，人与狗狗，都是干干净净的，魔鬼来作乱，狗狗为了护住人，就把自己弄脏啦，长了一身毛。

狗狗不仅代人受过，还忠实地追随着人，放牧时驱赶狼群，驻牧时看护毡包，农耕时防范禽兽，农居时守望堡院，人们宰羊宰牛宰猪，也不会杀狗。

妮妮几句话，点穴似地止住了小驹，赵小驹呆立在那儿，再不敢张狂，朵儿见她无措，就好心地走过去，靠近她，轻声说道——

“忘了吗？在驻军驻地，看师长宰羊，连滴血都没见到，提肉都不伤骨，这个地方人与生灵，同天同地啊，你怎么能这么干?!……”

“我，我，不这么干，任务完不成啊！”

“看，看，看你自己的手，血渍呼啦的，再把别人弄脏啦，还完成任务？人们躲你还来不及呢！”

众人牵着狗，就要散去，书记、大队长来了，与赵小驹打过招呼，就发话啦："上级要粮，我们还是交，两个营子，把你们场院打扫打扫，一两日交上。"

后来，书记跟我说过，这几年来，有幸天公作美，风调雨顺，收成还算好，每年该交的公粮，没有少交过，但是，如果还要不断加码，乡亲们就不高兴了。

而且，毛主席说过，少数民族地区，要充分自愿，由我们自己决定，云主席就是这么办的，民主改革，不分不斗，"大跃进"时，从不争先。

农区划成分，就宽容，对牧养农种，就宽松，这里没有发生过浮夸风，其他一些地方，强征公粮？口中夺食？更是没有过。

所以，这里没有发生饥荒，给国家的贡献反而不小，还收容了外省的盲流，甚至在这里安了家，连书记我都是娶的甘肃女人。

可是，这几年，政策越来越紧，乡亲们的存粮越来越少，流言也多起来，虽然家家挂着毛主席像，大汗的像也被翻腾出来，不能明挂就暗挂。

"小赵啊，你也不要磕踉（难受）了，回去给公社领导汇报吧，粮食很快就会送到，只是成色没有那么好啦，青黄不接的季节，这也很不容易啦……我作为村书记多说一句，你京娃娃，到了我们蒙地，望奎叔老讲随蒙理，不知道你理解不理解，这里是民族自治的地界……"

“那——就谢谢书记、大队长啦!”

赵小驹失意而归，仍然没有反思，后来看到送去的粮食，大发雷霆，稗粮、碎粮、土粮，籽粒不饱满的，公粮剔出降等的，打扫场院归拢的……

但是，她再不敢回岱村了，想起那百多只犬吠，有些战栗，却又不甘心，怀疑起郝书记，不是好东西，“还夸王二杆子?!听说，他俩都和什么女人有染……”

赵小驹，与岱村结下了梁子。

第二十三章

我打井闯大祸伤了小娃脾脏

岱村没有下泄的洪泥，也没有自流泉，我就组织打机井，钢缆绳意外断裂，绞盘推杆击倒赵小娃，致脾破裂、脾摘除，我闯下了平生没有闯过的大祸。

同学们都在忙，金鸽和我都想再干些事情，因为都在大队兼着职嘛，他要给村里拉电，油灯变成电灯，驴磨变成电磨，信邮变成电话……

“还有农用，如果有了电，就可以打机井啦。”我盼着他早点儿把电弄来，好进行改土，漫灌、淹灌，留下盐积碱渍，这里的良田，快退化成盐碱滩啦。

郝书记、隋大队长弄来4万元巨款，交到金鸽手里，送他上路，他去了青城，可能是找了扎那，有知青的名头，几天之后，施工队就进了村。

电接通后，我和书记、大队长商量打机井，他们呵呵笑起来，说北京人打井，可是向蒙人学的，忽必烈建大都，先就找水源，先就打水井。

蒙地，包括敕勒川，人喝、马饮、地灌，水源如命，黄河、海子，数井水甘甜，京城始建，收集地上水，涸沛难知，还得凿井，不仅甘甜，而且充盈。

凿了井，有了水，才建房舍，才修胡同，四合院里有井，大街小巷有井，自流河、大运河，加上遍布的水井，据说京畿堪称泽国水乡。

可是，岱村不行，水肯定有，村里的吃水井，都是甜水，再往下，却一定是盐卤水，浇不了地，可能是咱们这村村，风水不好。

我来时，不是秘藏着愿望嘛，他们一提起，北京人凿井，我就想起发小，“水窝子”的后代，汲井水的、卖井水的，让水夫拉着水车，把甜水送到户家。

我们北京的院里是有自来水的，水龙头一开，水就哗——哗——哗出来啦，可是，我喜欢追着水车，跟发小们帮忙送水，逮着机会，喝上几口，可比自来水甘甜。

其实，我早就动起心思了——想做事，四干会上，我找过山根底的阿拉兵大叔，还找过岱村的北邻、善友板申村的云青云大叔，请他们指点。

他们都是自治区劳模，领导的都是富裕村，阿大叔说，靠的是大青山冲下的洪泥巴，云大叔说，靠的是高坡地掘出的自流泉。

洪泥巴能自肥，自流泉能自灌，没盐没碱，还能长不出好庄稼？而我们岱村，远离青山，地势低洼，不能自肥，没有自灌。

听说，原来的洪泥，也能冲到岱村，后来兴修水利，被上坡的村村，都给截流了，也是洪泥越来越寡淡，就再没有洪泥到村了。

自流泉也是呀，不出三五里，人家北厢的村村都有，掘个丈八、几丈，就冒出来啦，哗——哗——哗的清水，日日夜夜不断流呢。

“你们除非打深井，这可是吃劲儿（费力气）的营生，有没有好水，还要看看。”两位大叔出了主意，也嘱咐我要慎重。

想想当年，年幼无知？因而无畏？想做事嘛，就干起来了。

也是通过扎那，请来了青城打井队，我们一起，在村北沙滩地上，捡着枳芨草棵子，寻找可能的水源，枳芨的根部，坚且长，成了找水的指标植物。

大致确定了探井位置，我就组织村里青年，帮助做各种力气活儿，开钻几天后，探到几十米处时，果然是盐卤水，臭气熏天。

“小司马队长，这可不是好水，多年漫灌、淹灌，沉积下的水，风一吹，这味道飘到村子里，老乡会鄙睇呢，会骂犵狍呢，这井，还要打吗？”

“我也不懂啊，你们都是技术人员，你们说呢？听说，探到百米以下，有可能就是清水啦？”

“这沉积层有多厚，不知道啊，那，那就试着往下探？”

“那，就试着往下探！”

打井队和我商量时，正值凌晨，乍暖还寒，朔风凌厉，二十几个后生，伏在长长的铁推杆上，推着绞盘，铁冷粘肉啊，就都搓手跺脚。

东方显露曙光，云蒸霞蔚，让我们都振奋起来，寒意驱散，热情高涨，可能是探锥下探，速度没有控制好，或者是设备老旧？

突然，连接绞盘与探锥的钢缆绳，在高耸的井架顶端，开裂了，裂断的钢缆绳，失去了吃重，绞盘倒转，铁推杆跟着倒转。

铁推杆急速倒转，那么一瞬，那么一旋，重重地，把二十几个后生都打倒在地，前仰后合，井台上躺倒一片，铁推杆还在倒转，反而更加急速。

我和打井队长，站在井架下，观察井口，探锥失控下坠，而裂断的钢缆绳，鞭追似剑，劈将下来，嗖地擦过我俩的面门，垂落在井口。

过了一会儿，躺倒在地的后生们，看到钢缆绳，那炸裂的断头，甩搭到我俩面门，以为我俩头已点地，都惊恐地叫喊起来。

> “出大事啦！快去看小司马，快去看打井队长，莫不是出人命啦？”

我听着这叫喊声，下意识，摸了摸自己的面门，好着呢，没有事情啊，看看打井队长，也是囫囵（完整）着呢，就回应后生们。

“哎呀呀，没有啦，擦面而过啊，没有事情，你们怎么样啦?”

记得当时，我一点儿都没害怕，真是若无其事，倒是担心倒地的后生们，他们可别出事，看到他们一个个爬起来……不对啦，怎么——

淖尔营子赵家的小娃子，趴在地上，一直没有起身，身上的羊皮袄，染成殷红的颜色，嘴角还趟流着鲜血……

我让人欢欢拴了马车，赶快陪小娃子去旗医院，还没进诊室，医生就催促：“快去青城，去自治区人民医院，否则性命难保!”我们转去火车站，我有些紧张。

登上火车时，妮妮出现了——

“司马哥哥，小娃子怎么样啦？德旺叔、俺大，让我相跟上你们。”……

“哎呀，可是来人啦！小娃子一直昏睡，还稳定吧，我正发愁呢，我在青城，人生地不熟……”

“你放心吧，咱们找扎那，还有——”

“还有谁?”

“望奎叔也在青城呢，揽着活计呢，德旺叔、俺大，给他们摇了电话，咱们直接去人民医院!”

医生诊断：脾破裂，Ⅳ级，外伤性破裂，按照先保命、后保脾的原则，需要全脾切除，“哪位是亲属？这是病危手术通知单，请在上面签字！”

小娃子的亲属没有来，扎那、望奎、妮妮，看着我，似乎我应该签这个字，副大队长嘛，又是这次施工的负责人，可我没有这方面经验，有些犹豫。

妮妮，转动着眼睛，默默地看着我，凑到我身边，低声轻语——

“司马哥哥，这事情不能耽误！救命要紧啊！——我来吧，我来签，我也是大队的，妇女队长，我替小娃子亲属来签……”

“嗯——我来，我来签，该我负责的！”

我签下了字，可心里却万分担心呢，摘了脾，能活吗？就是活下来，还能干活儿吗？如果干不了活儿，怎么生活？他还小，以后要不要娶媳妇？要不要成家？

身体残缺了，回到村里，他的爹妈见了，会怎么样？还不得找我，索生命、讨寿命，真是遇上大麻烦啦！我可从来没有闯过这么大的祸呢！

第二十四章

小娃娘嘱咐我们做好兄弟

妮妮一手牵着赵小娃，一手牵着我，走进赵家堡院，小娃娘说：“没有愁事情，你们要做好兄弟！”念着我们的好，儿子受伤的事情提都不提！……之后我就组织开挖了第二眼井。

大家等着手术结果，扎那、望奎还比较镇静，彼此聊着什么，妮妮盯着我，不安心的样子，坐到我身边。

“司马哥哥，我们这里马匹多，人们骑马，如果跌下来，伤得最多的，就是脾，就是都摘了，也不会太影响生活，只是太苦重的活计不能再做了，跟德旺叔、俺大说嘛，让队上给他轻些的营生。”

“是吗？真的？哎哟，真是，阿弥陀佛啦！”

“借孟和腾格里之力（祈求上天的保佑）！这里的医生很好呢，也是从你们北京来的。”

手术结束了，医生走出来，报告手术成功，“病人年纪轻，只要注意，不会影响生活和工作”。可能看出我是北京知青，特别点了点头。

我还想询问，一位一身戎装的青年人，晃动着红袖章，拦住我，示意医生马上离开，“他是被监控人员，他的说法，你们不要全信！”

医生低下头，悄悄走了，我却好生奇怪，扎那和望奎，把我引到一边，悄悄说，这位医生，曾经去外蒙援外，不知说了些什么，被打成右派。回国后，没有让他回北京，送到乌兰劳教农场，边改造边行医，由于医术高明，摘帽后调到首府，慢慢地，大家都知道，京城来了位好医生。

三年灾害时，华东孤儿，谷蔬不足，朱德元帅的夫人，全国妇联的康克清，询问云主席怎么办，云主席说，蒙地人喜欢孩子，送到草原上抚养吧。

几千名孤儿，由于饥饿、伤残，被送到蒙地，经这位医生之手，救下了不少娃娃，转送到多个牧场，活下命，受疼爱，长成人……

这么有功德的医生，运动一来，又把他监控起来，“小娃子还是有福气，遇上这么好的医生，不会有并发症，小司马，你就放心吧！”

小娃子住院，有半个多月，按照大队吩咐，我一直守护在旁，妮妮在村子、医院之间，来回跑动，安抚家属、筹措交款、安排杂务……

“司马哥哥，咱们村里探到清水啦，还是自流泉哪！”

“啊？打井没有停下？还打出清水啦？还是自流泉？”

“是啊，德旺叔、俺大，让我告诉你，让你放心，待小娃子都好了，再回去。”

“阿弥陀佛！”

“借孟和腾格里之力！”

这么多天，井如何了？我连问都没敢问，妮妮也不提，这次她从村里回来，满脸挂着笑，小娃子也度过了危险期，我们仨激动地抱在了一起。

小娃子好转后，我们一起回到村里。走到小娃子家，我迟疑起来，心里怯怯的，踌躇着要不要进去？怎么对他爹妈交代？

妮妮看出来啦，一手牵着小娃子，一手牵着我，走进赵家堡院，声悦人前，叔叔、婶婶地叫着，见到二老，我下意识地，低头弯腰，一躬不起。

“哎哟哟，小司马吗？可是不要这样，这种事情，我们见过的，娃娃还年轻，身体会慢慢好起来的，妮妮告诉我们啦，以后大队安排娃子的营生，没有愁事情……”

“看这京娃娃，也年纪不大嘛，难为你啦，小小年纪，到这里来吃苦，毛主席他老人家，也不心疼你们？

你还惦记我们老乡，为我们做事情，我们看到啦，打出自流泉啦，清水浇地，地就坏不了啦……”

二老走到我近前，抚弄着我的头发，摩挲着我的肩膀，婶婶更是贴近我的脸庞，近得不能再近，看来看去，“哦哟哟，好可袭啊，难怪乡亲们喜欢！”

“你们要做好兄弟！”好兄弟就是北京话的哥们儿啊，她老人家把小娃子的手，与我的手拉在一起，用力晃了晃，一再嘱咐着。

二老又悉数着，北京知青的“事迹”：拉电、种菜、栽树、沤肥、行医、教书、喂牲口、务良种……

离开赵家时，我才觉察，自己已经热泪满面，泪珠扑簌簌，落了下来，我揩着眼泪，想起了自己的母亲，记忆中，跟母亲也没有这么亲昵过呢。

其实，我仍然心有余悸，直到几个月后，上面来了招工指标，德旺书记、世元队长拨出名额，让小娃子去了旗水泥厂，我才心有稍安。

后来，我见过小娃子，身体很壮实，居然看不出伤残的迹象，还能干苦重的活计，由于挣工资，娶了媳妇，生养了娃，在旗府生活下来。

离开岱村这段时间，在医院里陪护，真是郁闷，懊悔自己事情没办好，还闯下大祸，不过，一见到妮妮，心情就会好些。

不光是因为她笑盈盈的脸庞，轻盈盈的身段，喜盈盈的言语，是她带来的都是好消息——小娃子会有营生做，打出的清水能自流……

还说岱村，遇上了阳春艳夏，望奎带着枣花，悄悄秘密回到村里，直接去了德旺家，离开时，遇上了金鸽、蛟龙、振东，之后，村里就热闹了。

先是芦苇条，之后是羊毛线，趁着夜色，多少挂马车，就拉来啦，摸黑送到各户，枣花成了培训师，几天工夫，不少媳妇、闺女，就学会了编织。

我回村后，看到那些芦席、挂毯，真是好啊，经纬气象，编织上红太阳、红旗子、红花朵，还有字呢，毛主席、大救星、大恩人……

还有一些，是给自己编的，或者只送自己的亲戚，图形有青城、青山，有毡包、草地，还有白色战马，骑手头戴白色皮冠，那可能是成吉思汗王？

男人们，看到自己的老板儿、女娃娃，都能够挣钱，心急火燎，又赶上春锄与夏锄之间，有些空闲，就撺掇着，要去青城，跟上望奎叔，到工地做壮工。

不知道，知青干事情，激发了老乡，还是老乡讲胡理，逗弄起知青，红火热闹啊，让我也不再纠结打井伤人，组织后生们，挖开了第二眼井。

第二十五章

望奎张罗地下营生惨遭不测

王望奎在敕勒地面上，还是有一套，带回个漂亮媳妇，还张罗村里编芦席、织挂毯、卷香烟，组织起地下做营生，由于疏于防备，惨遭不测。

半夜的旷野上，传来凄厉的呼喊声：“救人啊，快救人啊！”

我让井台上的人，停了下来，辨别声音——南营子方向，惶恐的尖叫声，而且，是女人的声音，撕心裂肺。

我负责村里治安嘛，就赶过去，场院粮房，有人上吊自杀，和平在做抢救，跨在死者身上，活动双臂，按压心窝，做人工呼吸，可能有一阵子了。

我见效果不好，就俯下身去，用自己的嘴，对着死者的嘴，抽气、嘬痰，与和平彼此配合，有了效果，死者胸部一挺，“噗——噗——噗”，喷出大口大口的体液。

混浊、污秽、腥膻，带着碎粮、残肉、烟屑，酽脓稠血，喷了和平和我，满脸满身，有人给我俩，用手帕揩抹起来，眯眼看时，是妮妮。

还有，也是女人，后来听说就是枣花啦，她泪人似的，给我们揩抹一阵，就去看顾死而复生者，那“救人”的声音，就是她的呼喊啦。

再看死者，诈尸似的，一个扑腾，已经坐立起来，定睛看时，原来是望奎，我就叫骂起来——

“哦，哦，王二杆子？咋是你？哦，你个灰犵狍，咋啦？上吊？寻死？为甚？”

“小司马啊，不为甚，你叔啊，老啦，顶扛不住啦！”

“你不是说你能吗？任谁都不怕吗？还懂蒙地、懂胡理！”

“说给你了嘛，这一回啊，恐怕是顶扛不住啦！”

望奎与赵小驹吵架之后，独自一人，跑到青城，寻到过去的战友故交，跟着拉运输，贩苇席、倒毡毯，往草原上送货。

他想满都勒、枣花了，就去了趟台太阁村，给枣花带去了些营生，让她学着编席、织毯，挣些零花钱，也改善俩人的生活。

离台太阁村不远，毛纺厂要扩建，需要壮工，给的钱还不少，也不像跑运输，风餐露宿的，他就去了工地，而且，这里与台太阁近便。

要说呢，这么多年，枣花照顾满都勒，俩人感情挺好，可是，满都勒病秧之身，不但没有育后，性事还越来越不济。

望奎鬼机灵，看在眼里，枣花的饥渴，满都勒的愧疚，只有他来抚平，当初是他把枣花引来，交给了满都勒，这么多年啦，没能让这女子敛念收心。

而且，满都勒清清楚楚，枣花这么寡欲空怀，他的心也不安啊，按照习俗，望奎“搭伙计”，并非乱伦，相互心照不宣，反倒好活起来。

枣花活出个新样子，还是照顾着满都勒，而常有望奎来看望，彼此温存，还给自己揽了营生，手头钱多了，就梳妆打扮起来。

“满都勒！蒙古族？去过朝鲜？治安军？”

“是，满都勒，蒙古族，去过朝鲜，不过，是志愿军。”

“志愿军？晋绥军改编的！原来的治安军吧？混进来了吧？其中有秘密组织？对不对？说！”

“秘密组织？什么秘密组织？”

“装？不知道？知道师长吗？巴特尔？”

“是，师长巴特尔，可——”

“师长都是潜伏分子，你们这些蒙古族士兵，嗯？能够不是？快交代！”

“深层潜伏分子，还有这么漂亮的媳妇，你要不老实交代，连你媳妇一起，关押收监！”旗里来人，突审满都勒，把他与枣花看守起来。

刚过上几天好日子的枣花，泪如泉涌，搂抱着满都勒，让他好好交代，满都勒捧起枣花的脸，无语无言，就是死命地，亲吻着他的恋人、亲人……

旗里来的人，上来撕扯，想把他俩分开，只听“咯”一闷声，满都勒口鼻淌血，尺把长的血条，自口滑出，头颈无支，坠到枣花怀里。

满都勒断舌自尽，被批判为与组织对抗，可枣花知道，望奎也知道，他早就不想活了，不想连累枣花，想让枣花与望奎能够有个新生活。

掩埋了满都勒，望奎带着枣花，在一个夜晚，摸回岱村，直奔德旺家，他与书记商量，让枣花落户岱村，离开伤心地台太阁，他要正式娶她。

德旺当然同意啦，他也是认识枣花的，他自己的甘肃媳妇，就是枣花牵线，从台太阁嫁到岱村的，一直没有机会酬谢呢，这不，机会来了。

望奎、枣花都重义气，不想让岱村吃亏，就想做些什么，出了书记门，遇上金鸽他们，大夸知青能干，还说要一起，让岱村富裕起来。

说到拉了电，晚上也可以做营生，媳妇们、闺女们，编芦席、织挂毯，耍着玩着，就把钱挣到手了，至于男人吗，农闲时，就到青城做壮工……

这么说，这么做，都没有让德旺、世元知道，一是怕他们阻拦，二是如果有人追查，不给队上找麻烦，由望奎顶着，要查望奎，他能跑啊，他能躲啊。

望奎自以为老练老辣，张罗起地下营生，实际上，已经被盯上了，而且是旗里与公社联合行动，跟踪、取证。

一天黑夜，他与枣花在小学校给媳妇、闺女们培训，已经不是芦席、挂毯啦，讲的是卷纸烟，人们吸的盒烟，倒买烟丝，倒卖烟卷，能挣大价钱。

教室里，灯火通明，听说造烟，连男人们也来啦，还有半大的小子们，香喷喷的烟丝，软绵绵的烟纸，布丝、卷起、黏合，人们竟各自先吸起来。

望奎夫妇也不阻止，任凭男女老少，过足烟瘾，多少年啦，乡亲们，谁抽卷烟啊？都是大烟叶、黄草纸，卷巴卷巴，还有用毛主席语录，撕了卷的。

烟雾缭绕，热气腾腾，乡亲们议论着："这二杆子，在敕勒地面上，还是有一套，这不，还带回个漂亮媳妇，以后不敢再骂他啦。"

平日里，岱村的晚上是寂静的，离公路有七八里地呢，与前后左右的村子，都隔着好几里呢，很少有人走动。

望奎大意了，娶了媳妇高兴的？办了好事嚇陀（自大、不可一世）啦？高兴得了不起啦？黑地当作白影啦？把黑夜看成白天啦？

好像天兵降地，几个壮实后生，把望奎围住，上来就是铁手铐，铐得紧紧地，带着就走，在小学校黑板报上，贴上了告示，历数望奎罪行。

临战脱阵，违纪嫖娼，被除军籍，窝藏妓女，包庇蒙独。

非法种植，私自外出，贩运投机，无照揽活，承包黑工。

第二十六章

运动开始纠偏冤狱逐渐终结

周总理的侄女，身陷囹圄的云主席，向毛主席、周总理反映情况，运动开始纠偏，冤狱逐渐终结，赵小驹在岱村待不下去了，打算到部队去锻炼。

群专大院外，多了一个望奎的纸扎，院内连夜开审，有旗里的人，公社的人，还有北京知青——赵小驹。

让望奎承认自己是知情者、潜伏者，自治军打入晋绥军，又打入解放军，再打入志愿军，地下组织，深藏渗透，上到政权，下到乡村。

还让他举发同罪，比如巴特尔，比如云贵小，比如扎那，比如郝德旺，比如隋世元，暗中串联，勾结苏蒙，图谋蒙独，分裂蒙汉，生活腐化……

“这些潜伏党徒，真是不知好歹，老云押在北京，生死不明，这边的头头，在青城监狱中，已经死个毬啦，小喽啰们，再不认罪，都是个死！”

望奎委屈，夜不能眠，听到牢狱外面有看守们在议论，“都是个死？”不知是幻觉，还是静思，便自己说给自己：“有人招呼我呢，我得出去，给德旺他们报信儿。”

他偷跑出来，寻到枣花，让枣花去告诉德旺，得防备着有人加害，自己就来到场院粮房，觅到一截麻绳，念叨着“死不认罪，越狱逃跑，命不当赦”，便悬梁自尽……

望奎被救下，德旺书记来了，说这知蒙地、懂胡理的人，其实不知不懂啊，原来，几个月前，北京方面就发出文件，纠正运动扩大化。

扎那看到文件，就找了个机会，来找世元、德旺，他听说，岱村北京知青有参与到运动中，想提前提醒，按北京话说，让他们“别捅娄子”。

说到云主席，还是有忌惮，不过，敕勒川云姓多嘛，各级政府里，姓云的主席可多啦，避免被抓住把柄嘛，而大家都懂这云主席是谁。

说这些呢，都是低音闷声，脸贴脸，口碰耳、耳碰口，相互咬耳朵。

“扩大化？就是弄错了噢，云主席主政二十年，要搞修正？要搞蒙独？弄错了吧？怎么能搞修正、搞蒙独呢？

“毛主席、党中央，是信任他的嘛，延安时期，毛主席请他‘速到延安汇报工作’，肯定百灵庙暴动、大捷，蒙区民主改革、土地改革，毛主席也肯定嘛，说他是讲求实际的人，那里发展快、牲畜多，占全国第一位，带动全国少数民族地区发展，提倡按照内蒙古的办法办，我们都是亲耳听到传达的。

“一年夏天，他从北戴河回来，区党委机关就传看一张照片，是他与毛主席在沙滩上，亲切地聊着什么，都是只穿着泳裤裤，都露着脊梁梁呢……”

扎那说着这些往事，仍然吞吞吐吐，用现在的话，叫信息不对称，他知道的太多啦，都是内部传达，和流行的各种说法太不一样啦——

毛主席有满意？也有不满意啊？他把握不准——

“到底是，满意啊？还是不满意？

“蒙地已经很好了，怎么还是让他老人家不满意？地方上，云主席第一个就被扳倒啦，为什么？其中，没有办成他老人家想象的人民公社？

“老人家的想法，应该比苏联的集体农庄还好，老人家也说过啊，东汉的张鲁，人称‘五斗米教’的系师，搞过吃饭不要钱，凡是过路人，在饭铺吃饭吃肉都不要钱，搞了三十年，人们都高兴那个制度，这最有意思，开了我们人民公社公共食堂的先河，有种社会主义的作风，我们的社会主义由来已久了，在天下大乱、民不聊生的情势下，是农民渴望的理想王国啊。

“哦，张鲁、张鲁，没有按照张鲁那么办，就怀疑要搞独立？搞分裂？”

后来，德旺、世元与我说起扎那的想法，都说，如果吃饭不要钱，就没人想干活儿了，你们京娃娃都看出来啦，现在以小队为基础，有人都不好好干哦。

“我们樊山岳，在淖尔营子调查过，社员都说互助组最好，地归自己种，自然就努力，不过每户体力不同，有时需要帮衬，就搞互助，比单干好，也不像小队、大队养懒人……哎，德旺、世元啊，我记得，我们刚来时，扎那说过的，这里，过去有锄社，像你们的互助组吧？”

“嗯——小司马啊，你们说说呢，就说说，可是不敢让公社知道，更不敢让上面知道，等着事情慢慢变化吧，现在运动要纠正啦，以后农业政策也……”

“好，我懂，你们别紧张，我们不会去乱说的。”

后来，我们看到纠偏文件时，有毛主席的批示“照办”，是不是他老人家，并不知道下情？如果了解了真实情况，就会纠正那些偏差？

不久，知青中就传开了，是总理的侄女在草原插队，看到运动搞得又伤又死，而且事态还在发展，回北京探亲时告诉了总理。此后，就开始纠偏。

很多年之后，云主席的子女回忆父亲，写到身陷囹圄的他，当时身边只有随身的小收音机，从偶尔得到的信息中，猜想内蒙古出现了重大冤情。这时他突然得到通知，中央派人与他谈话，他知道这是唯一能向毛泽东、周恩来转递信件的机会，连夜伏案给毛、周二人写信。

他不谈自己，不谈子女，集中谈终止这一冤案，他知道，一场冤狱下来，会有成千上万的人受屈。待他复出后，还参与平反了多起冤案。

那个时候，文件的贯彻，往往遇到阻力，让搞运动的人纠正运动，其结果，可想而知，后来甚至不得不实行了军管。

由于文件下发迟缓，待文件到了公社，传达到大队、小队，待赵小驹知道时，错已铸成，好在望奎没有送命，村里就没有再与赵小驹计较。

赵小驹从公社回了村，再也不好意思在村里待下去，就与她父亲通了电话，挨了顿批评，父亲让她离开，到军队的大熔炉里，再去锻炼。

“宁宁，咱们离开这鬼地方吧，我爸让我去69军当兵，在山西，你要答应我，我找他去说。”

“哎呀，事情得一件一件做，还没种好地呢，又去舞枪弄炮。”

“我可知道你了，我没看错，你是有理想的，而且，为了理想，可以赌命，可以殉情，你说，是不是？”

“理想？赌命？殉情？说到哪儿去啦？我可没有那些野心，笃信事情一件一件做，要做就做好……”

“不说老实话，看，这是什么？”

《牛虻》，伏尼契的小说，《马丁·伊登》，杰克·伦敦的小说，这是我带来的小说，怎么跑到她手里了？

第二十七章

大汗陵前我们为巴师长哭伤

赵小驹带我们，去看成吉思汗陵，到了那里，巴师长告诉我们，曾经武力赳赳的汗王，后来主张永息相攻、弃武从法，看到巴师长被冤致重伤，我们不禁号啕痛哭。

小驹被公社遣回那天，无处发泄，游荡着找我，我不在，就私自翻弄我的铺盖，发现有小说，就带回去读，几天之后，看房内没有外人，就出现在我面前。

在我的童年、少年时代，接触过不少小说，英雄也好，伟人也罢，常常心动，而真正心仪的，是伏尼契写的亚瑟，杰克·伦敦笔下的马丁·伊登。

他们都是硬汉，为理想，不惜赌命、殉情，我也想那样活着。可是，我们有更大的理想啊，要争取入团啊，还要入党啊，改天换地啊，世界革命啊。

他们只是活在我的内心里，活在我的睡梦中，只要一醒来，只要一干活儿，理想就不一样啦，入团啊、入党啊、改天啊、换地啊、革命啊，都是这些。

“宁宁，我可不要做琼玛，把亚瑟错过啦，我更不要做罗丝，最后怎么也得不到伊登的爱……”

“你想什么呢，小资吧？不怕被批判吗？你的革命精神哪儿去啦？”

她靠近我，疯狂地搂抱我，闭上眼睛，伸过嘴唇，强吻起来，我忽然想起，好像听清怡讲过，她失去过母爱，一些老兵也让她失望过……

失过母爱，就自比琼玛？有过失望，就自比罗丝？

“你想过没有？琼玛误解了亚瑟，罗丝并不懂伊登，那些爱，是畸形的！”

“啊？畸形的？——啊，是，是，是畸形的？哦，畸形的……”

赵小驹悻悻离去，可是，并没有就此放弃，她陷在小说情节里，哼，亚瑟的女友琼玛，他俩可是发小，伊登活在男人世界里，他缺罗丝这样女性的爱……

“死宁宁，你就这么倔？也太乖了吧？小的时候，我给你揩过眼泪，你也给我揩过眼泪，你还摸过我的脐花，咱们还亲过嘴呢，你就都忘啦？

“看你们，这帮育实的傻小子，不食人间烟火，到你们想女人的时候，可就晚啦，只有我，这么惦记你，我们肩并肩，一起干革命，结下真正的爱情有多好！

“死宁宁，你是不是有了鬼啦？和朵儿，好像挺投缘的？啊，还有，那个妮妮，她一叫你哥哥，你就有些异样，是不是啊？

“我，我可不在乎她们，我和你，不但是发小，而且，现在革命形势这么复杂，我这么坚定，你有些文弱，我要帮你，灵魂深处闹革命。”

她认为朵儿、妮妮，都不如她，还想着怎么较量较量。

当然，她不能明说啦，只说是去看成吉思汗陵，她邀上朵儿、妮妮，把我叫上，一辆嘎斯来到岱村，载着我们就去了。

那天，烈日炎炎，像喷射着火焰，刺眼的日光，让我们眼都睁不开，就那么低着头，朝着伊金霍洛的草原，疾驰了好几个钟点儿。

前面出现了白色的毡房，一、二、三…… 啊，有八座，高贵华美，人称八白室，就是成陵啦，薄薄的云朵，遮住了烈日，好一处静谧安详的所在。

“巴叔，小驹向您赔罪啦！”

“赔什么罪？大汗说过，离开爹娘，才会生活，练硬翅膀，才能成长！”

“成吉思汗王说的？那，那您不怪罪我？”

“你爹爹说啦，让我给你好好讲大汗王……”

是巴特尔师长让赵小驹过来，见到师长，她一扑在地，跪在陵前草地上，师长拽起她，“有事情，慢慢讲”。我们就走进大汗与其正妻的白室。

运动纠正偏差后，师长重回部队，接到赵小驹父亲的电话，军长才知道，这孩子在运动中不仅没有撤火，反而不少添柴，“她不懂，敕勒兵者，非只强暴，实乃仁德”。

自己的女儿，哪来的野性？大青山游击，与傅将军合作，绥远军改编，都有敕勒遗风，汉蒙一家，如大汗所言，车之两辕，车之两轮呢。

“那就让她到成陵看看吧，听说虽有波及，未伤元气。”巴师长答应了她父亲，两位战友又聊起十多年前，共同参与了迎灵修陵。

抗战中，成陵向西北迁移，途经延安，盛大祭典，毛泽东、朱德恭称大汗，世界英杰，蒙古族旗帜，豪言共同灭寇，“两族一家，惟敌是挞”。

17 年后，成陵回迁，出现异议，连苏共都责难，大汗强暴，称霸欧亚，毛主席笑答，那是蒙古族人的祖宗，迎修为人之常情，对那些责难，置之不理。

两位战友参与迎修，大开眼界，懂得了何以强暴为仁德，灵柩之内，竟无遗骸，只存圣像圣物，“只祭灵魂，不祭尸骨”，秘葬肉身，回归自然。

亲见后裔嫡孙，背诵祭文，洋洋数万言，大汗眼中，星天旋回，列国相攻，大地翻转，普国相攻，大汗志在，成就霸业，逆旋回、止翻转，永息相攻。

这才知道，大汗神勇过人，武力赳赳，却从未杀害过自己的臣民，强力占土，也是图存，更是为了止息争斗，所治之地，弃武从法，依律《大札撒》。

守护成陵几百年的达尔扈特人，大汗忠勇将臣的后裔，牵出一群乌蹄白马，如帘鬃毛，似毡毛身，一袭银色，无染无杂，象征大汗铸成统一大愿。

“啊，我知道，我听父亲有过诗唱，人胜禽兽，甚为凶猛，无坚不摧。”赵小驹好像就没好好想想，反而有些迫不及待——

其额生铜也，
其喙凿子也，
其舌锥子也，
其心则铁也，
其鞭钚刀也，
乃如是奋勇而来也。

“驹女女说得对噢，看看，看看你巴叔，被凿被锥喽——”巴师长，突一声，扯开军服，袒露前胸，皮肤斑驳，肉洞深陷，疤痕累累，筋皮缠结……

“伤？伤成这样？怎么伤的？”

我们惊骇，喊叫起来，巴叔道来，运动时让他交代，不交代，便是不忠，为验是否忠心，造反派把三枚硕大领袖像章，刺穿皮肉，别在巴叔前胸上。

如果自己取下像章，便是不忠，如果不取，皮肉溃烂，疼痛难忍，甚或休克，乃至断命，身赴黄泉，性命之忧，还怕你巴特尔不交代？

巴叔，就是巴叔，豪霸之气，一如汗王！叫来看守，弄来盐巴，捻成盐粉，涂抹伤处，几番晕厥，几次再涂，伤处渐渐复原，像章与肉身，连为一体。

就这样，一直没有交代，直到纠偏，取下像章，留下伤疤……

我们几个，伏上身去，抚摸伤处，仰望师长，泪水不禁哗哗流淌，伤感号哭。

如此惨烈，让赵小驹有些尴尬，而妮妮呢，转过头来，盯视着她，赵小驹有些局促，可妮妮呢，目光就是不离开，看样子，非要怎么样——

第二十八章

看八白室始知伊金霍洛无争斗

遇见锁钥太师，参观八白室，方知道，成王安息之地，“伊金霍洛‘无运动’”，没有过分的争斗，大家热议着《敕勒歌》，怀念乱世之中，曾经有一片富乡净土。

“巴师长正话反说，赵姐姐没听出来？我也听过诗唱，要看对谁，彼此相交，誓约缔盟在先，如若毁约坏盟，才会好勇斗狠！”妮妮也冲口而唱——

夫两辕之车，
折其一辕，
则牛不能曳焉，
两轮之车，
折其一轮，
则车不能行焉。

“这就是仁德？我看妮妮家，毛主席像的背面，缀着大汗绣像，一像两面，两面一像，毛主席像，翻过来，就是大汗，都被尊重……”朵儿说着。

“特别是还藏着《青史演义》呢，啊，我可以说说吗？不是纠偏差吗？”朵儿征询着众人的意见，看着巴师长。

巴师长瞟了一眼赵小驹，示意朵儿说下去，她与妮妮，互相拉扯了一下，都从衣兜里，取出个小物件，含在嘴上，就发出徐缓悠扬的琴声。

> “平和虚静，这是我们东部盟的雅乐声，你们嘴里含的是口簧吧？大汗雄武，大汗也沉稳哟，不然，欧亚的辽阔疆土，何以能治？”

巴师长听着，目光似乎回到了久远的年代，他表情深沉，与朵儿、妮妮，一起说道起来。

那《青史演义》，全名为《大元勃兴青史演义》，章回小说，从东部盟，流传到西部盟。

就是在运动当中，也仍然有老乡悄悄讲述着，伴上口簧的韵律，讲者、听者，都如痴如醉，沉迷其中，朵儿跟着妮妮，就这么也了解了一二。

> “虽说是演义吧，小说吧，那是有史料为凭的，我还记得呢，‘我方熟寐，幸汝觉我，自今车辙人迹之途，当尽夺以与汝矣’……”

师长回想着，朵儿、妮妮帮助解释着，说这段是讲大汗与其他部落觅食、征伐，他帮助了人家，人家就来投奔，共约缔盟后，他自喻睡者，要感恩人家——

> “我像个睡着的人，你拉扯我的额发，才唤醒了我！我坐着便动弹不得，你从轮辕下拉出我，才使我能够站立起来。我要尽力报答你！”

这是说，大汗不诿过，不居功。赵小驹听了，似有醒悟。巴师长就带着我们，从一个白室，到下一个白室，看遍八白室，其实，什么也没有看到，里面都是空荡荡的。

大汗与正妻的，与第二夫人的，与第三夫人和第四夫人的，圣奶桶的，圣鞍辔的，圣弓箭的，圣神马的，圣珍藏的，所有陵寝白室，室有名、空无物。

一位长者，银髯似戟，红颜如染，一直陪着师长，二人说起话来——

> “老人家，你就这么守护着？”
>
> “啊，巴师长啊，是啊，这么守护着，我不害怕，我什么都不怕，有圣王在旁呢，我是手执锁钥的太师啊，任谁走开了，我也要留在这里……”
>
> “这里，倒是也清净，外面一直搞运动，这里没有搞运动吗？”
>
> “你没有听说吗？伊金霍洛‘无运动’哟！起初呢，也折腾啊，我们达尔扈特人，也被冤枉啊，也有

死，也有伤，更多呢，就逃啦……”

“伊金霍洛‘无运动’？达尔扈特人逃啦？躲啦？逃到哪里啊？躲到哪里啊？”

“师长啊，这，就不能说给你啦，是携着重物啊，你们没有看见吗？白室里，空空无物啊，圣像、圣物，都远远地藏起来啦，都妥妥的，放心吧……”

薄云落日下的成陵，更加恬静，锁钥太师，晃起手中的钥匙，丁零零——丁零零——丁零零，两匹黑蹄白马，风一样疾驰过来，护卫在老人身边。

“伊金霍洛‘无运动’！好，好啊，好啊！圣王陵前无争斗！好！好啊！好啊！”

巴师长似咏叹着，向老人家行礼，右手放在左胸前，颔首鞠躬，我们也都跟着行礼，之后缓缓移步，走出好远，坐上嘎斯、212，老人还在向我们招手。

一路上，竟都无话，到了军营，夜幕已沉，进了食堂，师长嘱咐："上酒！"赵小驹"噢"一嗓："套马杆！"这是蒙地的高度酒，我们还没喝过。

"孩子，你们还是娃娃，喝些奶子酒，虽然低度，也很好活啦。"师长让士兵抬上一瓦罐奶子酒，斟到瓷碗里，色鹅黄、味甘香。

可能是都饿了，大家就连吃带喝起来，我觉得好"受盈"

(爽快)，当地老乡也说“好活”，师长刚才也这么讲，就是愉悦的感觉啦，赵小驹却米水不进。

“驹女女，怎么啦？”

“巴叔，我不对啦？强暴不对啦？您，和我爹爹，都是行伍，不就靠暴力才打下天下吗？毛主席都说啦，成吉思汗‘只识弯弓射大雕’，这暴力还不够呢！”

“那要看对甚人？为甚事？”

“对什么人？为了什么？”

“对！对甚人？为甚事？你们来敕勒川，快一年了吧？听说过敕勒魂、敕勒王吗？”

我们仨知青，都茫然无知，妮妮高兴啦，亮声清音：“我知道！”师长让她讲讲，她却犹疑不决：“不是悄悄才能讲吗？”“我们这就是悄悄啊！”

妮妮与师长，你一句我一句，说起我们脚下的这片土地。后来，我看到有人介绍《北史》《明实录》等，确是有载，与他们的说法，一样样的。

那该是北朝时期，1500 年前，社会动乱，敕勒族人，从漠北迁到阴山南北，少数人领兵为将、受封为官，而绝大多数仍旧从事畜牧。

阴山南麓水草丰美，“乘高车，逐水草……畜牧蕃息，数年之后，渐知粒食……牛羊遂贱，毡皮委积”，乱世之中，出现了一片富乡净土。

敕勒人性格豪放，均好“引声长歌”，每逢节日，“男女无小大皆集会，平吉之人则歌舞作乐”，生活安定富足，触景生情，就有了本自天然的家乡颂——

敕勒川，阴山下
天似穹庐，笼盖四野
天苍苍，野茫茫
风吹草低见牛羊
…………

阅读时聆听腾格尔的《敕勒川》
感受内蒙古青春激情诗意年华

第二十九章

《广寒宫图》诉说着京蒙的静好岁月

众人又说到，土默特万户在阿拉坦汗治下，与朝廷息兵互市，结束了二百多年的战争，一帧丝绢《广寒宫图》，讲述着北京—蒙地、蒙地—北京，在悠远的历史长河中，边塞的静好岁月。

青山、长空、绿野，穹庐喻家居，牛羊比富足，那是一段美好的日子，留存传世的美丽长卷，传颂天下的悦音长歌。

妮妮示意朵儿，又含上口簧，我都听出来了，《敕勒歌》的古韵。“敕勒，在大汗王后裔，第17代孙，阿拉坦汗手里，真成了王者之地。”师长继续说。

敕勒川，曾有凄凉，边塞诗吟咏，“阴山常晦雪，荒松无罢风”，尤其与朝廷的战争，有诗话考释，“阴崖举火各因风，烈焰夜照阴山红”。

而到了阿拉坦汗时期，崛起土默特万户，逐霸辽东，经略青海，塞外几千里，自西向东，自东向西，以敕勒川为中轴，都在阿拉坦汗治下，统制依《法典》。

结束二百多年战争，与中原互市，畜换谷，茶换畜，互通有无，吸引移民，驻牧棚养，赐以田土，配以妻室，使有恒产，且有恒心，几十年再无战事。

“那时候，向朝廷提出互市，朝廷理都不理，阿拉坦汗没有办法，就只有老办法，强暴啦，率兵直逼北京城下……”

“啊，巴叔叔，俺听俺大讲过，他并没有攻进北京城哦……”

“啊，巴叔、妮妮，我想，是不是因为北京城是他祖先建的？”

师长讲阿拉坦汗攻北京，妮妮就说没有真攻，朵儿就猜佯攻的理由，她向怀里摸索，好像有个内兜，扯出一片丝绢。

她轻轻展开，灿烂如锦，金光掩映下，分明是月宫，嫦娥的殿阁重楼？鸱吻飞檐，梁柱斗拱，雕栏玉砌，虽是白描，巍峨绮丽景象，跃然绢帛。

“这实际上是人间，帝王宫阁，就在北京，在太液池，琼华岛离宫……”

“朵儿，太液池？琼华岛？这不就是北海吗？”

“是啊！”

“这与阿拉坦汗有什么关系？”

“我义父和我说过，太液池，所在的北海，曾经是元朝御园，以此为中心，建成了新城北京，蒙古族人称

‘汗八里’，意为大汗之城，我们汉人称大都……”

朵儿说着，赵小驹问着，巴师长拿起丝绢，仔细端详，看到卷尾一枚朱印，“桑哥剌吉”，“元朝公主，阿拉坦汗的先祖姑姑啊”。师长默默念叨。

“哦，看来，你们的先祖辈，都知道啊，北京城是不能攻打的，不然，就是攻打自己啦，嘻——嘻——嘻！小驹，小宁，咱们可是在那里划过多少次船啊！还记得吗？”

让我们荡起双桨
小船儿推开波浪
海面倒映着美丽的白塔
四周环绕着绿树红墙

朵儿，还有我，就唱起来，真没想到，北京—蒙地、蒙地—北京，上千里之遥，竟如此相连，不能相隔。

按师长的说法，阿拉坦汗可能是看到了类似的藏品，或者，起码他知道，历史上，京城与蒙地的渊源，便退了兵，朝廷也一改傲慢，准予互市。

长城内外，边塞南北，这么静好的岁月，民间就留下印记，朵儿的丝绢，名为《广寒宫图》，一看便知，珂罗版，仿真件，却也珍贵啊，不知怎么得来的？

我暗想，妈妈也给过我啊，说是北海琼岛的宫阁，思念北京了，可以看看，曾经是北京的中心呢，我也不知道哪儿来的。

“阿拉坦汗没有攻打北京，后来还在敕勒川，仿照北京城建了青城，是学世祖爷爷忽必烈，忽必烈定都北京，治国依汉制，包括建城，请汉人做设计，两城都是青砖青瓦，青城的设计，阿拉坦汗也请汉人，不过也有草原风格，自然本色……”

“啊，师长，是这样吗？怨不得你们对我们这么好，彼此这么亲近……”

“云主席也是这样啊，我们这儿，有这样的故事呢，他小时候，与汉人的孩子一起耍，有时候闹起来，就被骂‘小鞑子’，他就特别伤心，‘为什么骂小鞑子？不分你我不是很好吗？’”

“哦，那是过去的事情啦，师长，咱们现在，不是都很好吗？”

第三十章

赵小驹套狼被点醒离开岱村

赵小驹想发泄郁闷，索来套马杆去套狼，巴师长告诉她，杆子长长，索子环环，做事想周全，才能做圆满。她开始醒悟，离开岱村时，她把套马杆留给了我。

朵儿和我，与师长叙谈着，师长不时扭身关注着赵小驹，待我们吃喝完了，赵小驹仍然颗粒不食，转悠到伙房，拎起个瓶子，揣到怀里。

“巴叔，我能不能尝尝?”就晃悠起来，看到了，一瓶高粱白酒，牌子“套马杆”，图案是位蒙古族姑娘，骑在骏马上，舞动着长长的套马杆，蹄飞人跃。

师长知道她不受盈，就答应她让她带走，特别嘱咐她——

“今天说的，都是悄悄话，不要再说给别人，驹女女，想想吧，喝酒可以，不能醉啊!”

赵小驹没有喝，回到住处，就那么抱着酒瓶昏昏睡去，起夜时，回来找师长，去马棚找到饮过血的那匹，让师长也找了一匹，吵闹着要套马杆。

师长问她要套马杆做甚？她说——

“小时候，您教过我，想要耍嘛！巴叔，能不能听我一次？不然呢，我难受得不行呢！”

师长依了她，自己也拿了一副，两人就穿过林场，进入草甸，漫无目的地转悠，绕过高高的枳芨丛，在一个僻静处，歇下脚来。

风高月黑，竟看到了黄羊群，而远远的丛棵子里，绿荧荧的，似鬼火闪烁，赵小驹有些慌，“有狼，驹女女，不要被伤着啊！”师长交代。

黄羊群过去了，数只草原狼，闪电般截断队尾，几只散羊被围住，眨眼工夫，喉管都被咬断，嘁喳嘁喳，嘎巴嘎巴，吧唧吧唧，吞血噬肉，似风卷云。

赵小驹忍无可忍，抖动着手里的套马杆，想套住头狼，师长却按住她的手，不许她动弹，直到狼群，将黄羊连骨带肉，连皮带毛，吃得没有留下丁点儿血痕。

赵小驹，看到这狼弑命无痕，不服不忿，挣脱了师长，扬起套马杆，套马索就照着头狼下落，眼见狼头被套牢，师长的套马索，也落了下来。

师长收回套马杆，两环套马索，就缠绕在一起，扑棱棱，闪离了头狼。头狼惊恐，发现套狼人给自己留下了活口，遂带着群狼，迅疾逃离了。

“巴叔啊，你这是对甚？为甚？把这些畜生都放跑啦！我要吃狼肉，喝狼血呢！”

“驹女女，你说，对甚？为甚？叔给你说过的，那是套马索，轻易不套狼，除非狼吃了家羊，它们食黄羊，都是老羊、伤羊，黄羊群反倒古精啦……而且，你见到过、听说过？有人食狼肉吗？有人喝狼血吗？没有吧？”

“您是说，它们食的，都是弱羊，弱羊被淘汰了，留下的那些羊，反倒机灵啦？强健啦？”

“是啊，不要随意伤害啊！非只强暴，更该仁德！看你的套马杆，杆子长长，索子环环，我们蒙人的毡帐，环环的，敕勒穹庐，环环的，环环为圆圆，做事想周全，才能做圆满……”

其实，赵小驹没有睡行，没有夜游，只是做了个梦，她醒后就想，“噩梦吧？该讲给巴叔听，才能破梦啊！要是自己憋着，还不得一直受折磨？”

她刚一起床，巴叔竟站在她面前，她愣了愣，仿佛真被点醒，眼泪夺眶而出，哗哗地滚落下来。

她扑到巴叔身上，双手抚摸着巴叔的胸膛，边说边哭，难以自已，是不是忏其前愆？是不是悔其后过？……

赵小驹不好意思待在岱村，要去参军了。告别的时候，她把巴师长送她的套马杆，留了下来，说自己以为了解蒙地，其实有愧呢，让我帮她收留起来。

她搂紧我，说是告别之际，亲近一下吧，就吻起我的脸颊，看我没有什么回应，就转身去追赶马车，妮妮、朵儿要陪她到火车站。

她们消失在绿田里，隐隐约约，看到她翻弄着什么，像是望奎的动作，捻着什么，送到嘴里，索密痛？大烟土？她可能痛，身痛？心痛？痛不自已？

我又觉得，这不可能，有妮妮、朵儿在身边，她不该这样，再痛的苦楚，也犯不上用药啊，麻痹自己？“说出来就好了”，这是敕勒川人常说的。

嗯，可能是妮妮、朵儿，送给她口簧琴了，不管是口说出来，还是琴吹出来，人就会平复得多。

她会愧疚吗？言语伤害过人家，还把人家拘到大队，在道歉吗？

小时候，那么清纯可爱，现在，连妮妮、朵儿，都争不过，老乡嬲都不想嬲，还被叫成不洁之人，自比成了悔恨的琼玛，成了委身的罗丝……

后来，妮妮、朵儿都告诉我，她很记挂我，我收好了她留下的套马杆。之后，我俩通过几次信，也见过几次，我还陪她去过雍和宫、历代帝王庙……

第三十一章

麦田里遇上两个好闺女

村子里的农活忙开了，锄麦、拔麦，这麦地里的营生真是苦重，要不是招弟、秀珍这俩闺女，给我出主意想办法，我累得啊，寻死的心都有了，真想归入田土里。

开始军管了，不再那么闹腾了，而编席、织毯、造烟，外出做壮工，也没原先热闹了，转入暗铺、地下，农活也真是忙叨起来，还很吃重呢。

春锄麦，夏拔麦，这些麦地里的营生，乡亲们看得格外重，因为这关系到精细粮——小麦和莜麦的收成。

所有劳力都要下地，与刚来时割高秆秋庄稼不同，全得下腰，躬下身去，野草要锄净，麦茬要连根拔出，越是贴近田土，活计才越是干得好。

舜天的男孩子，都要强，能忍耐，从没听见谁叫苦喊累，我们几个高个子，下腰躬身，就格外吃力，我感觉受不住了，也不好意思叫唤。

刚一开锄，我就有些尿，单小辫挨着我，出溜出溜出溜，就到我前面去了，还掉回头来，说我不会锄，我怀疑他弄虚作假，可也不敢跟他学。

他就嗔怪：“司马，你傻呀？连老乡都糊弄，你不明摆着吃亏吗？”可是，我不敢，也不想知道他们是怎么糊弄的。

我一心想的，就是把自己的田陇尽快锄完，可总是被落得远远的，几乎所有的人，都到了地头打歇，我还在锄。

问题是，越锄越慢，腰不给力，腰脊不支，腰窝酸痛，满脸大汗，全身瘫软，眼睛模糊，连苗草都难辨了，恨不得头扎地，归入这田土里。

真尿啦？不能吧？我骂着自己，咬着牙关，坚持着，忽然，眼前一亮，田陇里没了野草，到地头了？哪里啊，有人来接我了，就把我给救了。

好像是两个闺女，我还没看清，俩人就嬉笑着，跑到地头上，挤到了人堆儿里，我找到她们，向她们致谢，她俩害羞地低着头，我就主动说话——

“你们锄得好快呀，好像比男人们还快还好！”

“女人没腰嘛！嘻嘻嘻！”

“女人没腰？”

“男人们不服气嘛，说我们没腰，就不怕累，你们男人的腰，金贵，容易累……嘻嘻嘻！”

她们告诉我，赶车犁田，耙地扶耧，男人们日能（能干），要说锄草拔麦，男人不如女人，可是，男人们不服气，找借口呢，就说“女人没腰”。

女人怎么没有腰？下腰也累啊！不过有窍门，腰弯下时，要绷着点儿，不要软塌，用些力挺住些，就不容易累了，我试了试，她们说得对的哩。

往回锄的时候，我就按照她们的说法，还真就好得多，大体跟上了大家伙儿，一起到了地头，收工时一起往回走。

不管怎么说，累还是累啊，我自然落在队伍的最后，趿里踏拉，胡乱扫看着，就瞅见这两个闺女，啊，招弟、秀珍，她们的秀美面容。

不管怎么说，真是遇上了好闺女，不然，这锄麦锄的，连寻死的心都有啦！

我心里这么想着，眼睛就没有离开过她们的背影。

男校长大的男孩子，不懂得盯着女孩子看，这回，不知怎么了，看到她们白白的后脖颈，就幻化出白皙的面庞，由于日晒，粉嫩嫩的，红扑扑的。

比城里姑娘气色好得多，乌发那么光溜？眼瞳那么晶莹？嘴上、眉宇，总是含着笑，身段、仪态，妩媚而不妖冶，动人而不招摇，反倒勾魂摄魄的。

只可惜，她们几个闺女，总是聚在一起，打歇拢成圈，行路摽成行，相互有着说不完的话，对外人，尤其是男人，不屑一顾的。

后来，成人之后，议论起男人，有一种说法，认为男人贱，见到喜欢的女孩子，就想招惹，想起自己当时，可能真是一种贱，小时候没有过的。

小时候，也见女孩子啊，小驹、朵儿、清怡，不都是嘛，也有好感啊，就是到了岱村，像妮妮、娣女子，也是啊，可是，与这种麦田相遇，不一样呢。

让自己动心，有些忘情，放不下似的，只要一下地，除了干活计，就惦记着，偷空就瞄一瞄，还能盯就盯着看，贪馋般留恋。

只是，除了下地，平时看不到她们，都猫在家里？家里有什么呀？都干吗呀？时不时，就惦记上了，盼着能看到，那悦目的容颜，还有轻盈的身姿。

拔麦时候，刚开始，招弟、秀珍又相跟着，来到我面前，好像有些羞答答，一人说了一句，就手牵着手，跑开了——

> “这拔麦啊，与除苗苗，又不同啦，凹腰（猫腰），圪蹴（下蹲），胸脯脯要挺起来，尿子（屁股）要往后翘，要不呢，你又会累的，怕又跟不上啦……”
>
> “这手呢，抓住麦秸，要下死劲儿，发力要快，要是抓不牢，发力软塌塌，那你那双手，就要起水泡泡呀，还要裂开口子，就要血肉模糊呢，稀巴烂啦……”

我听明白了，猫腰或下蹲时，按北京话，胸脯“前挺”，屁股“后撅”，拔的时候，手与麦连成体，没有摩擦，才没有伤害，哎呀，真是管用啊！

又遇上了好闺女，这拔麦，就没有受太大罪。

第三十二章

青春的萌动前途的难测让人惆怅

妮妮嘱咐我，不要听些个淫调调，不要去招惹营子里的“姐妹花”，其实，我根本不懂得什么思春，不过，秋天里，听说我入团被搁浅，青春的萌动加上前途的难测，让人无限惆怅。

与两个闺女，麦田相遇，怎么就日思夜念呢？细想想，其实自己没出息啊，赶车犁田，耙地扶耧，男人的活计干不了，现在还不如女人啦！

毛主席说我们，肩不能扛、手不能提，没说错啊，就有些灰心丧气，舜天的孩子嘛，又不轻言放弃，反而写了入团申请书，交到了郝书记的手上。

麦收之后，农历八月，虽有秋锄，活计不那么吃重啦，一次大队干部开会，傍晚时分，散会后，广播里传出民歌，还是清脆女声，《五哥放羊》。

这是李振东播的，队上知道他有特长，让他兼管着广播站，他平时酷爱鼓捣半导体，自己能组装，又喜欢听唱片，存着不少，还有50年代灌制的唱片。

蒙地的知青，离着边境线近，“偷听”敌台，又离着内地远，“偷放”黄色唱片，比较普遍，振东性格内向，老实巴交，没有人去说道他这些事情。

可能是麦收之后，大家伙儿想大喘气，听到大队的会上，决定让社员们歇息几天，他就情不自禁啦？革命歌曲不播，放开了这“淫调调”——

正月里正月正，
正月十五挂红灯，
红灯挂在大门外，
我问哥哥在不在？
…………
八月里来月正东，
长工短工分月饼，
二妹子心里细思忖，
要给我五哥多多分！
…………

初秋的月亮，挂上空中，这久违的歌声，奔放激越，缠绵温润，乡亲们既惊又喜，拥上街巷，出不了门的老人们，门窗洞开，听得眉飞色舞……

“你们知青，想女人啦？”

大队散会后，妮妮和我说着什么，听到这曲子，就问我，我也有些意外，不知如何作答，互相对视着，显得十分尴尬，我俩之间，从来没有这么不自在。

有那么几分钟，《五哥放羊》播完了，又播了《走西口》，就听到振东的播音——“这次广播到此结束”，妮妮却不让我走，说有话要说，声音带着严肃。

意思是，这里的乡俗，十六七就谈婚论嫁啦，可是，你们知青不要这样，尤其是“司马哥哥，不要惹出什么是非”。

她好像知道了什么，叨唠起招弟和秀珍，都是许配了人家的，要说呢，她们是姐妹呢，淖尔营子的“姐妹花”，要娶她们的后生，能排成队。

可是，她们不能自己嫁，都得换婚，招弟是安福锁的女儿，富农的女儿，有个大她六岁的哥还没娶呢，她换来的聘礼钱，必须够她哥的彩礼钱。

安福锁，鼓捣着粉房，却是暗铺，要给儿子娶亲，彩礼钱仍然是问题，本来成分高，儿子又长得畸高，一般女子不敢嫁，彩礼少了真不成。

怎么办？几十里外，拉什户村有房远亲，也是高成分，地主呢，也有对儿兄妹，待娶待嫁，媒人去说合，好啦，互换，彩礼、聘礼，多少不计啦。

秀珍呢，没有成分问题，她是安福锁的侄女子，却是从甘肃来的，跟着母亲，乞丐似的流落到岱村，安福锁的弟弟安福钥，收留了她们母子。

继父家庭成分高，自己却随母亲，算赤贫，安福钥前妻留下个儿子，也愁着怎么娶媳妇呢，有了秀珍，好啦，法子还是互换。

也是拉什户村的，招弟未来的公公家，相好了村里一户贫农，人品没问题，经济不富裕，也是一对儿兄妹，愁娶愁嫁呢，说媒的嘴一张，就说成啦。

> "这是两朵女人花，能找到许配的人家，很不容易！可是不敢给人家搅扰啦！都是好女子，本来就可袭，现在名花有主，更安逸啦，越发美气，越发漂亮啦……"

妮妮讲的这些，我无处听闻，婚娶婚嫁，这么多说道，可是，与我有什么关系呢？不就多看了她们几眼吗？你妮妮知道啦？你怎么知道的？

看到了什么？锄地的时候？拔麦的时候？不就她们帮衬了我吗？是，我有好感，还有些动心，可我没有想怎么着啊！我根本不懂什么早恋早婚！

> "女人才思春呢，我是男孩儿，怎么会?!"

我这么思谋着，却知道她是好意，相处一年多啦，彼此其实挺亲近的，她又给过我很多帮助，我是心存感激的，让注意就注意吧。

不过，好像这天气，心里有一种秋凉的感觉，身体还不禁打了个寒战，好！不再盯着看女人花，不就可以啦。

“就怕惹出闲话来，对司马哥哥不好，对两个姐姐，就更不好……”

不久，就验证啦，妮妮的话不能不听。难怪呢，她的蒙古族名字，叫娜仁托娅，霞光的意思，我这哥，当称她姐才对，当然，这是后话。

振东放歌的事情，郝书记找来了，没有批评，只是提醒：“如果上面知道了，对你们知青小组不利。”我们当然明白，振东更是点着头，连连称是。

书记还鼓励我们争取入团，这是好事情，公社很快会批下来，奋斗、京生、金鸽、蛟龙也递交了申请书，我们就很是高兴，等着好消息。

也不是从哪儿传出来的——“司马小宁入团后，会作为知青代表，进入旗团委”。虽然不知真假，我还是挺高兴的，离我那“理想”，可能近了一步。

一天，一天，好多天过去了，我们入团的消息，总是没有下来，就又有传言——“司马小宁的外调，一直没有回来，就等着这份外调呢”。

这是组织上的事情，我们都不该知道，还想弄清究竟？我就郁郁寡欢的，我知道，外调，主要调查父亲啦，父亲单位的人，都到干校去了。

父亲单位是国务院直属机构，干校在宁夏萝北，后来，又迁到辽宁盘锦，留守北京的，就有两个人，一个是看门房的勤杂工师傅，一个就是我父亲。

父亲无党无派，已经身处边缘，可是北京的机关，总得有人留守，不知什么特殊的原因，他在干校，只是短暂地待过一段，之后一直留在北京。

外调，要经过北京？经过我父亲？不可能！如果规避我父亲，又怎么做呢？我就瞎想起来，委屈？甚至屈辱的感觉？索性就不再想，却十分不快。

觉人间
万事到秋来
都摇落

想起这么一句古诗，越发嗔怪起天气。其实，秋天是敕勒川最好的季节，我却觉得，岂止秋凉，好男儿无所作为，直教人无限惆怅！

第三十三章

笑骂中与老乡签下互谅文契

要分粮食了，队上来了个突然袭击，可也没什么可说的，这里有自组织“库伦会”的传承，是与知青商量，彼此就笑骂着，共同按下红手印，签下了互谅文契。

麦收后，碾压打场，场院上，扬撒干净的小麦、莜麦，一麻袋、一麻袋，垛得老高，该给社员分粮啦，可迟迟不见动静，听说要经“库伦会”。

就像圆桌会议，还要签圆形文契，当时以为是老乡的习俗，后来才知道，已经有一百多年历史啦，也称独贵、独贵龙（自组织），牧民、农民的一种自组织。

知青的住房已经盖好了，虽非堡子院，却是砖木结构，一拉溜，窗明几净，足够宽敞，印堂和兰兰把“库伦会”安排在这里，那是一个晚上。

妮妮早就提醒我们，分粮是个敏感问题，万没想到，这“库伦会”就是冲着我们来的，电灯全被关掉，煤油灯火苗如豆。

社员们已经坐好，从地上到炕上，从炕上到地上，围坐成几个圈圈，中间空着，印堂和兰兰示意，那是给知青留的地方，我们就挨个儿坐进去。

也是后来知道，这是一种尊重，就像那穹庐，驻牧环围，毡包一圈一层，如同阵仗，兵士、百姓，由外向内，圈套着圈，层围着层，可汗、将臣居中。

印堂和兰兰，也在中间，说起分粮，从夏粮到秋粮，要完成上级指标，社员肯定挨饿，印堂拿出一枚直径二尺的毛主席像章，晃了晃，让大家看清楚。

之后，恭敬地摆放在餐桌上，鞠躬、揖拜，与像章对起话来，说着说着，兰兰也搭起话，二人就都挂上了眼泪，全屋子的人都悄无声息。

“敬爱的毛主席，您老人家万寿无疆！这个像章，是京娃子，北京知识青年，从您身边带来的，俺们以前，没有见过，您的像章这么可袭，这么日玄（辉煌的意思），这么嚇陀（摄人的意思）……

“毛主席您老人家，您听清楚啦？印堂是告诉您，俺们都是热爱您的，只是，只是——”

“这里的犰狍干部，把事情办坏啦，剜党参，毁枸杞，秋天征了粮，春天又征粮，俺们怕啦，您不会让俺们只管干活，不管吃饭吧？是不是啦？”

“您派来啦北京的娃娃，他们都是好娃娃——”

“毛主席老人家啊！我们也不想让这些娃娃挨饿

呀，您老人家如果同意，您就点点头！点点头啊！”

像章里的毛主席，就真的点起头来，我看清楚啦，有威老汉，就坐在桌子旁边，印堂话一说完，他就撩起自己的黑布衫，扇乎起来。

煤油灯的火苗，跟着一闪一闪，毛主席仿佛就在点头，其实是影子晃动，可是，谁也不说破，可见，社员们都想瞒产私分，印堂乘势叫喊着我们——

“小司马啊！奋斗啊！哎，还有你们几位，知识青年小同志，都说说吧！表个态吗！咱们，就按照毛主席他老人家的意思办?!”

我们几个没有防范，没有讨论过这个问题，都有些无措。不过，舜天的孩子嘛，很快都缓过神来，各自就有了态度，互相望望，看怎么来说。

相互之间，是有默契的，有舜天的教育，各自家庭的教育，我们都有节制，懂得尊重，甚至互谅。要说那时，提倡批评自我批评，我们有生活会，还有记录，也真见真章，时不时有小争吵，却没伤过感情，大体是和睦的，而且一直延续着。

彼此太了解了，令狐、京生、和平，想默认，奋斗、振东、山岳、金鸽、蛟龙，在犹豫，却不知道怎么对答，都看着我。

我一直挺紧张，就思谋这库伦会，谋划事情，又躲避责任，坐成圈圈，文契画押，也画成圈圈，找不到头头，又都是头头，不强迫，也不被迫……

“好啦，印堂啊，兰兰啊，我们知道，社员不能挨饿，所以，你们怎么分粮，就怎么分，我们不会告发！你们也要理解我们，我们从毛主席身边来，不能违反政策，我们就不多分啦，我们自己想办法，解决缺粮问题……”

“哎呀呀，那还能成吗？要分一起分，你们如果不分，我们不安生啊！”

“哎，你个印堂啊，有啥不安生？我们会告你们？”

“那，那，就是怕吗，怕你们……”

“怕我们告你们?！哎，你印堂，灰犺狍！你滚毬吧！我们知青，就不会告人！这么长时间了，你连我们还不相信吗?！你死人逑——凉棒啊？甚也闹不机迷啦?”

“哦，日毬怪啦，我咋和知青娃娃闹上了?！”

我与印堂，这么争吵着，笑骂着，其实，心里也没有底，不会告发社员，那是一定的，但我们粮食不够吃，可怎么办？

看了看我的同学们，也在考虑这些问题，可是都不打岔，表示了集体一致的意思，几十年后，我们说起来，有人说我“左”，有人说我对，唉！

到岱村一年多了，我还没有这么当众骂过人，同学们又高度一致，印堂和兰兰就软了下来，大家也都安静下来。

印堂按个儿点名，一圈一圈，没落下一个，掏出一张纸，还是道林纸，捧着个印盒盒，让每个人按手印，红红的，也是一圈一圈的，中间是几个字：

岱村北营子社员，北京知识青年，都按毛主席的指示办。

我想起，扎那说过，共养、契养，这也算一种吗？也像北京人讲的，有饭大家吃，有我的就有你的，没我的也有你的，一种局气、义气？

北京人讲，哥们儿义气，这里人讲，彼此好兄弟，双方互谅吧，虽然民以食为天，那时候，我并不懂得，现在想起来，那是人命关天的事情哟。

当时，不是太明白，由着性子，凭着感觉，就这么办了，觉得一个土圪塄，算是跨过去啦，即使我们饿着了，也不会去告发老乡。然而，事情并没有那么简单。

奋斗、蛟龙，是印堂的副手，一个帮队务，一个管着账，要分粮，都经过他俩，他俩就主动告诉印堂，你们多分的粮也好、账也好，绝不说给外人。

印堂担心，你们不分，粮食不够吃，咋办呢？我们后来商量了，春节前后，部分同学回北京，能省出一些，再不够，就买土豆、胡萝卜，菜充粮。

“司马，没劲了！他们又多分上了，是，可以分，但是，还一个传一个，说一定要瞒着咱们知青——”

“奋斗，你听谁说啊？谁让瞒着咱们？”

“嗨，兰兰！”

“噢，这个灰犵狍！咋呀？瞒不瞒的，倒在其次，这不是坏咱们和老乡的关系吗？我找狗日的去！”

“你可想好啦，他，可是赤贫，噢，比赤贫还贫，别违反了阶级路线！”

当时，年轻气盛，我就往场院走，说好的，老乡私分，我们不告，让不让我们知道，无所谓，你兰兰秘传私话，不是挑拨吗？画了押的，说翻就翻啦？

奋斗说得对，真没劲！不过，他提醒得也对啊，要与兰兰杠上了，还不得说我，混淆阶级路线？那就吃罪不轻啦！

迎头碰上安福锁，他背着麻袋，顺着墙边，往家里挪步，可能看见我了，低着头想躲开，我就把他拽住啦。

第三十四章

掴福锁耳光让我留下多年痛楚

瞒产私分的事情，并没有了断，还让我犯了平生最大的错误，竟动手打了福锁老汉，而老汉却笑脸面对，让我自愧狗屃啊，也留下了缠绕多年的痛楚。

成年之后，我想起这件事，可能是一生中做得最不正确的事情了，北京话，叫“怕硬欺软”，后来研究社会学理论，就更明白啦，这种行为，属于“人身歧视”。

“安福锁！你知道自己吗？什么成分？说！”

…………

“私分粮食啦？私分了多少？说！”

…………

“你个富农分子，还敢私分，你说不说？”

…………

我把他拽到北营子一块高坡上，就吼开了，以为用阶级成分，就能压着他，让他老实交代，可能还想着，让兰兰也能够听见。

他不说，嘴不张，也不想张，我就更恼了，抡开右臂，朝着老汉的脸，就是一巴掌，完了连我的手都麻嗖嗖的，他却纹丝不动，眨眨眼睛，友善地看着我。

我平生没这么打过人，运动中有人打砸抢，我没有，还反感厌恶，凭什么这么打人？爸爸、妈妈，从来没有打过我，对这么打人心里厌恶，可以说是鄙视。

自己怎么就，不由分说伸出了手，痴了还是疯了?！任性出掌恣意打人？看到老汉的目光，还带着笑，竟即刻傻了眼，泄了气，不知道该如何是好……

奋斗跑过来，妮妮不知怎么也知道了，也跑过来，都让我冷静，驱散了围观的社员，带着安福锁，送他回家。

我则无趣地回到知青屋，惊魂不定，迷惑不解——安福锁对着我笑？

"德旺子说过，可是书记说啊，他和老乡说啊，你们对小司马啊，要办什么事情，硬来不行，笑着才行……"

奋斗和妮妮回来后，妮妮呵呵呵，笑着对我说。

"我？吃软不吃硬？我都不知道，自己有这毛病，书记真厉害！可是，今天这事情——"

"今天的事情，司马哥哥做得不对！"

“我自己也觉出来了，可是，我不是冲他的，我是冲兰兰的……”

“就是冲兰兰，司马哥哥也不对！”

妮妮这么批评她的“司马哥哥”，还是第一次，我不由得不快，却没有什么可以辩解的，只能认了、忍了。

现在看，我那时就不讲理了，胡理？汉理？或者什么理？都不清楚，用北京老话，就是犯浑啦，不管不吝的，狗屃脾气，没想到过道歉，也真没道过歉。

当时，兰兰也跑来了，他倒道起歉来，说再也不会瞒着知青了。后来，我才明白，兰兰有自己的苦衷，而当时我却认为他有些滑头。

不过，事情过去之后，奋斗很负责任的样子，告诉我：“你不用再担心了。”队上果真没有再瞒，而我们与老乡的关系，如奋斗所说，“更铁、更瓷了”。

当然，这件事情，确实值得反思，很多年后，京生探讨似的与我说，有些粮食，该分不该分？他在饲养院，与场院紧挨着，什么都能看在眼里。

稗粮、碎粮、土粮，凑在一起，也不少呢，社员拿回去，扬撒干净，也照样吃。知青要不要？要，也属于瞒产私分，不要，又会引起社员猜忌。

奋斗、蛟龙、京生就合计过，为避免风波，印堂、兰兰让我们要，也就要了，他们怕我又冲动，也没有再告诉我。

也就是说，如果没有这些粮，我们缺粮更多，菜充粮，让我们其中几个，肠胃留下了疾患，幸亏奋斗、金鸽——我们的

"大厨"，会调剂，没有发生病变。

书记说我吃软不吃硬，在这件事情上，我却是欺软怕硬啊。后来，离开岱村，还总是想起来，又知道这实质是，人身歧视，自愧、羞煞，无地自容。

过了不久，上面安排一些老同志重新出山，蒙地来了一位5号首长，出台了农村牧区政策新规定，强调给农牧民一些自由，保障自留地、自留畜。

也就短短的几个月，岱村人干活都更有劲儿了，这时，扎那又来岱村蹲点，传达新政策，检查政策执行情况。

说这几年，虽然搞运动，局势乱，但农业收成不错，有些地方，却还催逼公粮，毛主席知道了，就批评这些干部，你们不要管农民。

扎那还讲了陪同5号首长在农村视察的情况。一次，在黄河灌区，扬水站朝首长要钱，增加扬水数量，灌溉更多旱地，说是"给的钱越多，浇的地越多"。

首长问他们，扬水多少钱？一级到四级扬水，多少钱？水到地头，渗透率是多少？真正到了地里的水，该是多少钱？浇了这些水，打下的粮食多少钱？

"算好账，再要钱，从种到收，如果花的钱，比收成的粮食还多，我看你这块地，不种要比种还好。"首长算账，算成本账，把干部算得不敢再要钱。

我听了就在想，首长说钱，可不是真说钱，是讲这地怎么种？那时年纪小，想得不深，只是感觉，老乡的自留地，长得都比大田好，首长的问话有深意。

妮妮把我掴鼻脸（打人脸）的事情，就是打安福锁嘴巴的事情，告诉了扎那，他沉默起来，就那么盯着我看，看了我好几分钟，欲言又止，欲止又言。

那么魁梧的汉子，也是面如弥勒，语调平和，语音绵软，说他看过我的档案，一直是个好孩子，北京人说的“好孩子”，打人对不对？一起来说说。

他说，他也判断不准，可是有些历史是清楚的，毛主席在陕北时，一个县长，相当于这里的旗长，让雷劈死了，老乡高兴，还说：“（雷公）咋不收走毛泽东？”

毛主席知道了，没有埋怨老乡，而是追问老乡为什么这么说？知道是因为公粮、公盐太重后，毛主席就说：“我们要反省一下。”

凡是在延安学习过的老干部，都是知道的，从这里更懂得了，怎么了解民情，怎么体恤民意，怎么改善民生。

又说起看过太多的内部简报。浮夸风时，毛主席几次讲，我对瞒产，是寄予同情的，虚报嘛，报多了拿不出来，就是想多吃一点儿，值得同情。

甚至还说过，有一些假，是造得好的，比如瞒产，是对付强迫命令的，是我们政策造成的结果，共产主义？这是抢产主义，造成磨洋工，甚至外逃。

扎那加重语气，好像说也是毛主席的意思，人难免犯错误，可是要懂得纠正错误，应该谢谢几亿农民，瞒产私分，让我们懂得了价值法则、等价交换。

多年以后，有一次见到扎那，又提起瞒产私分，他告诉我说，那时，乡村有流传，不知是真是假，说是云主席的说法——

“家雀儿落在谷堆上，饿死了？怨谁嘛？”

乡亲们理解，这是一种暗示，饿死人事大，私分粮事小，如果人没有被饿死，那是了不起的好事情。

扎那这么语重心长，现在想起来，仍然和蔼可亲，可是那些说法，在那时却很难形成概念，因为，都在学习大寨，有着不同的政策导向。

朵儿、令狐跑到海南育种，就是要高产；奋斗和金鸽，还跑到大寨实地参观，回来后，也是考虑高产；我开始打第三眼井啦，同样是想着高产。

也就一年左右，5 号首长调离了蒙地，后来看相关回忆录，才知道，那些新政策，在自治区党委会上，被批评为“反大寨”“搞复辟”，等等。

干部的观念，一如旧章，什么都是虚的，“上面提出九十九，下面就要干出一百一”，这才是实的，才符合上面的意思，至于老乡留多留少，并不在意。

一到上缴公粮，仍然没得商量，平常看不到的四级干部，区、盟、旗、社，齐刷刷都下来，人盯人似的，确保上缴。

也因此，岱村的北营子，老乡和我们，一直延续着起初的圈圈文契，老乡一如既往地瞒产私分，我们不分也不告。

这样呢，我们在那里的几年，也就一直过着半饥半饱的，菜充粮的生活，好在哥儿几个团结，仍然要做事、做成事，毕竟是舜天的孩子嘛。

不过，扎那蹲点儿，给我讲的那些私话，也让我顺便询问了自己父亲的档案情况，他也关心我的入团，临走还在安慰我："不会有问题，放心吧！"

> "把谁打啦？怎么样啦？是个体面人家吧？不要招惹，要不要去看看？"

扎那临走，又留下这么一句话。

第三十五章

闺女媳妇们帮我跟福锁和解

妮妮、娣女子、招弟、秀珍，把我找去，问我动手后自己伤着没有，我才知道，福锁是练家子，人家没把这当回事情，这倒更让我留下了多年的煎熬，一生难以平复。

其实，之前安福锁的事情，已经有了“和解”。

当时，我糊涂到没有道歉的念想，却又心有不安，想起来第一次打平伙，吃沙鸡肉，就在人家粉房，再见着怎么面对？躲着？我也不想，不躲着，又……

一个阴雨天，秋雨停息，怕踩坏田苗，大家不能下地，都在家里猫着，妮妮蹦跳着来找我，说领着我去个人家，安吉顺家，我们原来的房东。

吉顺的媳妇娣女子，还有招弟、秀珍，都在炕上坐着，候着我呢？这是要做甚？妮妮就解释啦——

“司马哥哥，你知道的，她们都是福锁伯家里的女人，招弟是女儿，秀珍是侄女子，吉顺家是远房侄儿家的，她们有话说给你……”

她的话还没说完，娣女子开口了，两眼晶晶亮，忽闪忽闪的，双腮红扑扑，热辣热辣的，娇唇秀齿，嘴一翘一张，叭叭叭地——

“小司马呀，咱们可是邻居啊，在这院子里，住了好几个月呢！多好的一群娃娃哟！哎呀呀，怎么就起了争吵？来来来，俺来看看，看看这念书娃娃的手，伤了没有啊？伤成什么样子啦？”

她拉起我的右手，抚摸着、细看着，我也不知道该让她看呢，还是不该让她看，心里有愧，也就听凭摆布了。

“你是要做甚？是我打了你们的伯伯福锁，他怎么样啦？怎么，你到反问我伤没伤？”

我抽回右手，疑惑不解地询问她，她嘻嘻嘻地微笑着，盯着我并不作声，瞟了瞟招弟和秀珍，这对姐妹花，互相挤靠着、推搡着，也咯咯咯笑起来。

麦田相遇的情景，蓦地重现，姣好的面容神态，让我立时自惭形秽，明白了何为“珠玉在侧”，后悔打了安福锁？还是神情慌乱？

妮妮转着眼珠，就替姐妹花说起来，她们担心我受了伤，福锁伯是练家子，锤、拳、钺、剑、枪，都有一套，一般上身者，很难伤害，往往反倒自伤。

姐妹花同时探过身来，也是看着我的右手，可能不好意思，拉起来抚摸，却顾盼好一阵子，看到没有伤着，才释然了，又是互视着，咯咯咯笑。

> “司马队长啊！这件事情呢，就算过去啦，要用你们北京娃娃的话，就是‘和解’啦，我福锁伯伯说啦，让我们说给你，知道你们没有坏心，你们都是好娃娃，大队的账、小队的账，让你们来管，比让我们自己管，都让人放心，这分粮的事情，说不清楚，说不出子丑寅卯，就不要再去说啦！我们倒是担心呢，你们粮食不够吃了，该咋办呢？……”

娣女子，代表她福锁伯伯，又对我说了这么一通话。

当时呀，我既羞愧，又感动，多少明白了，打人时，为什么安福锁对着我笑，我的手为什么感觉麻嗖嗖的，人家有内功吧？懂心法？知运气？

所说的“和解”，当然是人家福锁，不再计较啦，可是当时……可能是我还有顾忌，忌讳他家富农高成分，我脑子里没有个思路，不知该说些什么。

知道安福锁没有被伤，自己也没伤着，安福锁还不再计较了，让我的心里平静了一些。

这种平静，似乎让当时的我，有了一些解脱，后来多少年后，只要一想起来，反而更加煎熬，一生难以平复。

离开岱村后，我多次回去，一直想寻寻安福锁，却再也没有见到，又想寻寻他的儿子，哪怕与他的后人，说上一声道歉也好啊，却也没有寻到。

还想见见娣女子、招弟、秀珍，就更没有见到啦，也不好意思问询，这几位当年的闺女、媳妇，现在过得如何啦？

第三十六章

和平帮助栓栓戒掉毒瘾

和平做赤脚医生，与老乡走得近，用蒙地的医道，帮助大车倌栓栓戒掉了多年的毒瘾，更得到安氏族人尊重，戒毒用了蟾酥。饥饿年代，我们就馋上了蟾蜍肉肉。

很多年以后，说起跟福锁动手，和平很郑重地告诉我，安福锁他的家族，岱村安氏，其实很不简单，画出来，就是一幅流民拓荒图卷。

“我怎么不知道?”

“咱们也不一样啊，老乡多鬼呀，他们顾不上跟你说这些！哈哈哈!”

“能说给你，不能说给我?”

“也不是不能说给你，也可能是，我喜欢打听这些事情。”

"咱们也不一样?"我有些吃惊，意想不到，可是好像能够意会，可至今也说不准，这究竟是怎么回子事儿。

志向不同?拿申请入团来说，我们几个申请了，和平他们几个就没申请，有顾虑?可是，连我都担心档案如何呢，他们是不是包袱更重啊?

好像也不都是这种原因，有兴趣问题?有同学坚持日记，好像为写小说，准备素材，有同学喜欢京剧，有同学喜欢拉琴，有同学喜欢攒半导体……

我小时候喜欢画画，还想过去少年宫参加合唱团，到了小学五年级，被安排做大队主席，就顺从了，上了舜天，又担任社会工作，没了自己的爱好。

和平喜欢看书，尤其是历史书籍，饱览、细察，好像问什么，都能叙说个一清二楚，到了岱村，做起赤脚医生，与老乡走得近，乐意打听一些隐秘?

也可能是，机缘巧合，他与老乡之间，总是笑呵呵的，他要问询个甚，人人都要说实话，有传言呢，"见小柳，吐真言，肠搅翻，救栓栓……"

是说营子里，大车倌安栓柱（小名栓栓)，患上了哮喘，吃上什么药片片，也治不好，黄皮寡瘦，好像土埋了半个身子，就去找和平，听说和平"妙手神医"嘛。

"你都吃过甚药?咋就好不了呢?"

"甚药都吃过啦，就是好不了……"

"你说实话，咋就成了这个模样?来来来，我号号你这脉，寸口可知哟，脉弦细，啊——啊——啊，张开口哟，痰涎壅盛，聚于喉间，舌紫苔黄，血热、脾虚、气滞……”

“小柳大夫啊，你说了这么一大套，这病重啦？死症啊？还是有得救？”

“你要说实话，就能救，你要不待要说，那就——”

…………

“你！不待要说?！哎，你这栓娃子，看看你媳妇子，好俊哟，蛮可袭哟，不想快活啦?”

“快活个甚？早就灰塌（屃了）啦，咋挺也挺不起，挺起也挺不硬……”

“你说给我实话，我让你快活，我让你挺起，我让你挺硬!”

栓柱这才如实招来，这敕勒地面上，大烟种植早已绝迹，大烟籽粒、壳壳，却流散着，没有断过，社会一乱，有人乘机收集，自己不食，指望卖钱。

栓柱赶大车，打尖住店，与马车把式、骆驼掌柜，一起厮混，不知从何时，搭上人民币，嚼食那籽粒，泡饮那壳壳，还上了瘾，上了瘾，就不能断。

如果断了，就萎靡，成天在外，赶着大牲口，家里怕他出意外，存下的钞票，都让他踢踏（糟蹋）了，再也供不起了，这人呢，就渐渐地，脱了形、失了相……

安氏族人，都纠上了心，安福锁也算一位族长，告诉他去找小柳，“这些娃娃品端行正”，念叨着北京知青，在岱村做出的那些成绩。

和平把栓柱带到村西，几里外有个哈素海子，成片成片的湿地，咕——咕——咕，哇——哇——哇，呱——呱——呱，蟾蜍叫声不绝。

这些肉虫，藏在枳芨棵子里，枳芨草密密匝匝，咯咯愣愣，栓柱眉头紧锁，一脸的不情愿，和平不去理会——

“你就在这里抓，抓上几百只。”

“这？这癞疙宝？要几百只？”

“癞疙宝？你知道个甚？治病宝！救你命的宝！治病先治心，心诚捉虫虫，这病嘛，先就能够好上一半啦，捉吧！几百！多些更好！”

“你这是甚医道啦？”

“甚医道？你还不知道？这里蒙地的医道噢！”

“好，给你柳小子捉！”

“给我捉？给你自己捉！”

几天后，栓柱抓够了，来找和平，和平给了他一把手术刀，让他刮蟾蜍脑袋上面的突起，橘黄色的浆液，滴流到瓶瓶里，过了几天，析出黄里透红的结晶。

这叫蟾酥，和平让栓柱坐在面前，取出米粒大小，“放到口里，不准咽下”，蟾酥一入口，迅速溶于唾液，几秒钟后，栓柱大汗淋漓，呕吐不止。

和平早就备下了盆盆，让栓柱爬在炕沿上，哇——哇——

哇，吐开了，浓稠的体液，墨绿深黄，夹带着黑色的颗粒、渣渣，吐了满满一盆，就昏睡过去。

“这个柳小子，这么整治我，搅翻肠胃，捣出苦胆，不死不算完。”栓柱这么骂着和平，心里却感激不尽，几天一次，有个把月，身体慢慢复原了。

那次，陪赵家小娃子在青城治伤，结识了那里的医生，到青城办事时，就有一些走动，还聊起过蟾酥救人。

有些依据？有些道理？医生们说，有啊，蒙医药是有渊源的，与中医药相仿，只是更讲究医药天然。

那时，还没有“原生态”的说法，意思是一样的，譬如，中药讲煎煮，蒙药重“生鲜”，就直接成药啦，像这蟾酥，无须煎煮，反而疗效更佳。

他们还说，蒙地有图腾，这无尾目、蟾蜍科，常在出土文物上，像彩陶上的图案，外表奇丑、大腹便便，却被奉为神灵呢。

我琢磨，形似孕妇的大肚，生育能力啊，蟾宫是月亮啊，这生灵的居所，常说蟾宫折桂，就金榜题名啦。

这么说来，和平真是着了蒙医药的道啦，这栓栓也是，得了蒙医药的济啦，冥冥之中，虽为人事，亦有天助啊。

蟾酥救人之后，因为粮食不够吃，知青们经常犯馋，我们知青点，有一阵就抓起蟾蜍来啦。

“娃娃们，都跟上我们，一起去哈素海子去！”

“去哈素海子？为甚要去哈素海子？”

“抓癞疙宝呀，吃肉肉呀！”

知青们，还带上村里的娃娃，就去了海子边，那边湿地里，这些生灵，团成球球，滚成蛋蛋，凯旋后，大伙儿就美美地解一次馋。

后来看出来了，当地老乡，可不招惹这生灵，我们也就收敛了，我从青城医生那里知道了，此物乃图腾、神灵，才明白不该伤害它们。

第三十七章

哈素海畔说乡愁聊愿景

哈素海，对知青而言，是解馋的地方，而对岱村安氏，是踩上了命路，救过难，有过成全，现如今的海子，成为知青的乡愁，安氏后人却说，会有大变局，要寻新的命路。

传说，哈素海本是小水泊儿，岸边蒙汉共居，青年哈力图和素克，两人亲如兄弟，来了一个自称雄牯的人，要帮他们淘宝。

说水底藏着玉碗，捞出来一起分宝，雄牯果然捞出玉碗，却悄悄溜走了，兄弟俩追上雄牯，雄牯说，我有的是金银珠宝，用来换这只玉碗吧。

两兄弟不答应，雄牯伺机再逃，哈力图搭弓一箭，雄牯毙命，咽气前，把玉碗摔得粉碎，不想顷刻之间，平地下陷，激浪排天。

地静浪息，惊现一望无际的碧波，芦苇摇曳，荷花绽开，鲤鱼打挺，百鸟齐鸣，就被称为哈素海，也被称为玉海。

我们见到海子时，没有了荷花、百鸟，一派荒芜，偶尔，会打捞上一些鱼，还是不大的鲫鱼，刮刮鳞、清清肠，大灶上白水一煮，就能入口。

一手抓住鱼头，一手托住鱼尾，上嘴一吸溜，雪花白的鱼肉，嫩、细、甜、香，没有佐料，不用调味，就能解馋。

可惜，碰上才能吃上，何时再碰上，也没个准头，而且每次都没管够过，还是不大的鱼娃子，怨不得，北京人叫鲫瓜蛋子。

可是，越是吃不够，就越想再吃，成为一种念想，一种乡愁。

> “哈素海，得名‘哈素兄弟’，玉海，意在‘玉有所成’，都有救难、成全的意思，也是缘分？岱村安氏，在这里踩上了命路。”

后来听说，这海子，救过岱村安氏的命，这一族安氏，祖居口内，因饥荒流落敕勒川时，清廷收走了王爵的统辖权，立了都统。

新都统，对流入的汉民，清册、编籍，进入敕勒川的安氏，害怕被羁押或被遣返，顺着阴山脚下，寻觅枳芨草棵子，簇聚的、连片的，隐身在里面。

老辈人，给他们唱过《敕勒歌》，都知道“风吹草低见牛羊”，那草可不是寸巴苗苗的小禾草，不是那种细草，而是枳芨草，属针茅草，也叫硬草。

草根，粗壮、坚韧，能扎几尺深，草秆，直立、丛生，能蹿六七尺长，春萌、夏绿、秋黄、冬蓄，返青、抽穗、开花、打籽，严寒酷暑，四季不败。

成片的草丛，在海子边的滩地上，眼望不尽，连上水中涟涟碧波，藏匿着虫鸟，特别是蟾蜍，那就望也望不清啦。

安氏族人，匍匐在草丛中，渴了吸吮草根，饥了啃食蟾肉，等着逃生的机会，之前看到兵丁，把几股枳芨秆，拧成草鞭，舞上舞下，抽来打去。

这草鞭，老长老长，更是锋凌，针茅嘛，沾上衣衫，裂开口子，触上皮肉，爆出血痕，让人心惊肉跳，他们害怕呀。

看着看着，他们看明白啦，这舞巴抽打，不是要抓人，像是在找人，后来才知道，这里的都统，命下属参领、佐领，对难民，留放自取。

能务农种的，留下入册、隶籍，游手好闲的，放逐送回口内，安氏族人，大着胆子，与兵丁拉呱，兵丁盘查一阵，认定世代农家，指指东厢——

“走吧，朝着东厢，几里地，去寻四甲四佐，找到佐领，会收留你们。”

蹚着黄土路，老幼相携，背着枳芨箩筐，安氏族人找到了那里，就是岱村。

自然，岱村的安氏，后来特别恭敬哈素海，钟爱枳芨草，也从来不动蟾蜍，那都是救难啊，那都是成全啊，似图腾，似神灵。

多年后，在海子边上，遇到安氏后人东子，提起蟾酥救命、蟾蜍解馋、清水鲫鱼，特别是匍匐枳芨丛，彼此都五味杂陈。

“走西口，出边塞，是我们安氏的命路，好在敕勒人收留了我们这些汉人。”

“也是感慨啊，到我们来这里，比起你们当年的安氏，已经没有了那么多磨难。”

“苦还是苦吧？”

“也苦啊，不过还好吧，乡亲们好啊！苦也不觉得苦啦！”

东子与我，这么叨拉着，他就转了话题，指着一片连着一片的荷花，清雅娇艳，铺在海子边沿，说是他从白洋淀引入的，上品水生花卉。

他在旗农牧局工作，高级农艺师，我们在村里时，他还是个娃，光头上一绺乌发，身前挂红兜兜，身后拖屁帘帘，成天在知青屋里，跑进跑出。哈素海建旅游区，他领命恢复景观，而他的主要业务是农技推广，给当地引进新籽种、新技术。

他说，荷花不算什么，就是哈素海子也就是个旅游区，看着吧！会有“大变局”——

“大变局？什么意思？”

“司马叔叔啊，你也看到了，你回岱村几次了，一次一次，你看到了甚？”

“一次一次，看到了甚？嗯，庄稼比过去长得好了，路也硬化了，过去我们打的机井，有些年垮塌了，现在又有了新井，看着比我们那时水还好，只是，这地有撂荒啊，还有那么多的滩地，也芜草乱棵呢……”

“我是想问，人呢？还有人吗？”

“噢，人？没了，就剩下老汉们了，后生们都跑出去了，我也想过呢，这些老汉们，再过些年，连地也下不了了，可怎么办？”

“对喽，这是大趋势，欧美经历过，工业化国家都经历过，咱们也难违常例……”

“你的意思是，土地要规模经营？农种要集约管理？”

“一定的，大愿景，可吃劲了（可带劲了）！”

“啊！那你呢？你就不要再做公务员啦?！把土地盘下来，越多越好，你又懂技术，做农场主吧!!! 哎，东子，你要是做了农场主，那我们更要常回来，咱们也都慢慢变老了，一起再过田园生活，现代农业的田园生活，我们都喜欢这个地方，喜欢敕勒川啊！喜欢大阴山啊！喜欢这里的乡亲啊！喜欢吃黄油炸糕啊！喜欢吃莜面卷卷啊！喜欢吃海子里的鱼啊！……”

“这边，有的农场主，可吃劲儿啦，弄下几万亩地哟，还在盐碱地上，种出了水稻呢，白花花的大米呢，这厢多少年没有见过啦……”

“是啊，咱们善岱镇上的书记，那次去北京带给我们啦，我们吃了，好嘛！好吃呀！我们可是等着呢，看东子能种出什么好吃食！不要再做农艺师啦，那算是个‘圪旦’（人物），可是不算大哟，要做‘大圪旦’！要做‘大圪旦’！嗯?!”

说着，笑着，我就觉得，昔日的安氏，留下的后人，可能要走不同的道路啦，不再是寻岱村，是寻一种田园生活，那时我们也要相跟上。

这种期盼，当年的知青，可能都有，就说当年的插友，我们岱村紧邻的号村的晓喻同学。他也是舜天男中校友，在敕勒川生活了十年，比我们多一倍，回京后，从事领导工作，但他百忙之中，还帮这里培训师资，办了好几期呢。

知道哈素海要办旅游区，他就想，给这10万亩水域景区，寄情添彩，捐献有罗格主席签名的北京2008年奥运火炬，想帮这里办马拉松赛事。

他是那届奥组委执行副主席，奥运会后，为旗里引入了福娃妮妮希望小学，由韩美林先生捐助，韩先生还为孩子们题字“栋梁气魄”。

第三十八章

安氏族人女如珠玉男似显贵

岱村安氏有家谱、有云图，与蒙地人相携创制了协和农业，在那纷乱的年代，还收留了我们北京游子。看人家女人，如珠玉在侧，看人家男人，似显贵在旁。

栓柱父亲的成分，比安福锁还高，是个地主，这些人，连同他们的家人，当时对京娃娃，多多少少有些顾忌、疏离。

和平这“一病一方”，就被安家人传开了，还传到整个岱村，“都说看病凭方方，一方吃全国，全国吃一方，这京娃子的方方，一个方方，也顶用噢！”

现在想起来，柳和平，还有几位同学，在岱村的人缘，少有红黑之别，可能因为如此，对乡亲们的了解，就要细微得多。

让栓柱问诊寻医，安福锁想的是，安氏德行，家族门风，“安家人，咋能成你这模样？黑牙瘦脸，半鬼半人？”

四十多年后，我们几次回村探望老乡，与安氏后辈叨拉，“你们安家的人，都长得富态，娶的媳妇子，也都蛮舒展”。

福锁的侄孙，就说起他的娶亲，特别说到了拜家谱、拜云图，这在当年，我们在村里时，可是闻所未闻，见所未见噢。

他说起长辈传下的规矩，族里谁家结婚，敲锣打鼓，取上家谱、云图，供在堂屋里，新人们拜高堂，先要拜祖宗。

“家谱、云图，就象征祖宗?”

“就是么!”

“我们在村里时，也见有人娶媳妇，怎么没有见过?”

“那个时候? 当然，你们没有见过，那时秘不示人呢!”

他就把家谱、云图找了出来，麻纸的家谱，展开有几尺长，按照品字格，有十几个世代了，仔细找找，还找到了福锁及其后代。

那云图，一铺展开，宽近丈、长丈余，涂彩漆布，素淡清雅，把家谱活化了，锦描牌坊，品字石碑，填着各辈、各宗故人的名姓。

按照这位侄孙的记忆，改革开放好几年之后，他才见到家谱、云图，遇上他娶亲，老人们就取了出来，仪式之后，又被收藏起来。这几年，村子里娶亲拜家谱、拜云图，事情越来越多，人们也就不再收呀、藏啦。

后来，读蒙古族史料，我才又明白，这种敬祖续宗，并非汉族移民，包括敕勒川蒙古族人，土默特部入驻，更是非常看重，并且史籍有所记载——

不知其姓氏者，
犹如石制龙哉；
不阅先辈纂者，
比如淫婊所养。

从下层牧民，到高官贵胄，均有九族世袭记载，或口头相传，或文字录写，作为家族承续保存，而当时两族共有的这些习俗，我则一无所知。

细想还真是，当年村子里，一些老乡，饥饱无常，家居散淡，劳作狡黠，亲族忤逆，邻里寡交，这些陋习，少有安姓人士。

队上干活计，普遍出工不出力，可这个姓氏的劳力，无论男女，都要谨慎得多、自律得多，他们成分高得多，有压力？有恐惧？恐怕也不尽然。

尤其是那些把式活计，扶耧下种、赶骡马车、碾场扬场、盘炕架梁、垒窖淘井、土豆漏粉、种畜交配……多是他们上手，看得出，干得讲究、乐呵。

连女人们，母女、婆媳、姐妹，虽都一样辛劳，却更会操持，日子显得安逸殷实，其他人家的女人，不比她们丑，有的更漂亮，却常能看到愁眉锁眼。

和平一方除一病，栓柱、安氏族人，就与他走动多了起来，有时就叨拉起，这些族人的前世今生，酸甜苦辣——

“俺们安家，鄙睇我碰大烟，柳小子，俺爷爷可是烟工，割大烟的，听老人说古，那是个好营生呢！可不像俺！”

“鄙睇你？挖苦你？你屈啊？还是你羞啊？你的祖辈，碰过大烟？”

很多年后，和平翻检敕勒史料，才把栓柱的叙说，拼接完整了，也更加明白了其中的原委。

岱村离走西口的杀虎口，偏西偏远，到了民国，仍然延续，自清朝实行的佐领制，户口兼有户籍和军事编制，汉人移民，进入较晚。

岱村归属土默特右翼，四甲四佐，佐领和骁骑校，管辖着数十户几百人，都是大姓，原住的蒙古族隋氏，移民的边内民人安氏。

隋氏，当然都有蒙古族名字，像妮妮的父亲隋世元，哈丹巴特尔，意思是刚毅英雄，他们上辈人，都兼军政和生产，拿俸禄、有饷银，附带一些牧业劳作。

安氏，华北大饥荒时，由太原府流落到这里，那次饥荒，旱、蝗、风、雪、雹、水、疫并发，饥馑赈济等级，大、普、急、加，这四级中，定为大赈。

赈粜、赈贷、赈济，已难解救，饥民自发求生，安氏族人进入敕勒，其时的敕勒，也是饿殍遍野，美籍记者埃德加·斯诺曾有记述，还向毛主席谈起过。

不幸中的万幸，他们走出了哈素海的枳芨丛，由兵丁指向岱村，岱村史上还没有难民，隋氏倾其所有，对其安抚、收容。

饥馑之年，绝死逢生之处，这一族安氏，就在岱村落下脚，开始了蒙汉共居，一起分耘分食。

待家乡灾后复原，他们已经决意留下，再次返回老家，带着铁犁、锄头、镰刀、镐头、磨盘、木叉、石滚子，又回岱村，牧地有了农作。

还和镇子上、旗府里的汉人，鼓捣窖酒、榨油、酿醋、制酱、漏粉条、磨豆腐，也学蒙人，擀毡、制革、宰牲、制乳，岱村兴旺起来。

不久，安氏人就发现，往北山根底，书生镇到圣母镇一百多里，肥田沃土，到了农历六月，漂亮的罂粟花，一望无际，当地迎来烟季，割烟季节。

这么多的大烟，都是人割，技术活儿，人称烟工，一手拿上锋利的刀片片，一手提着小桶桶，刀片顺着烟桃，划开口口，浆液就流了出来，滴到小桶里。

小小烟桃，谁能割的刀口越多，收集的浆液就越多，得到的工钱就越多，安氏人农活就干得巧，割起烟来，刀口多、浆液足，一个烟季赚的，赛过全年农种。

"老伙计，'受（劳动、劳累）半年，富半年，单等六月割洋烟'，这爬山调，唱得对得啦！"

"对得啦？挣钱啦？半年的农作，不如你个把月割烟挣得多？"

"就是嘛，哎，老伙计，你们咋了吗？怎么不一道去割洋烟噢？"

"老辈人，也割呢，灰塌啦，拉下饥荒，卖了家产来还账，哎呀呀，更犯禁忌噢，割烟割烟，说是个人不吸食，哎，只要碰上一下下，上瘾哟，平日里，连磕烟袋都不敢呢，烟枪、烟锅、烟灯，都是动火哟，触犯长生天，惹恼腾格里，违逆火禁忌，嘎勒嘎勒罕·额赫（蒙古火神）！天雷地火，惹得祖先，动惩戒、开杀伐……”

隋氏安氏，两位爷爷，说割烟虽挣钱，却易食上瘾，导致变卖家产，对蒙古族而言，保护草场，更有火禁忌，“遗火而爇草者，诛其家”，犯忌遭天谴、天罚。

富招匪，遇上乱世，匪患搅闹成烟患，义和拳变，回民教乱，民国军阀交战，离散的难民，淘汰的兵丁，聚落为寇，都跑到山根底，收烟敛财。

官府哪能答应，课捐全凭烟税，佐领制被废除后，有了地方军，地方军也不答应，筹饷更靠烟银，而匪与寇以命相搏，互不容让。

争到极处反相合，官兵匪，因烟成为“一家”，沆瀣一气，合伙分赃，官匪不分，兵匪不分，匪患愈猖，村民只能自发组织防卫。

村民们练功习武，武馆教头，跑遍十里八乡，锤、拳、钺、剑、枪，男子们都能来几手，福锁从小看，跟着舞巴，虽非彪悍，也算有些功底。

那时候，村落无堡寨可凭，又开始修建围堡、围壕、碉楼，无遮无拦的沃野，开始出现高墙大院，就是我们来到这里就看到的堡子院。

敕勒的召庙，相似城，敕勒的教堂，仿佛堡，傅作义的晋绥军，移防此地，参照营建，鼓励持械自卫，提倡并村修堡，几厢相凑，堡子院几乎遍布敕勒。

之后，“匪氛渐为平靖，匪患较为减轻”，烟种得到稽查，村民再难旁骛，上心农牧，习艺习技，不过，练就的武功，也就在一些人家传授下来。

到了这时，敕勒的农种，被称协和农业，如朵儿看的农书，安氏与隋氏之间，地契约种，此外，周边有召庙，有教堂，还有晋绥军驻军，都事农种。

召庙有官地，自雇农种，教堂多购地，租佃农种，驻军开荒地，拓垦农种，除了汉人古法，还有西域、欧洲，以至于近代、当代，种苗、种法、种技。

当然，后来的日占、内战、运动，把这些都给废弛了，不过，现在想想，敕勒人什么没见过？岱村人什么没见过？

平日里，老乡们爱说：“裤裆里的虱子，见过个甚？”其实，都是大实话，是说少见才多怪，无论人或事，没有见识，反而容易自以为是，胡来乱来，而我们，真没见识过什么！

我们去的时候，只看到学大寨，可乡亲们不认可，像扎那说的，他们“自有办法”，不能如愿，就出工不出力，虽无力反抗，却诚如一新潮术语所言——“反行为”。

那么，为什么对我们，没有“反行为”？

巴掌打下去，人家不还手，以笑相对，还追寻着问询，京娃娃伤着没有？

和平援引史料，敕勒山根底，那时出现了义学、义堂、义地，也是乡里、召庙、教堂，包括驻军，为了救济流民，使急难有所接应。

义学，让生计艰难的流浪儿有书读；义堂，专收流落无依的孤贫残老；义地，使饿殍的游息孤魂有所归处。

> “小宁啊，要说，咱们这当年的京城游子，也算一拨流民吧，也被人家接应啦，哈哈哈，是不是?”
>
> “和平说得对！本人无自知，竟然动粗，人家笑对，想想这些，自己脸都热，惭愧！现在才懂得，伤人者自伤……”

听和平说插队过往，我羞得心伤，想起安氏的女人们，仍感“珠玉在侧”，福锁这些老汉，又让我觉得，“显贵在旁”。

亏着那时，没有招惹安家女孩儿，与安家老汉也没结下仇怨，现在的人，爱讲“不配”，那时的我，深浅不知，真是不配，这么想着，没好意思说给和平。

第三十九章

妮妮教我懂得很多“胡理”

妮妮不让我数点他们家的羊，我才知道这不吉利，相沿成习的是，牧不计生灵，还有租不认地亩、捐不做谷量，这是“胡理”，也是汉族移民该循的理数。

我的入团申请被批准了，我还进入了旗团委，后来进入了旗革委会、市团委，那时候，还经常召开学毛著积极分子会议，我就常常出去开会。

会议上的伙食比村里菜充粮要好得多，我就不好意思起来，跟哥们儿说，换着去吧，除了有那么几次，多数情况下，大伙儿都说：“还是你去吧。”

这些会议也发一些纪念品，特别是毛主席像章，一次发的特别大，背面刻着“内蒙古”，有中文，还有蒙文，我就想送给妮妮。

当时，不少人喜欢像章，我嘛，其实也喜欢，类似工艺品，可能受父亲影响，他过去在重庆、上海的银行从业，家里的家具都是楠木雕花的。

不知为什么，我不想留着这些像章，觉得戴着再好，有什么？不如能够……啊，就是心中埋着的那个愿望，那才重要。

妮妮会喜欢吗？人家帮助我了嘛，没和安家的女孩子惹出麻烦，和福锁老汉也“和解”了嘛，该去看看，该去谢谢哦。

一天傍晚，收工之后，我去泊儿营子找她，她轰着好几只羊，往自家院里走，羊儿毛色干净，肉健膘满，村里少有人能养这么好。

“一、二、三……”

“司马哥哥，可是不敢数啊！”

我看着羊群高兴，就数起来，她尖叫着，不让我数，我不解其意，还往下数，她霍地甩起羊鞭，噼里啪啦——噼里啪啦，抽得山响，吓得我，声音就吞了回去。

跟着她进了屋，只有她在家，她娘回了姥姥家，她大带着弟弟去了山根底。妮妮沏了茶，给我斟上，解释为什么不让我数羊——

“司马哥哥，你不知道吗？我们这里，忌讳数羊！不吉利！”

“忌讳数羊？不吉利？为什么？”

原来，敕勒的蒙古族人，从来不数羊，青山、长空、绿野，天赐家园，穹庐—毡包，牛群—羊群，风吹草低，天然、富足，那是长生天——腾格里，上天之意。

“天恩羊群，能够少吗？如果少了，那是牧人之过！醉酒啦？吸毒啦？家衰啦？业败啦？……那该多么不吉利？对不起上天，对不起羊群，对不起自己！”

多年之后，我听说，云主席在牧区政策上，坚持牲畜不能归大堆儿，也是因为这习俗，否则的话，如他所说，牧民们会“一夜间杀掉所有牲畜”。

“畜不灭青草，牧不计牲灵，司马哥哥，你知道这是什么意思吗？”

“嗯——天赐的牛羊，数量足够啦，再多了会毁坏草场，有多少牛羊，用不着数，如果真的少了，一定是牧人的过错，数了也没用，而且是很不吉利的……”

“对！羊是家宝，牧羊人心里，自然有数，外人为什么要来数？外人没有道理来数！不吉利！”

“哎，妮妮啊！你小小年纪，怎么知道这些呢？从哪里知道的？”

“俺大呀，俺大知道啊……”

“那次，你和朵儿说，你家有《青史演义》，哦，还有什么？”

“噢，是，再有，就是一些——”

我看到，一些散乱纸张，一些散书，妮妮在红躺柜上，拾掇了一阵，拿了一摞纸片片，放到炕桌上让我翻看，显然是祖上传下来的。

当然，断章残篇啦，大汗的《大札撒》？元世祖时的《农桑辑要》？敕勒王的《法典》？或是什么律文法条？我并不知道，只听扎那、巴师长提到过，就猜想。

“这里没有破四旧？还留着这些？”

“俺大稀罕啊，他识字不多，可喜欢翻来翻去，俺弟弟常撕扯着玩，剩了没多少啦……”

“妮妮，你看啊，这写了些啥？‘租不认地亩，捐不做谷量’，什么意思？”

“俺不知道，司马哥哥该知道啊，你读书比我多嘛！”

“嗯——我听扎那讲过，这里有了农耕之后，地多嘛，租给农民，你们这儿的人，憨憨的、实实的，地多少不重要，按照租约，缴够租子就行了，就是官府的捐税，也得说个数，有个税额，不能粮食收多了就多缴。”

“噢，不认地亩，按租约，不做谷量，按税额。”

“可能是这么些意思，按约好的定数为准，这和你说的，不灭青草，不计牲灵，好像是一样样的……”

“这么说，司马哥哥——你，你，你让福锁伯，非要说出来多分了——”

妮妮真是天性，就那么直白地问着我，我立时感到不舒服，可是，我能说什么？她问的没有错啊，我就慢慢沉住气、静下心，认了、忍了。

按照这些纸片片，我逼福锁老汉非说不可，一定是不该啦，甚至是大错啊，可那时，都怀揣着红宝书，并不相信这些，竟不以为然。

现在想想，这不就是地权的所有与使用吗？扎那讲过的，当然是悄悄讲的，毛主席曾经很看重的，他读苏联教科书，批评他们过早否定农民所有。

毛主席说过，中国的土地，深入人心，农民一寸土地也是得来不容易，土地买卖，更让农民留恋土地，拿人家的祖业是没有良心。

他强调，在土地改革中，必须把绝大部分土地分给农民，满足他们的土地要求，只有在他们完全自愿的条件下，才把极少一部分土地建立国营农场。

很多年后，我读到毛主席文献，他检讨过自己，说在井冈山时，亲手烧过一家地主的房子，以为农民会鼓掌赞成，可当时，农民不但没有鼓掌，反而低头而散。

也翻检过蒙元的文献，其律法有这样的条文，“牧地分给农之无田者”，“农事有益，诏无禁秋耕”，“田之芜治，租之有无，则系于长吏之善不善”。

这也证实了毛主席曾经的判断，就是农民与土地的关系，而在曾经是蒙元治下的敕勒，为政分田、田有所归、耕田有益，成为吏治善或不善的判断。

从岱村的情况看，那时，农民不但没有所有权，使用权都不能自愿，他们其实也不想纯私有，喜欢互助组，可是偏偏要按照小队、大队来安排农事。

我打福锁老汉这巴掌，不解汉族移民的理数，也坏了原住民的“胡理”，史上有“大汉”“强胡”之说，都不懂啊，要按望奎的叫骂，那真是该骂啊。

我拿出毛主席像章送给妮妮，她看了看，好像挺高兴的：“没见过这么大的呢，谢谢司马哥哥！”然后，就放到红躺柜上，毛主席像的下面。

“司马哥哥，看看看，这是什么？”
“这是什么？”

我走过去，她撩起毛主席像，看到背面，还有一幅绣像，仔细看看，“啊！成吉思汗像！”我们学历史课，看到过这样的像，怎么和毛主席像挂在一起？

“司马哥哥，再看，再看，再看，这是什么？”
“这是什么？”

她让我爬上她家的炕，看炕围子，花花绿绿的，她指点着——

“啊，还画上了毛主席！噢，还画上了成吉思汗王！”

“司马哥哥，你自己看过就好啦，不要说给别人，
俺大说啦，他们两个人呢，都是大救星，可是，现在

不兴挂大汗的像，我们就悄悄地，那是我们的祖先呢……”

“那，那，那你为什么让我知道？”

“嗯，嗯，你们呢，为村里人办事嘛，你打机井，就打了好几眼啦，而且，而且，你能听我的话嘛，不会去说给别人啦……”

“我听你的话？听你什么话啦？”

“哎呀呀，村里分粮，你们没有去告嘛，还有，你没有去招惹安家的女人嘛……”

第四十章

妮妮告诉我她要出嫁了

妮妮留我吃莜面，还说自己要出嫁了，我问她为什么这么着急，她说是为了奇石、泥煤、沙金，看来他爹爹有富农思想啊。其实这是蒙地习俗，延续一种庙仓经济。

妮妮在灶上烧开了水，和起了莜面，面光、盆光、手光，把两袖往上挽起，右手搓起面团，在左臂上推莜面卷，好薄好薄，一会儿就摆满一笼屉。

“司马哥哥留下，和我一起吃莜面！俺大俺娘渍的酸菜，汤汤可好味道呢，你要尝尝噢！”

“妮妮，谢谢你啦！我们知青的饭也做好啦，我回去吃啦，你就慢慢吃吧！”

“那，那可不好！”

“怎么不好啦？”

“望奎叔老说胡理，俺大自小就告诉，路过家里的人，要一起用饭啊！”

她用手，指指墙上的像，又指指那些纸片片：“大汗王定下的规矩！”

很多年后，我看《大札撒》介绍，里面真有：“路人经过，礼让共席，用餐者不能拒。”

“路人吃白食？啊？哈哈！”

“司马哥哥说得不好听，什么白食？是真心实意的，就该一起吃！”

“我想起来了，扎那可是说过，人民公社、大食堂，毛主席就说，农民喜欢，吃饭不要钱，过路人也可以吃饭吃肉不要钱，毛主席、大汗王，他们想到一起去啦？你没吃过大食堂？”

“大食堂？没有听说过，路人和家人一起用饭，是礼貌、客气，对客人的尊敬……”

“我这城里人，都吃过几天呢，你，你，你在农区，没吃过？”

“司马哥哥说什么呢？我不知道大食堂，怎么会吃过？”

后来读一些回忆录，云主席考虑到蒙地特点，很多事情都“慢半拍”，这里就真没搞大食堂，扎那不就疑惑，是不是就是因为这个原因，运动刚开始，云主席就被扳倒了？

我就识相啦，留下来吃莜面，妮妮烹调的酸汤，真是好吃，吃完后，收拾停当，她走到红躺柜旁，捧过一方石臼，就是石碗，放到炕桌上。

她翻找着什么，挽着衣袖的手臂，白净光润，就把我的目光吃住了，仿佛青春少女，全身都在翩翩舞动，我就好想，把这光艳胴体揽在怀里。

“给，司马哥哥，给，把这些药片片，吃了吧！”

“药片片？什么药片片？干吗要吃药片片？”

“我知道啊，你们粮食不够，老吃土豆、胡萝卜，老是这样，肠肚都坏啦，常常蠕酸水吧？这是苏打片片，给，你吃吧，吃了舒服啊……”

“你怎么知道？”

“哎呀，谁不知道啊！老乡都知道，我还不相信，后来山岳告诉我的，我常去听他讲课，有时候说起呢……”

“你上过初中啦，怎么还去听他的课？”

“你们真是好学校的学生，讲得不一样啊，我过去，没有听过这么好听的课……”

我不好再推诿，吞咽了两粒苏打片，不好意思再盯着她看，扫看到那方石臼，竟觉得里面斑斓耀目，乳白斑红，骨黑丝亮，金黄灿炫……

看我好奇，妮妮就解释，这是家里的杂物罐，我觉得可不是，有几样当是贵重物件，这白色的臼碗、黑色的小石、黄色的硬块……

“这，这，这，这几件，都是些个啥？哪儿来的？”

“这？石碗啊。这？泥煤啊。这？沙金啊。”

“石碗？泥煤？沙金？是啥呀？一看就是好东西呀！”

“俺大到东部盟走亲戚带回来的，都产自那里，说这碗是奇石，这泥煤一点就能起火，这沙金就是小金粒粒，都可以赚钱……就为这些东西，俺大要把我，嗯——嫁到那边去……”

“这些东西，土里埋着，水下沉着，真能搞成副业，才能赚钱吧？不是以粮为纲吗？咱们这儿，连药材都不让种，那里能让搞这些？”

“他说那里，管也管不住，比咱们这厢富裕……”

隋世元这思想，典型的富农思想啊！怎么还让他当了大队长？我后来问过德旺，书记告诉我，敕勒划成分，与内地不一样，世元家沾了光。

妮妮的爷爷，从小带着世元，并不安心农种，蒙古族嘛，喜欢到外面交往，跟旗府一家纸坊走动，纸坊给召庙造纸，抄经需要大量的纸，还得是好纸。

纸坊也好，召庙也好，也常要修缮，泥水工、石凿工、刨木工，都由他们从村里带来，跟着的骡车马车，除了拉人运料，还给召庙送纸。

划成分的政策，蒙古族人是降等的，所以，隋氏在村里是富裕户，而且，他们侍弄的土地并不多，赚的钱多是非农收入，该划富农，就划成中农。

离开岱村多年后，我才知道，那叫庙仓经济，才想明白，印堂用的道林纸，望奎他们跑运输、揽工程，该是都与隋家有关系，秘而不宣就是了？

“你大这么着急把你嫁出去？听说，蒙古族有‘长先幼继’的祖法，为了这？”

“司马哥哥知道？这是草地传下来的，俺妮妮大嘛，‘优先’，俺弟弟贵贵小嘛，‘继承’。”

游牧族群，有这样的遗产安排，长子先独立，无论男女，结婚或出嫁，“另灶”带走部分财产、牲畜，而幼子，“守灶”者，与双亲生活，继承所有家产。

“现在，土地是集体的，就那么几只羊，一点点自留地，有什么好另灶、守灶的？”

“俺大说啦，‘敕勒的蚊虫不咬人’……”

“‘敕勒的蚊虫不咬人’，这是什么意思？和另灶、守灶有关系吗？”

“司马哥哥，你听，吼你呢！”

我就匆匆地离开了妮妮，她把一纸包的苏打片塞到我手里。

第四十一章

不期然看到京生配种马

那时候，经常传达文件，还要保守秘密，听到一件大事情，不让外传，我就心生郁闷，信马由缰，到了饲养院里，不期然看到了京生配种马。

有线广播喇叭响起来，通知我速回知青点儿，到旗府参加紧急会议。

旗委礼堂里，可能也就几十个人，传达中央精神：1971 年 9 月 13 日，林彪等九人，所乘飞机坠毁于蒙古温都尔汗，机上人员全部死亡。

反目？叛逃？造反？那可是毛主席的亲密战友啊！我们的副统帅啊！不是他说的吗，“四无限三忠于”，他带头不忠啦？说不忠，就不忠啦？

我脑子里好像响起了闷雷，颅腔好像被轰塌了，而会议要求，听传达者不得外传，不得议论，要想和谁探讨探讨，还不能够。

我来的时候，是搭了栓柱驾的马车，往回走，心思重嘛，就没有惊动谁，也不想惊动谁，那么徒步溜达，三十里地，走到村口，太阳已经偏西了。

日头不见了，黑墨样的云朵，上下翻滚着，仿佛夜色降临，山药蛋大的雨点子，噼啪噼啪噼啪，铺天盖地，就听到骡马的嘶鸣，咿吽咿吽咿吽——

“司马哥哥，你怎么在这里？快啊，快上来，这雨能把人拍死的！”

“啊？妮妮？怎么是你，你到这里做什么？”

岱村的骡马，平时不能坐骑，都是宝贝圪旦，拉脚、犁地、碾场，全指着它们呢，所以到这里快三年了，我从没骑过马子、骡子。

那天，两个营子的人，都到村北锄滩地上的苗，京生带着骡马到这里吃滩草，他这是给自己放松呢，傍晚的时候，他要给骒马配种。

荷兰籍的种马，已经牵到饲养院了，等待配种的骒马，也养精蓄锐好几天了，京生想带着别的骡马，转悠转悠就回来，不想遇上了雨。

社员们看雨要来，早就往村里跑开了，妮妮看到京生带着好几匹马呢，就想帮他一起往回带，妮妮刚翻上马背，就看见了我。

她驱动那马，靠近我，自己偏鞍一侧，伸出双手，拉住我的双手，两脚勾挂起来，让我左脚踏上，两人“一、二、三！”

我往上一蹿，跨到了马背上，坐在她身后。

她身子后仰，两腿朝天，往右一旋，收身前倾，也跨在马上，“司马哥哥搂住我！”她脚踝拍打着马肚，我们就箭似的，冲到瓢泼雨水中。

京生在前，妮妮带着我随后，几匹骒马就都跟着，冲回了饲养院，刚从马背上翻身下来，大雨就住了，夕阳露出，灿烂的云朵，金光四射，洒满饲养院。

> “司马，还没看过配种吧？既然赶上了，先别走啦，看看我的能耐啊！”

京生做饲养员，是老乡信任，属于把式，也是圪旦，记着最高的工分，除了到知青屋吃饭，连睡觉都在饲养院，没多长时间，淖尔营子的牲口，已经好过周围别的村。

我没见过配种，小的时候，看邻居的孩子，逗弄小白兔，找个火柴棍，扒拉生殖器，单小辫来了以后，见他逗弄公羊、母羊，上手拨弄牡鞭、牝户。

记忆当中，都没怎么着，就是不感兴趣，看两眼就躲了，这次不知怎么了，雨淋的？光照的？还是有京生吆喝？有妮妮随着？立在那儿，想看看。

其实，是心里不舒服，上面的“大圪旦”，那是一人之下、万人之上，要顶破天的“大圪旦”呀，就反叛啦？让人郁闷呀……

种马雄武，比骒马大着好几号吧，怪嚇人的，可毛光体健，脸俊面朗，又怪诱人，京生让栓柱牵过骒马，他就引着种马围着骒马转圈。

骒马似有感觉，尾巴翘动，来回摇摆，牝户就张开，滴答、滴答，体液外淌，招得种马胯下响动，噗哒哒，那么一声，牡鞭坠下，好长好壮。

我就不知怎么了，自己的下身，也紧张起来，一种鼓胀的感觉，京生溜到骒马身后，照着牝户，嗖地一抓，湿乎乎的，转身朝着种马，往鼻上一抹。

种马迅疾喷起响鼻，嘚嘞——嘚嘞，一阵嘶鸣，叶——叶——叶，牡鞭愈加肿胀，啪嗒——啪嗒——啪嗒，甩得越发粗大，赤红紫褐，筋血灼爆。

这牲灵，两只前蹄，蹿起丈余，似跃半空，扑向骒马，哐当一响，跨在了骒马后臀上，京生低下身子，从种马胯下，托起那阳具，往骒马阴户一送。

一送进入，两只马子，欢快起来，好似琴瑟，扑腾交欢，一颠一颠，一蹦一蹦，颤抖战栗，那么一小会儿，京生看可以了，跳脚牵住马缰，让种马离身。

"司马，怎么样？过瘾吗？没见过吧？"

"还真是头一回！你挺神啊，真成把式啦！大圪旦呀！"

"可不是嘛，别的村要配种，配种员得跟着，咱们营子，我去了配种站，人家让我自己牵回来，完活后给人送回去，放心着呢！"

"真棒！要不老乡非让你当饲养员呢！"

离开饲养院时，我觉得自己裤裆里，已经潮乎乎、水唧唧了，围观的老乡散了，再找妮妮，咦！不是在身旁吗？怎么没了？找不见了？

想起来，自己有些傻，还在找妮妮？其实她早躲开了，多少年之后才明白，我固然郁闷，而她那时有多煎熬。

当时，并没看出来，我离开饲养院后，才看见她了。她牵着一匹马，在院墙下圪蹴着，摸摸索索的，做着什么事情。

“哎，妮妮！你没有走？怎么蹲在这儿？怎么啦？干吗呢？”

“啊，司马哥哥，这是刚才驮过咱们的那匹，马子是火畜，我怕它累得上火，给它放放血……”

“放马血？哦，放蹄血？就用这蒺藜？这硬刺？京生知道吗？他让你放吗？”

“哎呀呀，不用问，他得谢我呢，马子不能热着，郁热生风，不放血，会皮肉瘙痒呢，还会得病……”

“哦，我见小驹，她放过马血，还吸马血呢，你这么一说，我才明白，这对马是有好处的……”

“小驹？司马哥哥，你想她啦？——你怎么不应答？——她肯定想你啦！”

我们俩，就那么圪蹴着，又说起话来。

要说呢，我一直没有想赵小驹，听了“九一三事件”传达，倒有些担心她，她父亲在部队，会不会有牵连？能不能影响到她？

有纪律不让外传、议论，对妮妮不便再提小驹，我就想起来，前一段小驹来信，说到了清怡，我就对妮妮说起了清怡。

“先不说赵小驹啦，说说清怡吧，她在南面打仗，受了伤啦！”

“清怡？她怎么？受伤啦？——她在这里的时候，好像难活的样子。”

“她在你们营子待了没几天，你也看出来啦？她不快活？”

“是嘛，看出来啦，她去南方打仗啦？”

“是啊——”

第四十二章

妮妮出嫁后我就生病了

与妮妮聊天，不经意遇上了她父亲，说起政策要变，他要把妮妮送到东部盟嫁人，我听说后就病了，耳畔响起《敕勒歌》，却是一曲悲戚的歌，好像在思念妮妮。

小驹来信了。

我那发小，在北京时，跟几个同人，老是议论什么人家要抓他们，他们就往南跑，到了滇南边防线上，看到兵站，就登记，成了裤脚兵，越过界河，到了缅北，成了人民军战士。

他让我去找他，一个重要原因是，我母亲被造反派折磨得死去活来，后来离开了人世，我父亲也一直被秘密关押着。他说，你只能投身革命烈火，自证清白，不然，还有其他的选择吗？

我去找他，他看我来了，可高兴啦，而让我们更更高兴的是，看到了缅共的副书记，我们在北京大院里，也见过他呢，那时他常驻北京，就在我们大院的套院里，现在回来，要和我们一起战斗啦。

这里革命形势一派大好，崖石上都是革命标语，“支援缅甸革命”“推进世界革命”，到处是毛主席的画像，林副统帅的画像，还有缅共领导的画像，还有那位副书记呢，后来他很快就成为总书记啦。

站军姿，射击、投弹、刺杀，培训一个星期，我们就上前线了，我们的“五七”炮，轰得震天响，也分不清敌方、我方，反正我们胜利啦。

有一次战斗中，我们冲到村寨里，竟然空无一人，真是奇怪了，美丽的凤尾竹，遮蔽着草屋、竹楼、砖房，进到里面，地板铺地，窗明几净，可以说，有些富丽堂皇，往回返的时候，还看到耕田牛、脱粒机、碾米机。

我们原来在城里，粮食要定量，到了敕勒川，虽是好地方，那庄稼长得并不怎么样，为什么我们要来这里？来解放人家？自给自足的缅甸人民，需要我们吃不饱的来解放？

快回到我们阵地的时候，一枚流弹，把我射中了，我在这里，已经有几次小伤，这次比较厉害，我现在，躺在昆明市43医院疗伤，我的左眼已经被摘除，右眼会怎样，还要观察……

我把赵小驹的信中讲到清怡的，念叨给妮妮，她从兴奋，到低沉，泪水就滴滴答答，流了下来，我自己，也眼中噙满了泪花。

“司马哥哥，不要说这些了，你跑了那么多路，累了吧？去我家吧，他们还都没回来，我家有好糜子面，黄煎鏊是传下来的，我给你摊黄儿（烙糜子面饼）吃……”

本来，我想着早些见到同学们，一起说说副统帅的事情，规定不让说，不能违反纪律，就没了兴致，稀里糊涂，跟着妮妮又去了她家。

要进院时，下身有些紧张，莫名的那种，忽然一股肉香飘散过来，跨进门槛，看到妮妮她娘，想退出去，已经来不及了，就硬着头皮，进去了。

惊魂未定，又听到马车的声音，只见世元大队长，带着贵贵，也回来了，看人家风尘仆仆的，我更觉得不便打扰，就想离开。

“噢，小司马？难得到我家来啊！路人同食，啊，是这里的习俗，一起吃饭吧！哎呀，我的老板子（媳妇）呀，娘家宰牲啦？这羊骨好香啊！妮妮，去粮房，把那酒，‘套马杆’拿来，我和小司马喝几口！”

我就走不了了，上了炕，不一会儿，我们仨男人，围着炕桌吃开了，妮妮和她娘，忙碌着给我们上吃食。

他们彼此问询着，好像都是说贵贵慢慢长大了，该张罗娶媳妇了，山根底富裕，人也活络，不如入赘过去，这次是去看看，还真见了几个姑娘。

听得出来，山根底的人，同意贵贵入赘，是知道世元与东部盟有关系，想借着关系，倒腾奇石、泥煤、沙金，好像还和地下边贸有关系。

我意外的是，他们家里的事情，对我一个外人，怎么不避讳？而且，那些倒腾的事情，违反政策呀，世元身为大队长，怎么“明目张胆”？

“小司马呀，你该批评我啦？我世元，不举大寨旗，不以粮为纲。你也来了几年啦，乡亲们有心思种地吗？你们，你们最实受，最实受啦，扑下身子种地，想高产，高产了吗？积肥呀，良种啊，打井啊…… 你们还，还不能一样分粮，怪可怜，你们想过没有？这些啊，不说是瞎毯闹，也差不多，弄不出什么光景！我有时候呢，想起来，怜惜你们知青娃娃哟！”

“世元啊，我今天叫你一声叔，你是不是酒喝的？酒后吐真言？”

“小司马，你不要害怕，这些个话，我早就想说啦，今天，今天说给你，你知道吗？政策呀，要变啦！哎，你知道吗？那个奸臣面相的，什么副统帅，我们早把他看塌啦……”

真是纸里包不住火，他从山根底回来，准是在旗府听到了什么，关于“九一三”的事情，还要求保密呢，实际上，这事情，几天后也就都传达了。

“不说这些啦，小司马呀，今天你是贵客，贵贵他娘啊，把那羊颈骨，拣出来，端上来噢，这可是肉最多，我看看你小司马，能不能吃吃干净！”

世元亲自接过，一盘羊颈骨摆在我面前，他举杯和我磕碰了一下，示意我动手，蒙古族人好客，客人吃得越干净，越是对主人的尊重。

我在家里，属老二，上面有个哥哥，他人仔细，小时候吃鲫鱼，妈妈说，看你哥哥，吃完后，头、骨、刺、尾，完完整整，留在那儿，又摆成鱼。

我呢，连肉带刺，嚼吧嚼吧，吐出来的，比咽下去的多，这回挟着小心，想剔得干净，别让主人看着不愉快，觉得剔干净了，才停了手。

饭罢，我着急走，已经打扰人家团聚啦，世元也不再强留，妮妮、贵贵就出来相送，妮妮紧走几步，悄悄告诉我：“司马哥哥，俺不知道他们回来。”

我相信妮妮的话，一点儿埋怨都没有，就和她说：“没吃上糜面黄儿，倒吃上了肉，更好啊！”

走到院门，几只蚊子，白花花的，好大呀，像蝴蝶大小，准是海子那边飞来的，嗡嗡嗡，嗡嗡嗡，胡乱飞着，直打圈圈，让人心生恐惧。

“都秋凉啦，这蚊子，怎么还来咬啊？”

我觉得蚊子在叮我，在咬我，再看看妮妮、贵贵，没事儿似的，没咬他们？

“没有咬啊！司马哥哥走快些，就不咬啦！”

妮妮、贵贵没觉得蚊子咬，我就快步往回走，边走边想起，妮妮说过，“敕勒的蚊虫不咬人”，这都是什么意思？咋回事情？

几天以后，遇见朵儿，她告诉我，妮妮出嫁了，去了东部盟，我好生奇怪！妮妮真走啦？怎么没有跟我说一声？嗯——为什么要跟你说一声？

我生病了，发起高烧，不能出工，躺在炕上，什么也不愿意想，昏沉沉地睡，本来很少做梦，这梦就来了，还听到悲怆的乐声。

完全不同的《敕勒歌》，不再是歌唱富乡净土的家乡颂，却是悲悲戚戚的思乡曲——

敕勒川，阴山下

天似穹庐，笼盖四野

天苍苍，野茫茫

风吹草低见牛羊

阅读时聆听腾格尔的《敕勒川》
感受内蒙古青春激情诗意年华

舜天中学，历史课上，老师讲过的，南北朝时，东魏丞相高欢，与西魏守将韦孝宽，争夺玉壁城，历时两个月、六十天。

高欢部堆砌土山、射手狙击、声东击西、截断水源、凿挖地道、战车冲撞、涂油点火，金、木、水、火、土，五行谋略，全部用上，仍然久攻不下。

高欢染病，带病见诸贵、抚兵士，使斛律金作《敕勒歌》，斛律金，敕勒部人，从小生活在敕勒草原，溃败之际，回想起家乡，青山、长空、绿野。

歌声一起，高欢与斛律金，相互唱和，随阵的敕勒川官兵，七万赴黄泉，十万仅剩三，神武自和，伤感流涕，思乡哀歌，越山越岭，飘荡至敕勒川。

梦得我啊，浑身大汗，翻身坐起，泪流满面……

古人是思乡，你宁宁是思什么？是思妮妮吗？她在哼爬山调？她在吹口簧琴？还这么和弦，还这么复音，悲到一起啦？戚到一搭啦？

这些天，同学们、老乡们，德旺、大队干部，不少人来看我。

赵家小娃子的母亲也来啦，念叨着什么“萨满”，巫术？要给我放血，我没有力气说什么，任由她，拿来挺粗的针，纳鞋底子的那种，十指都扎了。

血滴在瓷碗里，污红晦暗，我看到，有蚊蝇飞过来，“敕勒的蚊虫不咬人”？哪里啊?！我就禁不住自己傻笑起来，腮边又流淌起泪水。

第四十三章

小娃娘和朵儿帮我平复心境

小娃娘问谁得罪了我，安慰我不要胡乱猜忌，朵儿也来了，按她的说法，妮妮的婚嫁，不是她个人的事情，按照星祭，她该去东部盟。慢慢地，我就又“还阳”了。

小娃娘抚弄着我的头，又让我想起了母亲，小时候，家里四个孩子，只有我淘气惹事，上过寄宿制幼儿园，是保姆央求母亲把我外送出去的。

上小学以后，可能还是数我调皮，几个孩子中，最是让母亲操心，直到母亲告诉我，报考舜天中学，我的心性才慢慢柔和了一些。

不过，直至离开北京，要来敕勒川，好像与母亲、与家里人，也没有那种恋恋不舍，可以说豪情万丈的，非要能做成什么事情，俗话说的“心硬”。

这次，不知怎么，心就软了下来，好想回到母亲身边，偎依在母亲怀里，好好睡个几天几夜，这么想着，又自惊起来，这么大了，还要让母亲操心吗?!

“小司马，遇上不高兴的事情啦，说给婶婶，婶婶去挠（扇）狗日的鼻斗（耳光）!”

善到不能再善了，一个妇道之人，要去替我，挠鼻斗，扇人家耳光，王二杆子？兰兰？有威？福锁？栓柱？小娃？……数着问我，问一个，我摇一下头。

问到兰兰时，我稍一犹豫，这婶婶就判定，“崽犵狍?”就骂开了，然后又自言自语，“兰兰可不腌臜哦”，转而给我解释开了，让我别误解他。

刚到淖尔营子，就知道兰兰实受、通灵，后来因为瞒产，怀疑他挑拨，本来事情过去了，我怎么会因他而生病？只是感觉，他比较滑头。

这位婶婶说起兰兰，我就想听听，到底他滑头不滑头？一席细数，悔得我一身冷汗，人家可不是滑头，还是通灵，并非所愿，是为了活命。

婶婶怎么知道呢？那年兰兰带着母亲，从甘肃的高台流落到岱村，婶婶家在村最北端，房后有丛丛枳芨，比人还高的茎秆，密不透风。

婶婶就觉得，好像草丛里，有什么老是在蠕动，没太在意，也放心不下，到了黄昏头，门被敲开，自此，兰兰母亲被收留，从此，与婶婶无话不讲。

兰兰的母亲，给赵家婶婶讲过他们的来路——

"赵家婶婶啊，不会把我们送官吧？哦，不会？那，我们就实话实说吧，我们是万般无奈，寻到敕勒川啊，兰兰的父亲，几辈贫农啊，还是生产队长，共产风时饿死啦，兰兰这娃娃，害怕我和几个弟弟妹妹再被饿死，开始劫粮，挎着长枪，向天鸣放，运粮火车，那就停下了，他就带着伙伴，扒车卸粮，如果等不到粮车，那就遇上什么卸什么，像煤炭、百货、木材，然后再去换粮，地警、路警，到处通缉，把他缉拿，他就被捉到劳改队，说是毛主席派的调查组，来到咱们甘肃，还来到高台，兰兰才被放了出来。"

后来看到党史资料，毛主席带头，检讨了共产风，承认追求产量造成的危害，撤换了包括甘肃在内的几个省级领导，事态才得到控制。

赵家婶婶，给我讲起她眼中的兰兰——

"他日鬼噢，带着母亲，带着弟弟妹妹，离开了高台，听人说敕勒川好，就寻来啦，又怕村里不收留，就躲在枳芨里好几天，是不是看到岱村人善？就投靠过来啦，咱们这里的人好啊，那就收留啦，咱们这里的人，本来没有挨过饿，兰兰可是被饿怕啦，他日哄（哄骗）你们啦？他可不是要日哄，他怕饿呢，是饿怕啦，小司马啊，你知道啦？不要计较他！"

婶婶说了这个，说那个，我就觉得心情平复了，烧退了之后，我还常常想起，对兰兰一时的误解，还真是误解。

很多年以后，他的儿子做生意路过北京。说是受父亲之命，来看望北京知青，我才知道，兰兰的儿孙辈，又回到高台，除了务农，还做起了轮胎生意。

“轮胎生意好做吗？怎么做起轮胎生意？”

“司马叔叔，我们做得风生水起呢，汽车越来越多，配套嘛，这轮胎呢——‘轮胎无假货’，司马叔叔该知道吧？就是想造假，也不容易，成本太大，一般造不了假，俺大告诉过俺们，在岱村，你们与俺大为了分粮，真真假假，闹过一阵，俺大说，现在不一样啦，让我们不要再作假，还说要向你们北京知青学习……”

“哎呀呀，向我们学习？学习什么？我后来懂啦，你大那时，是为了活命，是饿怕啦，没有什么不对啊！现在，老讲拨乱反正，是不是呀？”

朵儿来看我，她来了几次了，每次都人多，好像有话，又不得说，这次就我俩，她就看着我，轻轻地叹着气，喃喃地低语着。

“小宁病啦？小宁还会病吗？因为副统帅吗？替毛主席操心吗？”

“朵儿瞎想呢，我可没有那么大的心……”

“那，那是为谁呀？不会是小驹？会是清怡？应该不会吧，我能看出来。哦，妮妮走时，可是告诉过我，让我多关心你呢……”

“是吗？那，那她走，为什么都没跟我说一声？”

“她喜欢你，你看不出来吗？你也喜欢她吧？小宁啊，你们男校的孩子，不太会和女孩子相处，看不清楚事情……”

“看不清楚事情？看不清楚什么？”

按照朵儿的说法，妮妮的婚嫁，不是她个人的事情，乡土乡人，蒙地蒙姓，依胡理，先嫁妮妮另灶，陪嫁地亩、牲畜，之后，留下贵贵守灶续宗。

而土地、牲畜，都是队上的，给不了妮妮，世元有东部的“富贵”亲戚，又看上了妮妮，那还不先送走？也就用不着再费思量，另灶不另灶的。

就是贵贵，留下守灶，也是空守，也是没有土地、牲畜，就是个挣工分，一个工分，块儿八毛，入赘山根底，更让爹娘放心。

如果有一天，岱村还是务弄不好，他世元的大队长，也不想当了，如果贵贵在山根底，也慢慢发达了，老两口，就去寻儿子啦，在那厢续宗啦。

柴贩子、草贩子

挣了钱才是好汉子

没有两个传钱，走起路来圐圙（土围墙，被困住

的意思)

没有两个传钱，走也不在人前

朵儿说，这些爬山调，在南营子，那是挂在老乡嘴上的，她觉得，这个营子的人，好多想法，都是世元的想法，只不过不往外张扬。

还说，祖上游牧，游走多于定居，比汉族人更习惯择地驻牧，当然，现在不比过往，妮妮走了吧，哎，换她的一个侄子从东部过来，到了她家。

那是妮妮与朵儿悄悄讲的，妮妮要去东部盟了，就生了个梦，一颗亮亮的星星，从那边划了过来，挂在了敕勒川的夜空。

幽幽大青山，把空中的银河，映衬得格外耀眼，那星一闪划进，众星越发烁烁，妮妮就想起，娘讲过，那银河，是曼赞古日木女神淌下的乳汁。

原来，财啊、宝啊，被贼神盗走了，女神就去追，追呀、追呀，乳房就不断地淌出浓浓的乳液，成为浩瀚的银河，引领人们追寻的星带之路。

妮妮就明白了，她该去东部盟，那个侄子，也该从那边过来，乡俗有祭星，有扣弦发箭，就该有纵马驰骋，有去有来么。

“她走了，她的侄子来啦？住到世元家里啦？还有这些说道？”

“小宁啊，操这心干什么？别瞎想啊，妮妮带不来土地、牲畜，你也给不了她——她爹爹想要的女儿的生活……”

“朵儿想多啦，我没有那么复杂，我操不了统帅的心，也操不了这些女娃娃的心，更操不了什么侄子的心，就是想干些事情，不然，咱们到这敕勒川，为啥呢？”

“行，司马小宁还是明白人，咱们来了几年了，想干点儿事情，有多难啊！明白啦？”

是啊，几个知青娃娃，能积多少肥？几亩优良籽种，能播多少田？井水换渠水，得十几、几十眼井，现在才有三眼……

很多年以后，看到知青，还在忆旧扎根，有人引用社会学家费孝通先生的话，那是要能够务得土地、娶得妻室，才能够如愿的，当年朵儿说得有道理。

老乡一如既往地不实受，想过没有，这是因为什么？是不是应了一句老话，非不能也，实不为也。

不知是因为烧退了，还是朵儿的殷殷劝慰，我还了“阳”，反而想起刚来时，那句豪言：“扎根农村一辈子，青春献给敕勒川！”朵儿听了，笑了笑——

“小宁啊，你该和你们同学想想了，要干，也有怎么个干法，你有空时，我带你去见些人？”

第四十四章

《广寒宫图》让朵儿思念双亲

我的《广寒宫图》，与朵儿的一样样的，这丝绢图就勾起了她的心事，国内与海外，一家分三地，思念父亲母亲，无限往事萦绕心曲，我们用弥勒的乐天来相互宽慰。

朵儿这么一说，我又心情黯然，她好像看出来了，说起另外一个话题，“该回北京看看，了解了解，‘目前的时局与我们的任务’”。学着毛泽东的口吻。

我就又想起母亲，又想起北京，还和她回想起“斯婴”、幼儿园、建队纪念、北海划船……手就伸进衣服包袱，取出一帧丝绢。

“《广寒宫图》？小宁，你的？你也有？怎么一样样的？”

“你干吗这么惊奇呀？是啊，那回，在巴师长那儿，我看到你拿出来，我就想起，我也有啊，离开北京时，我母亲让我带上，说想北京时，可以拿出来看看，说是琼岛宫阁。”

“噢，这《广寒宫图》！还一样样的！怎么回事？是，蒙元时，太液池是北京的中心，由此布局建城，按他们说法，叫肚脐眼，这是一种观念，一种文化，像人的肚脐称命蒂，他们放牧时，天地之火，火灶是生命支撑，煨火取食、驱寒，围成中心，视为肚脐，连住居也是，大汗居中，毡包一圈一圈、一层一层，按照肚脐眼画线，传唱的《敕勒歌》，‘天似穹庐笼盖四野’，知道不知道？不只说蒙古包包，也是唱的这种命蒂，连着天地人，后来建宫区、大城，也是依肚脐眼线，他们称汗八里，咱们称元大都……”

“就像咱们的肚脐，都是花脐，开花似的，延展到躯干、四肢、全身……”

“可以这么说，他们讲天地人相合，有什么腾格里、长生天的说法，都是彼此相融，和谐一体的……”

“他们商量事情，也是这样啊，库伦会、独贵龙，那回和我们商量分粮的事情，也这样呢，有个中心，然后圈圈层层的……”

“对了，你再有什么不舒服，可以按压肚脐眼，这是唯一能见到、触摸的穴位，经络总枢，经气汇海，一按祛百邪，嘻嘻！我教你！”

她撩开我的衣服，摸肚脐，先在脐周按摩，之后按脐心点压，我听到自己的肠胃，咕噜——咕噜，一阵响动，赶快把她的手挪开，出了个虚恭，好舒服呀。

“你们育实多才女啊！你这懂文史，还懂医病……”

“什么才女，现在谁讲才，重出身、看成分，我喜欢听义父讲这些，他懂得多，还习武、习医、习艺……”

“你老说义父，那，那你的生身父母呢？”

“嗯——嗯，都在海外呢，他们吧，来过敕勒川，帮助傅作义屯垦，历史清楚，可是‘关系复杂’，你们老喊着‘扎根’，迟早都得走，我才得真正扎根呢，哪儿也去不了，其实，扎根也没什么，问题是应该怎么扎根。不过，你听最近的广播了吗？”

我知道，最近广播里说，联合国恢复了中国的合法席位，她就给我讲述了自己的双亲把她作为砝码，在大陆与台湾、大陆与海外之间，艰难地权衡。

她双亲都学农，毕业于金陵大学，那个教会办的农学院，教授现代农业，同时实操社会公益，历史上，那里的师生曾经到敕勒川救灾、义赈。

这个学院在中国很有声誉，中国原来没有植树节，就是这个大学的农学院提出倡议，才设置了这个节，虽然中间中断了，后来还是得以延续。

她父母毕业时，和一些农技专家，受傅作义将军邀请，到这里参与垦务，这里是她双亲所热爱的事业的起点。

我看到朵儿带来的书，她的珂罗版《广寒宫图》，都与此有关，她对敕勒川的了解，要大大早于我们，更有切肤之情。

傅作义将军与陈诚将军，是保定军校的校友，抗战中又在绥远有过谋划抗敌，陈将军到台湾后，进行土地改革，其间也请傅将军遴选专家。

朵儿的父亲就受邀去了台湾，母亲留在北京，仍然做农事调查、实验，傅将军委托一位将军，照顾她母亲，北平和平解放后，一切得以照旧。

可是，由于台海关系变化，她的双亲如果相聚，就都要跑到第三地——香港，本来，她的母亲可以去台湾找他父亲，一再思量，却难能成行。

朵儿自己也说不清楚，她猜想，她的家族与傅家有些关系，傅将军留在大陆，其中的考量，也影响到她的双亲，他们关注的是专业，钟情的是技术。

母亲生下她后，她父亲台湾事毕，被联合国聘用为粮农组织远东机构雇员，常驻曼谷，她母亲跟过去，让朵儿留下，认了义父，可能还是这种考量。

起初，她母亲还常回来，起码每年可以与朵儿见面，运动起来之后，也不知道回不来，还是不让回来，她们母女已经好几年没有见面了。

"哎，真是啊，无限往事萦绕心曲，想你妈妈吗？"

"想啊！常常做梦，想到她，还想爸爸，从出生到现在，父女彼此一直就没有见过，他们鼓励我要学习英语，说以后一定是用得上的……"

"学英语？噢，我是学俄语的，一反修，也不知道该不该学了……”

“这些年反帝，我还疑惑呢，学什么英语啊，可是义父告诉我，听你爸爸妈妈的话，学吧，好好学，你们不是知识青年嘛，抗战中的南侨机工、滇缅远征军的青年军，也都是知识青年，一寸山河一寸血，十万青年十万军，都要靠英语沟通，还说，连毛主席都在学英语呢……”

“是吗？毛主席学英语？不是反帝吗？”

“毛主席喜欢游泳，义父说，他说过，有生之年，想游英吉利海峡，美国的密西西比河，南美的亚马孙河……”

“真的吗？噢，如果是这样，那‘时局’和‘任务’，就真可能有变化？”

“哎，你没听说，现在可是有传言，尼克松要来北京啦，毛主席要见他呢……”

“会发生什么改变吗？”

“起码，这农业政策，应该——哎，5号首长在的时候，不是有些变化吗？这次会不会影响到农业？但愿呀！如果有变，就是扎根，也没什么。毕竟，我的父母亲喜欢这里，他们也是在这里相恋的……”

听着朵儿说话，觉得她与小驹、清怡不是一个路子，与我、与我们，也不是一个路子，在那个动荡的年代，有一种少见的平和。

“认识这么多年了，才看出来，朵儿真和善，哎！是不是，有股子弥勒的神韵？”

“不是和你说过，这里的人像弥勒，咱们受影响吧？哈哈哈！也像弥勒啦？哈哈哈！哎！刚才那个丝绢，上面的广寒宫，那里也有弥勒哦，你见过吧？”

“‘让我们荡起双桨’的北海？琼岛上？有弥勒佛？没注意。”

“我给你讲讲吧，让你吃顿饱饭，你们不是菜充粮，老吃不饱吗，嘻嘻嘻……”

当然啦，她是玩笑话，那时叫“精神会餐”，逗闷子解馋，忽必烈时的广寒宫，到清朝成为喇嘛寺院，在正觉殿里，供着一尊弥勒，雍容丰腴，笑容可掬。特别之处是，弥勒背后，立着韦陀菩萨，护持神将，身带杵杠，看杵杠能看出寺庙大小，而寺庙大小能看出，是否布施免费斋食。

杵杠肩扛，为大庙，云游到此的和尚、沙弥，可享用免费斋食三日；杵杠平端，可免费斋食一日；杵杠杵地，不备免费斋食。

“朵儿不要说啦，我知道啦，正觉殿里的韦陀，杵杠是扛在肩上的，表明弥勒佛，那个布袋里有斋食，咱们要是进去，就能不花钱，连吃三天，天天能够吃个肚儿圆！”

“小宁聪明！正是如此！嘻嘻嘻！”

第四十五章

为解决吃饭问题“再坚持一下”

朵儿和我都关心吃饭问题，我病后回了一趟北京，见到年迈的双亲。母亲告诉我，平伯伯的博士论文，讲到了土地自肥，我就想在敕勒川“再坚持一下”。

说这话的时候，大学、中专开始招生，旗化肥厂、轴承厂，开始招工，条件首先看出身，轮不上朵儿，我还想着改变农村面貌，也没动心，就都关心吃饭问题。

“小宁，你想过没有，农业，首先是要解决吃饭问题，在岱村几年了，解决了吗？”

“毛主席青年时代就说过，世界什么问题最大？吃饭问题最大！后来，多次讲过，吃饭是第一个问题。”

后来，看一些回忆录，毛主席曾路过五台山，在寺庙里看到，几个弥勒塑像掉了脑袋，急问此为何由？得知战乱所致，就感慨，待全国解放后要好好保护。

看到一副对联，“劝君莫打三春鸟，子在巢中盼母归”，就说这副对联应广为宣传，三春鸟捕捉害虫，是保护农作物和树木的益鸟。

他登踏108个石阶，上至灵鹫峰菩萨顶，走进殿里，一尊弥勒大佛，慈笑憨态，就打趣道：“胖师傅，久违了……”

毛主席与方丈笑谈，说老师傅可给我们作证，革命成功之日，就是老百姓耕者有其田，万民乐业安居时。

现在想起来，那时候，我们十几岁，可是理解毛主席啊，甚至可以说，一些想法一样样的，而到了农村，真做起来，谈何容易？

“朵儿，吃饭问题当然没有解决，连我们都吃不饱，农民就是瞒了产，也未必真正能吃饱，咱们来敕勒川，不就想一起来解决这个问题吗，毛主席可说过，有利的情况，产生于‘再坚持一下’的努力之中……”

“是啊，我理解你们，起码要再坚持一下，我也会坚持，舜天的男生，‘无百巧，非狂汲，有木讷’，不简单啊！”

朵儿就说了一大套，古语讲人之木讷，常就是夸赞，难得木讷是君子，难得静默是良人，及当大事，赤子之心，毅然执持，人不能夺。

其实，育实的女生，挺傲娇的，我们入学时，她们的录取分数线，就超过我们舜天了，可是朵儿这么说我们，我没觉得阿谀，也不认为溢美。

她知道，父母亲牵扯国民党，自己一时半会儿离不开农村，甚至可能永远离不开农村，看到我们实干，引为同道者，可能也是对自己的一种安慰。

而且，我也看出来了，她越来越多地与我们同学交往，与令狐时间都在良种场，自不必说，与和平、山岳、振东也常走动，大家都喜欢她。

当然，也能体察出来，她对我们也有些看法，不经意时说过，“如怯如愚”，我猜呢，不全是“大勇若怯，大智若愚”。

她可能觉得我们真有些“笨”，“不得法”，所以才说嘛，要带我们一起去见些个什么人，她要先去海南，回来再约。

“小宁，我要和令狐去海南，到那里育种，杂交玉米、杂交高粱，得几个月，听说你胃不好，这些乳酶生，你留着慢慢用吧。”

“乳酶生？英文叫表飞鸣吧？我听人说，是一种物美价廉的进口药，谢谢你啊！”

“谢什么，你们男生，不懂得保护自己，记住，饭前服用，坚持服用，其实，咱们这地方，当地人很少生病，好多疾病，是外边的人，给人家带进来的。”

很多年以后，了解了一些地理知识，才知道，世界历史上，最初的独立农产区，最早驯化野生作物，成为适宜人类的农作物，主要有三个地方。

中国黄河、长江流域，西亚两河流域，安第斯山延伸至亚马孙流域，这些农业文明发祥之地，却因人口密度增加，急性、高度传染的流行病，滋生和传播。

我们离开农耕之地，到了曾是草原的敕勒川，真的是很少生病，连感冒、咳嗽、发烧，也很少发生，尽管吃不饱，还是长了个子，增加了体重。

我这次发烧，朵儿一定是认为，有着非生理方面的原因，她放下一大包胃药，足有几千片，意思是，这事还没完，她回来后再说："治治你的心病!"

朵儿去海南后，我常常想起她，想什么呢？喜欢和她聊天？喜欢她的气质？也说不清楚。母亲知道我病了，就让我回北京，说该休息一段。

到了北京，见到父母亲，看着他们华发斑驳，苦多辛酸，眼泪都要淌下来了，又回想起离开北京的当年，秋末冬初，刚觉天凉，就收到母亲寄来的包裹。

拆开看时，是崭新的棉袄、棉裤。当时，父亲和四个孩子，都在外地，干校、军垦、兵团、插队，只有母亲独自留在北京，她要操多少心啊?!

家里原来五间坐北朝南的房子，被外来"造反派"挤占得剩了一间。一位老邻居，把我拉过去，说来了"新匪患"，我还不解。他老的意思是，屋筑四合，院多人脉，这外人一进来，还私搭乱建，不是"匪"是什么？而父母亲对此，从未言语过。

在家里，我与二老蜷缩着，低声细语，说说这、说说那。母亲更是变着法儿给我调剂着吃食，嘘寒问暖。

一向调皮、冒失、心硬的我，始才悟到母爱，尽管悟得很迟很迟……

懂得了这种爱，我就更是在心底暗暗许愿，我一定好好干，要实现自己的愿望，那时，让母亲真真切切地感受到安慰。

在北京那几天，我尽量减少外出，尽可能陪着母亲，她早出晚归，坐着公交汽车去上班，我就送她上车，下班时接她下车回家。

"小宁，你们同学来看我，告诉我说，有人去上学了？去工厂了？你呢？"

"我还没有考虑，想再干一阵子，看看再说吧。"

"你们小组，不是都是舜天的男生吗？怎么还老听说，女生如何？"

"嗨，组里都是男生，一个村其他组，有女生，人家有育实中学的呢，还有发小呢……"

"还有发小？那，是不是也有妈妈认识的呀？谁呀？"

"哎呀，您关心这干什么？"

"干什么？你慢慢大了，妈妈就是想提醒你，男女之情，在这种很动荡的时候，要特别慎重，妈妈见得多啦，什么出身、党派，你们小小年纪，自己是把控不了的……"

"好啦，好啦，我知道啦，我不会早恋的，我根本就不懂得这些，如果，如果我真谈恋爱，我是会和你们商量的……"

"那好，那好呀，你们干得不错，妈妈说过，那里虽是边地，却是宽乡，你还记得平伯伯吗？他年轻的时候，在美国留学，在哥伦比亚大学学经济，作的博士论文，也写到你们那里，土地能够自肥呢。”

“是啊，是好地方，人非常善良，对我们特别好，可是都懒得不行，干部也没有心思……”

“会不会好起来呢？哦，还有，妈妈有个小妹呢，你一直没有见过，也在那里参加过屯垦，也说那里好啊……”

“您的小妹？那就是我的小姨啦？怎么没有见过？也没听你们说过……”

“这个呀，你就先不要打听啦，妈妈有机会，会告诉你的。”

“那，您不着急让我上学，可以回北京，好照顾您啊？”

“妈妈还没有老呢，要什么人照顾？你就好好干吧，像你平伯伯一样，他考入清华，几年后去美国留学，1927年的老党员呢，大革命之后，很多人都退党、脱党，他却参加了共产党，秘密党员，回国以后，跨着国共两党，在隐蔽战线，做出了很多特殊贡献呢，党内少有的经济专家啊，你爸爸在重庆的时候，平伯伯找到你父亲，后来一起再到上海，北平解放前夕，傅作义将军急邀他赴北平，北平能和平解放，也有你平伯伯的努力，之后，平伯伯让你父亲也调来北京，这样咱们全家就都到了北京，爸爸妈妈，还带着你们两兄弟，常去平伯伯父亲的老宅呢，可惜呀，你平伯伯不到60岁，就去世啦，你爸爸和我，还带着你哥哥参加了追悼会，你那时还小吗，没有带你去，你们兄弟俩，都要向平伯伯学习……”

“向平伯伯学习？您还没让我学习过什么人呢，好，我向平伯伯学习！那，您和父亲，怎么就没有参加共产党？”

“这个呀，你现在还小，以后会告诉你的。”

第四十六章

整治干部吃喝咆哮堡子院

这一年，年成好些，乡亲们担心队干部大吃大喝，我征得郝书记认可，想整治整治，不想话还没有落地，一些干部暗地里就反悔了，我就大闹了一场。

近四十年以后，我偶然读到一本书——《中国历史上的基本经济区》，作者就是平伯伯，正是他的博士论文，刚被译成中文出版。

打开书，正如母亲当年所说，写到了我们这片土地，平伯伯在书中大致讲了这样一些意思——

北方黄土地带，有“自行肥效”的能力，有沉积于冲积平原上肥饶淤泥所具有的“自行更新”的能力，而这些能力能否有效，则取决于灌溉及其相关的管理的勤勉与清廉，那么一个地方的生产能力，就与地方官吏的努力有着直接的关系，可惜的是，官吏有回避责任而依赖朝廷的倾向，他们的政治目的远远大于对大众的义务感。

这与我翻检过的蒙元文献，说的是同一个道理，鼓励农牧结合，如果农地有益，就不该禁止，田土好不好，收租合理不合理，“则系于长吏之善不善”。

对我们那时的黄河灌区，5 号首长曾经提出质疑，自行肥效的洪泥，被阻断了，自流井的挖掘，也并不容易，当时，对这些，我竟没有质疑性的思维。

我没有考虑过平伯伯讲的官吏问题，现在来看，官吏的勤勉与清廉，在当时好像没有问题，低薪水、少福利嘛，村官更是，工分补贴少，其实存在问题。

要再考虑管理的科学、政策的适宜、程序的合规等诸多方面，更是有问题，而且是很大的问题。

那时以为，只要扑下身子干，就可以干成、干好，流行的说法，“小车不倒只管推，车倒扶起往前追”，我对此深信不疑。回到岱村，我递交了入党申请书。

对自己有了更高标准，工作的力度就加大啦，回村不久，碰上了治馋问题，就想整治整治，其实，当时并不明白，这就是平伯伯讲的官员的勤勉与清廉问题。

一整治，还就真见了效，被乡亲们赞为“大圪旦”，说只有知青娃娃，才能管得住，自此，队干部们，再也不敢多吃多喝，现在想想，治标非治本啊。

秋收开始啦，那年风调雨顺，加上有农家肥、良种、自流井，虽然作用有限，也还是有些作用，起码增加了一些喜悦的气氛，显得收成错不了。

高秆作物，玉茭、高粱，泛着油汪汪的绿光，匍匐在地的甜菜、马铃薯，繁茂的枝叶，更是艳绿滴翠，如绿帐、似绿毯。

望不断的绿，望不尽的绿，路上—地头，地头—路上，老汉们，小伙们，高一声，低一声，欢叫着，媳妇们，闺女们，说一阵，笑一阵，嬉闹着。

打歇的时候，一屁股坐下，噢！就是那年刚来，掼跤的地方。也真是巧啊，望奎又凑上来，望望左、看看右，圪蹴下来，向我耳语——

“哎，我说小司马呀，知识青年，这么好、那么好，最是为人正派，你看看哟，今年这收成好，这些个队长们，肚肚里的馋虫虫呢，早就勾出来啦！”

“望奎啊，你想说甚？怕队长们打平伙？多吃多喝？”

“打平伙？那可不是打平伙，那是多吃多占！要说呢，不是一年两年，是年年如此呢！你呢，管啊还是不管？干脆说吧，你呀，管得了，还是管不了？”

队长们，到了夏收、秋收，常常聚在一起，背着社员，背着知青，找个僻静的地方，炸油糕、炖大肉、烩酸菜，当然，也少不了“套马杆”酒。

这几年，我也有耳闻，看看德旺、世元不参与，也不去管，念及队长们平时操劳，工分补贴有限，干得也着实不容易，就没有管过。

“小司马呀，望奎叔说的，你知呀不知道？今年收成好，这些个白吃货，不知道会咋样撇浮油（捞好处）呢！过去是，夏一顿、秋一顿，今年呢，已经夏几顿啦，还不知道秋几顿呢！灰犵狍们，还没有人管啦！”

娣女子听见望奎说话，也凑了过来，也说这事，身后跟着招弟、秀珍，都眼睛直勾勾地，看我如何作答，我就觉得，今年是不是该管管呢。

“望奎啊，娣女子，还有招弟、秀珍，你们说的，我知道啦！”

我回答了他们，就说去割地吧，都走进了青纱帐。想想这件事情，应该没有什么困难，就准备在干部会上，说一说，如果德旺、世元支持，该能管住。

当天晚上，德旺召集干部会，像往年一样，传达旗委、公社党委精神，确保公粮上缴，之后，我就提出，队长们吃喝，社员们有意见。

德旺就说，这馋嘴，就不能改改？小司马说的，就是让大家治馋，能不能从今年秋天开始，把这个馋虫，给它治住？

队长们，异口同声：“没有问题”，“从今以后，再也不啦”，“如果再馋再吃，抹去一年的工分补贴”……

“队长们说话，可要算话呀！”

“没有问题，小司马，你就一百个放心吧！”

散会前，我叮嘱各位队长，得到他们承诺，心里还是喜滋滋的。

散会后，回知青屋，淖尔营子的队长们，和我是一个走向，怎么稀稀拉拉的？走着走着，就剩了我一个人，咦！不对呀？怎么啦？

我也没多想，下意识折返回去，信步走了一阵，只见大队部后面的供销社，堡子院里，灯火通明，往常，这里在两个营子之间，黑夜里不会有人来往。

走近高大的堡子院，油香、肉香、菜香，香浓蹿鼻，禁不住咽起了口水，我用力推开大门，定睛看时，高高石基的板升屋，里面两只大灶，灶火正旺。

“这是怎么了？不是答应了吗，不吃不喝啦，说了不算啦？刚说过，就不作数啦？”

几位队长，供销社售货员，看见我出现了，都是一愣，望望我，又互相望望，谁也不敢作声，我就念念叨叨地，走近大灶。

灶旁炕上大瓷盆里，大肉已经煮熟、切好，红漆躺柜上，“套马杆”酒已经开了瓶，一只灶上的烩菜，正在起锅，一只灶上的炸糕，正要下锅……

“哦——哦，小司马呀，这是赶上啦，那就，那就，那就一搭（一块堆儿）吧！哦——哦！”

记不得是谁的声音，这是劝我，“既然来了，就一起吃吧”。我哪里听得进去，心里好个磕踉（难受），怎么好言相劝，你们就不理解呢？嘴上还是念念叨叨——

“我最见不得——说了不算！”

不知哪来的勇气，没怕烫，也没怕沉，端起肉盆，拎起酒瓶，从热灶上，抄起100印的大铁锅，连菜带油，一件一件，从房门里，扔撇到外面。

冒着热气的肉，散着香气的酒，滚烫滚烫的烩菜，带着烟火的麻油，瓷盆、瓶子、灶锅，顺着高高的石阶，迸溅翻滚，跌落到院子里，散落得一片狼藉。

第四十七章

连捉奸的事情也来找我

整治了大吃大喝，干部们消停了。之后，乡亲们连捉奸也找我来办，好像办得也还周全，有乡亲们提点着，没捅大娄子。

现在想想，其中可能有误解。

队长们，异口同声："没有问题"，"从今以后，再也不啦"，"如果再馋再吃，抹去一年的工分补贴"……

我咋没寻来张道林纸？像那次库伦会、独贵龙，每个人说过的，应承了的，签上字，画上押，看谁再敢反悔。

噢，我知道了，可能我死心眼啦？朵儿觉得笨？那里有句男人话，"咬住老子就油麻花也哄不开啦？"说男人短处，比成牡鞭，一旦逮住，就不依不饶？

干部会上说，不要再吃喝，敌情会议之前，那顿吃喝是筹划好了的，准备好了的吃食，就因为你司马一句话，都扔撇啦？那可是"粒粒皆辛苦"！

这是"最后的晚餐"哟，吃罢、喝罢，应承你啦，以后不再偷馋了，行不行啊？不是“从今以后”吗？就是从今“以后”啊，一准不再偷吃偷喝啦，不行吗？

是啊！行不行啊？不行吗？哎——谁知道呢?!

那天之后，我与队长们之间，碰面无数，却谁也不再提咆哮供销社这事儿，岱村，起码我在的那段时间，没有再发生大吃大喝。

没有再发生大吃大喝，又怎样呢？

后来，很多年以后，偶见一古籍，论述贪与作，一如平伯伯所说，才明白，贪之害，非仅在饮食，更在于作务、吏治、农事、国本。

> 贪于饮食，惰于作务，陷于饥寒，危于冻馁，无以违之。

> 贪吃，就懒做啦，会导致普遍的吃不饱、穿不暖，这是逃避不了的。

> 吏不治则乱，农事缓则贫，贫且乱，政之本。

> 吏治不整，农事就荒疏啦，会导致更严重的贫穷，甚至世乱，国政就失去了根本。

古籍上的这些说法，当时哪里懂得？更不懂得的是，贪饮食，惰作务，吏不治，农事缓，是何种缘由造成的，自以为在敕勒川，做了这个，做了那个。

正如世元所说，差不多是“瞎毬闹”，“弄不出什么光景”，也应了朵儿的意思，“不得法”。

由于不懂这些，又干在兴头上，乡亲们遇上事情，就更找我啦，连捉奸这样的事情，也找我，我还就真的管上了。

我们知青屋旁边，住着位老贫农，石祥大爷，大爷典型的西北人模样，长长的脸膛，明亮的眉目，修长的鼻梁，络腮胡子更是提神。

刚来时，请他忆家史，知道他从太原逃荒到岱村，我父母亲，也是那里的人，太原南邻的汾阳，我就喜欢听大爷说话，祖籍乡音，熟悉、亲近。

大爷农种活儿可以，没听说把式活儿怎么样，那时年纪也大了，就做一些拾遗补阙的事情，性情特别好，从没见他与谁争执。

他属于外来，还是杂姓，与安家关系也不错，说起岱村时，没有埋怨过谁，与安姓中的老贫农大相大爷关系更好，俩人亲兄弟似的，常一起给队上出主意。

可能是把式活儿干得少，家境就差些，在这里娶了媳妇，养下两个儿子，石头喜、石再喜，都是壮劳力，头喜身材五短，再喜魁梧却有些懒惰。

由于紧邻着，大爷有空就来知青屋，这里帮帮忙，那里搭搭手，抹灶台、压饸饹、储冬粮……让那位婶婶给我放指血，也是大爷叫过来的。

一天中午时分，我们正在午饭，外面人声嘈杂，“小司马呀，你管呀不管？串门子要串出人命啦！你要是不管，我这命横竖也不要啦！”

这是头喜来唤我，他的媳妇子桂秀，和一个富农的儿子，安宝宝，“牵手手，亲口口”，厮混在一起，“好想你”“要寻你”，正在承欢房事。

再喜可能早有察觉，跟踪而至，手上提着木铲，铲材是大青山木植，非松即柏，既韧且坚，铲头长宽数尺，如果拍将下去，人命委实难保。

头喜看到再喜，愤愤而往，一看自己的媳妇子不在家里，猜出个一二三，头喜是饲养员，牲马要夜喂，常常夜不归宿，媳妇子的炕，也常就是冷炕。

而且，头喜的媳妇子，高挑阔背，他虽腰腿粗壮，毕竟肢颈尺短，那安宝宝，虽然面相鲁直，却人高马大，勇力过人，因为成分高，一直娶不上媳妇。

我跟着头喜，奔到安宝宝院里，再喜吼叫着：“狗男女！”堵住粮房门，木铲挑着裤褂，桂秀、安宝宝，赤条条圪蹴着，躲闪在粮房的粮垛旁。

再喜“捉奸在床”，让围观的乡亲一起作证，然后，叫着我的名字，意思是“怎么处置？”不然，这木铲就拍将下去啦。

其实，我哪里懂得这种事情，眼见男女私会，还是第一次，脑子里就蹦出个词儿，“阶级”现象？阶级斗争新动向？地主富农，欺负贫下中农？

“再喜，你把木铲收起来，你们两个，把衣服穿上，安宝宝！你怎么做下这种事情？我让你游街，让你记住，看你以后敢呀不敢?!”

“小司马呀，不敢了，再也不敢了！”

我这么说着，石祥大爷走过来，相跟着大相大爷，把我叫到一边，意思是说，这种事情，打散就对啦，无须深究，真要闹到离了婚，反对头喜不利。

后来，有老乡告诉我，这个地方的人忌讳离婚，男男女女，拉拉扯扯，是常事情，结了婚就不同，结了婚再离婚？“离了婚的地方三年不长草。”

我年龄长了之后，也多少知道了一些，汉人的婚俗也是，这些艳情之事，若当事者知悔，且能自裁，其实没必要将其羞辱。

民兵队长，就是我们刚来时和我掼跤的二圪蛋，也跑过来，拉住我，悄悄说给我：“石家的事情，像男娃的鸡巴，越搁搅（扒拉）越硬，不要闹得办不下来！”

“桂秀媳妇，你欢欢回家吧，以后不准再来啦！听见没有?!安宝宝，你就圪蹴在这粮房里！哪也不准去！二圪蛋，派上民兵，看住他，饿他三顿饭，再不改，就让他游街！”

我这么喊着，把事情处理了，二圪蛋很高兴，说司马处理得不错，把安宝宝关上一阵，石家就没有什么可说的了，也不好意思再闹腾什么了。

原来，老乡们忌惮再喜，他脾气不好，把式活不会干，农种活干不好，还老吵闹工分低，遇上个什么事情，还爱掰扯阶级路线，怎么怎么欺负他们了。

如果真让安宝宝游街，再喜可能就“嚣张”啦，借着什么阶级的说辞，找这个后账，找那个后账，这是石祥大爷最不愿意看到的，老人顾脸面啊！

我当时，并不了解这种事情的复杂性，有两位大爷，有二圪蛋，他们提点着，没有把事情闹大，看来是对啦，按北京话说，就是没捅大娄子。

第四十八章

单小辫知道哪里赌博哪里不赌

按照朵儿的意思，我让单小辫带我去看看，是不是真有不赌的新村？单小辫怎么能知道？原来父亲屈死后，他就放荡起来，沾染上了赌博的嗜好。

朵儿在海南育种期间，与我有一些通信，我提到治馋、捉奸，还说要进入深冬啦，今年收成好，老乡手里的钱也多了一些，上级要求严禁赌风。

她就感慨，赌博靠禁，禁不住的，就在阴山脚下，就有不赌的地方，那里的知识青年，人家的干法，与你们可是不同，让我等着，她回来后一起去考察。

后来，朵儿又在信中附言：听单小辫讲，他也见过不赌的地方，要不要先请他带你们去看看？

“大司马啊，你问我？哪里不赌？哎，我真知道，还一直没去过呢，要不我陪你去看看？”

我当时关注的重心，还是村子里的事情，就和单小辫聊了起来，也是朵儿的嘱咐嘛，他答应领我去看看。

“哎，小辫，你那两个妹子，现在怎么样啦？”

同学们想起丫丫、小小，就询问他，他说那奎素村，是城边的农村，富饶的穷乡，青城边边上的山沟，却是水源之地，称为肚脐眼。

肚脐眼，是那里的一眼泉，是青城的一支命泉，沟中石壁，有一行隐文，用泉水喷洒，字迹才隐现：水若像春川尽媚，万遂蕴玉满山辉。

此处盛产药材，枸杞、柠条、麻黄、柴胡、黄芩、防风、甘草，天然野生，上百种呢，还能采石，肉色细粒花岗，奎素石，我们岱村的碾、磨，都是这石材。

“这么川尽媚、满山辉的地方，那怎么还是穷乡啊？”

“那沟沟里，种不了粮食，就是种，也收成不好，药材、石材，统一收购啊，都收走啦，不能自己卖，没有好价钱啊。”

“那丫丫和小小，跟着受穷啦？”

“她俩嘛，还好吧……”

单小辫两个妹妹，相伴着学赤脚医生呢，刚去时，教友们悄悄给她们做了“掰饼”礼，食白面饼、喝红色酒，躯得新生，体换宝血，安顿在一位教友婶婶家。

婶婶的教名亚纳，她俩就叫她亚纳婶婶，婶婶的先辈，曾供神职，在青城圣堂，“献堂献庙”后，避居山林，由于会医术，为山民扶伤治病。

山里缺药，更缺西药，先辈属新派，并不执念西教末节，之前有教会本色化运动，受其影响，做了村医，西药有限，就采制本地药材。还慢慢把医术都传给了亚纳，亚纳渐渐年迈，遇上北京来的两姐妹，揽怀为徒，两姐妹感恩父亲，让她们找到了糜子教友、奶子教友。

单小辫来到敕勒川的第二年，接到北京来信，说父亲在运动中，非正常死亡，小辫就来寻丫丫、小小，要一起回京奔丧。

“单家兄妹哟，听婶婶安排吗？好不好？先父已入天国，已在主的身旁，已不再受苦受难，你们兄妹知晓吗？哦，那就当颂谢天主，感恩先父，知晓吗？这实为尽孝，实为大孝。我们同声祈祷。”

因为那是个特殊的年代？或是有什么教义？婶婶让单家兄妹留下来，不要离开敕勒川，不要回京奔丧，还主祭感恩弥撒，诵读经文，诵念祷词——

“至仁至慈天主，恳求怜恤单氏兄弟，命天神圣弥厄尔，保护接引，获升天堂，享主圣容，睹完善完乐之美好。阿门。”

“阿门。”

几人分食面饼、红酒，齐齐站立，向亡者行敬礼、降福礼。

“弥撒礼成。”

“感谢天主。”

两个妹妹破涕如常，小辫却另有想法，看好一趟火车，不想打票，坐了一夜，溜出车站，直奔京北家里，想的是“死要见尸”，更想“上坟磕头”。

可他没见到单木匠，连尸首都没见到，单木匠是被叫回城里的，同堂的神职人员，久别重逢，还高兴呢，不想却被要求集体“背教”，就是“叛教”。

背教或叛教，是要让他们站稳立场，彼此揭发与早先那些教会里的洋人有没有私密联系，各自都担负什么任务，必须清理个水落石出。

小辫的大哥，一直随护着父亲，眼看他们被鞭打，甚至血肉模糊，没有一个弃信改宗，又看到他们被集体送走，到了京南一片坟场，强迫劳动。

大哥回到京北，向母亲告知实情，还没说完，村里来了户籍民警，一纸死亡销户通知，父亲没了，大哥不信，再到京南寻找，坟场空荡无人。

“八哥哥错啦，不该不听亚纳婶婶的话，不该回京城啊！你俩跟着婶婶好好过吧——噢，哥哥身上没钱了，你们——”

小辮回到敕勒川，去见妹妹，从她们那里搜罗了点儿钱，就离开了，俩妹妹目送自己的八哥，消失在沟口……

丫丫和小小的八哥，没能见父亲的尸首，没能磕头，回到敕勒川，就更加放荡，原来在村里干活儿，就比较浪荡，后来就常常离村逛荡了。

这么个放荡鬼，朵儿不在了，更没了约束，居然还知道，什么地方有赌，什么地方没有赌。

小辮的话，真话里有假话，假话里有真话，后来我才慢慢知道，自从奔丧不成，他就沾上赌博了，“亚纳婶婶能算准的事情，我就算不准？哼！”

他就不信算不准，熟能生巧，自然逢赌必赢，而实际上呢，输多赢少，赌资不够了，就往奎素跑，俩妹妹一点儿辙都没有，也没有余钱再给他。

亚纳婶婶知道了，就告诉他，你不要辜负了你父亲，要谨守教义，博彩虽非不义，因此连累姊妹却是失德，另外，你来到蒙地，该懂蒙地的规矩呢。

婶婶讲“胡理”，“贫不出重货，出重货则竭，将竭者必败”，是说你本无钱，若再赌，便不安而愈输，因此蒙人有律，“犯者流之北地”，流放苦寒之地。

小辮好一阵犹疑，再往下，赌啊还是不赌？“可是我听说，村村赌啊，怎么就不能赌啦？”婶婶反问他：“谁说的？”告诉他，“有不赌的，你去看看 24 顷地。”

第四十九章

四处取经见到无赌毒的新村

还真见着了，真有没有赌毒的村子，回乡知青韩青山告诉我，民风淳朴与历史上的教士、专家、解甲的将军，都有关联，农学家们早有记述和探索啊。

进入腊月，乡亲们准备过年，传统上有社火，悬谜灯、踩高跷、跑旱船、荡秋千、舞龙狮，岱村穷嘛，每年只是垒个不大的旺火堆。

要是想瞧热闹，就得到邻村去，周边一些大村，社火弄得红红火火，我还真没去过，要么春节回北京了，要么趁着难得的空闲，想多读些书。

这次春节没回京，上级格外强调禁赌，我有责任啊，就琢磨着，怎么完成上级的任务，社火闹得红火，赌博是不是就少啦？是不是啊？

“小辫，你不是说，带我去看看？你说那不赌的地方，在哪儿？是不是社火闹好啦，赌博的就少啊？”

“好嘞，不过，大司马，我也没去过，只是听说，咱们瞅瞅去吧？嘿，就是24顷地！”

“24顷地？什么地方？”

“村子啊，村子名儿就叫24顷地，就咱们西边儿，走着就行，走一阵子就能到。”

“不是说这里无村不赌吗？他们村就不赌？”

“嗨，你不知道？哪能无村不赌？真有不赌的！就咱们岱村，我们泊儿营子，就没什么人赌，你们淖尔营子，就赌得多。”

“是吗？你怎么知道的？我都不知道。哎，你——你——是不是和他们赌过？怎么门儿清啊？”

“您也忒小看人啦，兔子还不吃窝边草呢，我，我能吗？”

“哎哎哎，你别犟，我看你，这眼神不对啊，怎么啦？这右眼，有些歪斜吧？受伤啦？这可不是老伤，新伤？是不是？怎么弄得？赌博打架啦？”

“哪儿能啊，没大事啊。”

他不想承认赌博，更不想承认打架啦，我也就没有再问。我们俩就朝着24顷地，慢慢走了过去。

到了24顷地，真就看到高高的教堂，据说是比利时钟楼尖顶样式，可惜没有看到钟楼，看得出是被毁了，一排一排的圣堂，都被占用了。

教堂挂着公社、大队、学校、医院、邮局，各种牌牌，人们忙碌着，都在准备闹社火，也没人搭理我们，我就和小辮闲聊。

“瞅人家这旺火堆垒的，围有几抱啊，高有丈余啊，嘿，阳泉的大块煤，瞧，大青山的木植，这要是蹿起火来，不得好几丈，照亮半个天！啊?”

“真是啊，比咱们村的旺火堆，要大得多啦!”

旁边，有人拉话呢——

“你们——你们是北京知青? 听口音像啊，哪村的?”

敕勒川当地口音在询问我们，打过招呼，就知道啦，是回乡知青韩青山，他也不是这个村的，也来转悠，我就问他，干吗到这里转悠?

“回村务农，想闹出些名堂嘛，现在这么囫囵（糊涂）着闹，怕是闹不出名堂……”

“嗨，我们也琢磨这事呢，我们北京话，叫大拨轰，真怕是不行啊，那，那你到这里看什么?”

“北京兄弟啊，你们不知道? 这里可是，当年垦地种植最好的地方——”

据他所知，光绪六年，天主教陆姓司铎，向高姓农民，购买永租河滩地24顷，有了这村村，建起教堂，四围农地，佃户与教堂，契约租种，新式农耕。

多年后，金陵农学院的农学家，来到这里，评估了历代敕勒川农垦，无论公家还是私人，都难以取得显著的效果，只有这里所垦之地最是成功。

“我来过几次啦，现在也看不出什么啦，还和老乡聊过，没有几个人记得，更说不上什么了，可是这里，民风好啊，不是虚的，少有赌与毒……”

很多年之后，我看一些资料，这里是蒙地天主教发祥地之一，教堂建筑尤其有名，满都勒他们几百名荣誉军人，从朝鲜归国时，还在这里借住过。

到运动过后，教堂重修，恢复了一些旧貌，逐步成为文化、旅游景点，列为自治区一级的文物保护单位。

“啊，农学家，我好像听说过，我们村知青张朵儿说过。那，他们自己，不是也做垦务啦？做得怎么样啊？”

“他们没在这儿做，再往北走，走个一阵子，就能看见，老藏营周边上，做了九年呢。”

我就想去看看，韩青山热情带路，前面苍茫，尘丘灰壑，土垣泥壁，虽有枳芨杂禾，隐约一座古城堡模样，让人肃然起敬。

他说，这里曾经是古城，秦汉时期，为防御游牧民族南下，古城环接，连连绵绵，筑有障城、烽燧、亭塞，而敕勒川下，漠地绿洲，宜垦宜植。

守边兵将，介胄而耕耘，一改祸纷不解，不再兵连不息，慢慢地就，通关梁、交有无，肥饶余散，边地调和，征战之地，成为和睦之乡。

> 乡村建设运动中，金陵农学院的李映惠先生、任承统先生，摅怀旧之蓄念，发思古之幽情，相信这片田野，不下一万万亩，若能悉心垦殖，不数年后，定为膏腴，容民百万。他们辟地宽8里，长11里，建立了新农试验场，以开荒种地为主，兼营牧业，创办水利，涵养林木，扶植工商，大获成功，持续9年，其中保护民俗，教化民风，赌博、吸毒几乎绝迹，成为远近知名的新村。

韩青山这么一番详解，说是陆陆续续，听旗乡干部叨拉的，在那个时期，还不敢张扬，悄悄跟我和小辫说："还不止呢，还有另外的新村呢。"

他就说，再往西走，南海子那一片，有段承泽将军垦荒，将军是解甲归田，救济自己河北老乡，逃难到口外，建成了好几个"河北新村"，也很有名气。

他口若悬河，越讲越"神"，我倒心生疑惑了，真的假的？就没再去看"河北新村"，告别之后，就回村了。后来，我听朵儿讲，韩青山所言不虚。

误解韩青山，让人遗憾，我那时迷信、盲从，执拗一种说法，毛主席制定的政策，要相信到迷信，要服从到盲目，“九一三事件”后，我都没认真反思噢。

朵儿的父母，都是任先生的追随者，后来听她说，这段开发，虽因战乱而终结，却在那些年里，为抗战提供给养，还为西北发展探索到一条可行之路。

在她看来，几个新村的成功，重要的是思路对头，提出了“既公既私”原则，就是现在普遍认可的，所有权与经营权，在明晰的基础上分置。

很多年后，我查到了任先生一段话，说得十分明白——

> 过往，公私开垦皆不得力，公家开垦，一般办事人员，做事都不起劲，虚耗巨款，私人则因受公家剥削，今天这样捐，明天那样税，简直担负不起，而“既公既私”，公家拨付款项，借贷资金，待新村建成之后，田亩归农，以盈余偿还，从这个角度说的是私，而款项由公家拨付，又不是纯粹的私，公私兼得。

一掠而误珍奇，农地养殖也好，西北开发也好，敕勒川的新村实验，我们竟误识误失，其实，就是现在，也仍然是有意义的，或者说一直没有被理解。

也是后来知道，任先生和毛主席，彼此是见过的，任先生提出的“水土保持”享誉全国，被毛主席纳入了农业发展纲要呢。

也是可惜，他们没有机会就地权有更深入的切磋，运动一来，任先生承受精神和肉体双重压力，在西北改土实验中，结束了自己一生向农的生命。

第五十章

北京爷们儿春节大茬架

我和二圪蛋酝酿着抓赌，单小辫却惹了祸，与其他知青茬起架来，在旗里的大食堂。北京爷们儿封了眼、掉了耳，都不待找后账的。

腊月之后，正月长，冬歇更长，我从 24 顷地、老藏营回来，也没去找书记和大队长，原想把社火闹红火，想了想，村子里没有那财力，只能作罢。

用现在的话说，叫惯性思维，我让民兵队长二圪蛋注意村里的动向，别赌博，更不能赌大发喽，特别不能让公社抓了典型。

二圪蛋的说法和小辫一样，泊儿营子问题不大，看淖尔营子吧。不过，“今年你在营子里，怕是想赌的人，也是不敢赌”。他答应盯紧些。

几个同学回北京过年，“破五”之后，就陆续回来了，还都忙叨各自的一摊子事儿，一天，他们问我，去不去九原西？

这是比 24 顷地、老藏营、南海子，还要往西的一个村落，朵儿认识的知青就在那里，人家比我们早三年就下来了，看来，朵儿与这几个同学也都说过。

他们不想等朵儿回来了，打问清楚了，想趁着冬歇去“取经”，要是去，连路程，起码得三五天，我怕被公社抓典型，盯着赌博的事儿，就没一同去。

可老乡传开了：“知青们都出门子啦，去了西厢啦，去取经去啦。”以为我也去了，想赌博的人就蠢蠢欲动，二圪蛋告我，你就隐蔽着，这次要抓个正着。

我也想过，这赌要不要抓？老乡穷成那样，有几个钱赌？都说小赌怡情，可是我就怕公社抓典型，我还考虑，二圪蛋跟着我抓赌，会不会让他得罪人？

> “二圪蛋，我是知青，抓赌不怕得罪人，你可是村里的，不怕得罪乡里乡亲？”
>
> “小宁，我啊，我不怕！”
>
> “真不怕？”
>
> “真不怕！”

原来，他有命在身，他们营子，本来没人赌博，望奎带着枣花回来后，每逢年节，我们营子就有婆娘去招惹人家：“青楼女子哪有不会赌的？”

还说，会赌还会赢呢，包赢不输呢，娇声燕语，就把赌客的钱挣了，得跟着她学学，望奎可不答应，严命二圪蛋提防着，枣花就没有掺和。

后来，我看到过历史材料，敕勒川社会民俗调查，描述这里的一些地方，“喜饮酒、好赌博”，“在阴历元旦节后一月内玩聚甚炽”，成为社会问题。

几个同学去九原西后，真就来事了，亏着我没去，可不是乡亲，却是单小辫，旗里不知谁的电话，让去大食堂领人，二圪蛋去了，却没见到人。

单小辫自己，邋里邋遢，耷拉着脑袋，晃里晃荡，自个儿回到泊儿营子，我和二圪蛋就去看他。

“噢，大司马来啦？没事啊，这不，好好的！”

“不对吧？哎，哎，你这左眼，又怎么啦？现在，这两眼，可都有了问题啦！”

我让二圪蛋也来看，也说他肯定是受了伤了，看看藏掖不住啦，也可能身体难受，想着去看医生，他就说了实情。

他说，这都是哥们儿之间的事情，他和旗府工厂里一些知青走得比较近，常常聊天、吃喝，免不了醉酒，还有过吸毒、赌博、乱性。

他们这群挺大，好几十人呢，起先都是男的，后来有人带“圈子”，就是女孩儿，给人的印象，流里流气，一帮男男女女，旗里治安组都挂着号呢。

群里有个顽主，人称“三爷”，小辫自称“八爷”，也算个杠头儿。一天，三爷找茬本儿，贫嘴滑舌，打听丫丫、小小，想着带圈子，泡这俩姑娘。

"炸刺儿啊?"

"不行吗?不是哥们儿吗!"

"不行!那是我妹!"

"就因为是你妹,才带才泡啊!"

八爷淘归淘,却很少打架,人家提妹妹,他不干了,顽主和杠头儿,四目相对,要茬架,八爷看三爷,拳头攥起来了,就伸裤兜,摸着三棱刮刀。

这可是管制刀具,当时乱么,不少坏小子就都随身带着,几乎是同时,拳头上了八爷的右眼,刮刀抹了三爷的右耳根。

八爷眨巴眨巴眼,金星乱蹦,眼前一抹黑,三爷捂着耳朵,指缝里渗出鲜血,几十个知青围着看,有人高声嚷嚷:"找旗革委会吧!让炮局来人吧!"

"谁啊?!谁?!懂不懂规矩?!嚷嚷什么?!谁再嚷嚷找炮局,先花了你!!!"

三爷和八爷,就都踅摸着嚷嚷的人,连喊带比画,竟一起冲了过去,那人龟缩着头,护着后脑勺,连跑带颠,没了踪影,人群也就四散了。

这是春节前的事儿,节后这群人又聚,在旗府"大食堂",当时最大的饭馆,八爷眼睛的瘀血,散得差不多啦,三爷左耳根的伤处,也封了口儿。

这回有上百知青,包了场子,说是吃喝,哪里啊?每逢佳节倍思亲,想北京了,想家人了,就听到口簧、口琴、手风琴,嗡——嗡——嗡地，拉起了调门——

火红的太阳
照耀在中南海上
伟大的首都
你是毛主席居住的地方……

让我们荡起双桨
小船儿推开波浪
海面倒映着美丽的白塔
四周环绕着绿树红墙……

敕勒川，阴山下
天似穹庐，笼盖四野
天苍苍，野茫茫
风吹草低见牛羊……

三爷醉醺醺，凑近八爷，嘴上连磕巴儿都不打，还说喜欢那俩妹妹："那是见着过的，看一眼，就没忘过，一定的，得让你叫我妹夫！"

八爷也醉了，就提溜起三爷的领子，拽到饭堂中央，让他当着大家伙儿的面，认个栽，今后不准再提，否则——他亮出三棱刮刀，晃来晃去。

三爷仿佛酒醒了，舞起双拳，照着八爷的两眼，就是一通乱揣，嘴上还念念叨叨："美丽的白塔，居住的地方……"

乱拳乱捶，八爷的刮刀就走偏，嗓里也哼哼唧唧：“野茫茫，见牛羊……”顺着三爷的左外耳，哗啦一下，耳郭就耷拉了，哐啷一声，血耳血刀，滚落在地上。

要不是北京人，可能不信，这俩人还真算“北京爷们儿”，茬架是有说道的，无论输赢，不能往家里追，不能追着找后账，哪儿完哪儿了。

知青们也懂了，没人再提报警，有胆小的，没有经见过的，就溜了号，剩下的，有讲义气的，包好三爷掉下来的左耳，把三爷送到旗医院。

小辫头如炸锅，在大食堂里，躺了一宿，第二天，懵懵懂懂，磕磕绊绊回岱村，一路上，与二圪蛋走对头，竟没碰上，没过两天，居然半身不遂了。

第五十一章

后套知青与前套知青相会

其他哥们儿到九原西取经，就有了一次后套知青与前套知青的相会，人家老知青干得红火，还说舜天的孩子最该讲究学农兼得，大家抱有的那份痴心，延续了几十年。

耕云播雨塞疆，沙漠变成粮仓。
绿波依依草地，白云缕缕绵羊。
野坳处处绿装，层林处处果香。
干它个血汗滴滴，待它个白发苍苍。
平生志已足矣，换得人间天堂。

从九原西回来的同学，赞叹人家干得好，看那诗词写的，一股豪迈之气，可人家自己，还是觉得不够豪迈，还在往“赤遍环球是我家”的意境想。

九原西，属于黄河后套，我们敕勒川，属于黄河前套，这后套前套的，都是河套啦，就有了河套知青的相会。

听说北京舜天中学的到他们这儿来取经，人家就哈哈哈笑起来，彼此就交谈起来——

“你们舜天的学生，是最该在农村干出成绩的！”

“几位哥哥，怎么我们舜天的学生就该——”

“哎哟喂，你们自己不知道？也难怪，现在都说你们是贵族学校，高干、高知的孩子多，而柢根儿可不是，清末民初，舜天是最早的平民学堂，乡村穷娃娃、城里苦娃娃，当然，要论成绩，都超那些贵胄学堂……”

“哦，是这样？几位哥哥，比我们自己都清楚，真是惭愧！”

“嗨，不是也想考来着么，你们舜天太难考啦！噢，对了，你们知道你们的校歌吗？最早的校歌？”

“校歌？最早的校歌？”

一位哥哥，张嘴就来，说你们学校，办学之初，就讲究学农兼得，校歌都唱呢——

半如乡村半如城，花木苍翠四时荣，巍然吾学黉

…………

融融兮师生，浩浩兮前程，朝夕相处共奔竞

…………

很多年后，我想起这段往事，查了查校歌，“黉”，古称学校，这样的学校，“农事既毕，乃令弟子群居，还就黉学”，是

耕读结合的。

“这些老知青，也真的不容易，拼了命苦干，农民不买账，‘出工摇，干活聊，收工逃’，还挺反动，编排歌谣，‘今年盼着明年好，明年还穿破小袄，十六七年过去了，让人咋说共产（主义）好’……”

“人家有股子韧劲，就想出新辙，把各村分散的知青，都攒一块儿，给农民做出示范，计划着 40 到 50 人，大集体插到一起，学政治、学科技，科学种田，还有计划，要组织红色少年公社，办半农半读的毛泽东思想讲习所……”

“他们觉得，九原西一带，黄河流经的包头，自然条件太好了，地处‘黄河百害、唯富一套’的套里，‘塞上江南’，地下本就有淡水，又有黄河自流灌溉。”

“如果这个地方，都打不出粮食，老乡还挨饿，怎么也说不过去……”

同学们这么夸这些老知青，讲他们的慨叹，给我的印象太深了，四十年后，我看到了同样的慨叹，那是一位有名的记者，记述了毛主席的慨叹。

那是 1958 年，山西的书记向毛主席汇报，要引黄济晋。毛主席说，你们查一下《汉书》，那时就有人建议从包头引黄河过北京东注入海。

他还说，当时水大，汉武帝还能坐楼船在汾河上航行呢，现在水都干了，我们愧对晋民啊。

记者引申这种慨叹，议论道，我们愧对的岂止是晋民，陕、甘、宁之民也都很愧对啊，这块中国西北角曾经是根据地。

当年支撑了中共领导的全民抗战，支持了解放战争的胜利，但是自解放以后依然摆不脱黄风、黄沙、黄水的蹂躏。

我想，这个“西北角”，也应该包括敕勒川一带，而且“愧对”，更是一种“人过”，人之过错，那位记者也说啦——

毛主席从1959年起，就说要骑马去考察，其中要到黄河去看看，到了1964年还就开始了练习骑马，1972年又说要去，由于种种原因，没能成行。

记者就设想，如果毛主席骑马走江河，对他触动最深的，当是中国农业的落后和农村发展的缓慢，他沿黄河前行，还北上河套。

如果他伫立黄河，面对滔滔黄水，透过阵阵风沙，看远处那沟沟坡坡、梁梁峁峁、塄塄畔畔，是俯身拉犁、弯腰点豆、背柴放羊、原始耕作的农民。

他不禁有一点心酸，会重新思考，“大跃进”、人民公社化运动这样轰轰烈烈，怎么就没能解放出更多的生产力，改善农民的生活，改变他们的境遇呢？

骑马途中，他常提此生三愿：一、下放，搞一年工业，一年农业，半年商业；二、骑马走黄河、长江；三、写一本书，自己的缺点、错误统统写入，让世人评说。

骑马之行的最后，书就了一首诗作，“虽是自责，却椽笔墨海，隐隐雷鸣”：

安得倚天转斗柄，挽回银河洗旧怨。

二十年来是与非，重来笔底化新篇。

当年，这几位老知青，也是替毛主席操心呢，还就真是事有所成——

“哎，大集体插队，红色公社，耕读讲习所，都没办成，嗨！却出奇制胜啦，一位吕姓老知青，回到生产队，自荐队长，试行小包干、多分自留地、允许外出副业、队办小作坊，当年就增产10万斤粮食，工分值翻了番……”

大家伙儿高兴地议论着，而说到“包”“分”“副”“坊”，就都闷声了，我自己，就想起扎那，想起世元，想起望奎。

他们讲的敕勒命养、政策要变、葡萄怪话，盼改变，哪有啊？连动静都没有啊，九原西这经验，能不能被认可？后来，听说，还真因此而出了事儿。

这几位老知青，不仅是行者，还有思者，由老吕的成功，想到历史的教训，想向毛主席谏言呢，不是超越苏联的集体农庄嘛，有史料啊。

打赢了二战的苏联，当时已经是世界第二，40年代后，粮食产量还不如沙俄的1913年，毛主席要改？不难啊！“政策稍微改一改就能这么好。”

上面知道了阴山南麓有这么个实验，却认识不一，还有人上纲上线，竟然把这位思者，投入牢狱，天天窝头、菠菜，一蹲就是八个月。

我们当中有心智机灵的，樊山岳眨眨眼，就提起话头："喂，各位，记得不记得？"他是说60年代初的社教，其间让我们看电影《北国江南》。

> "跟咱们现在差不多？塞外的黄土屯，也是要打井，要增产，还要致富，怎么着了？没有把阶级斗争表现好！不就被批判嘛！那编剧，后来就被监禁了，那导演，被毛主席批评过，'天真'，咱们可别太天真！"

他这么说着，我就想到自己，不也是打井嘛，打井还要阶级斗争？跟谁斗啊？怎么斗啊？如果只想着包产，想着致富，是不是自己就成被斗对象啦？

也有同学把目光移向我，我就不安起来，之后，还真就把九原西、老吕、思者……统统都抛到脑后了。

三十年后，我在一项社会学调查研究成果中，想起这些往事，不由得就写下了下面这么一段话，一种追悔，一种反省：

> 在一望无垠的肥沃的平原上，生活着的则是赤贫如洗的人们。问其缘由，回答是："土地'归大堆'，干好干坏一个样，为什么好好干？好好干吃亏，不好好干反而占便宜，谁还好好干？"再问："都不好好干，那就得受穷了？"回答是："受穷就受穷，又不是我一个穷。"当时的笔者，真是感到困惑。以至于笔者离开那里时，依然没有搞懂——怎么会这样？应该怎么样？

后来，笔者又有机会回过那里两次。由于改变了人民公社体制，实行土地集体承包，劳动成果与个人努力直接挂钩，这些老乡们焕发出生产积极性，粮食打得多了，副业也有了发展，生活日渐富裕。走到笔者曾经流过汗的土地里，看到自己亲自组织挖掘的几眼机井废弃了（集体财产因家庭经营而无人顾及了），看到自己亲自组织栽种的林木已一派凋零（集体财产因家庭经营而无人监护了）……真让人感慨万千。然而，看到乡亲们招待我们的丰盛的饭菜，看到他们居住条件的改善……那是以往未曾有过的，也让人感到宽慰。

这就是英国社会学家吉登斯眼中的"普通的社会行动者"，他们干的往往是不符合条文却符合常识的事，而农村社会转变恰恰是从回归常识开始的。而我们当时所具有的知识，却往往有的不符合常识。

然而，京城的娃娃，毕竟有与上层沟通的可能。后来农村改革，从土地承包始，大获成功，其中就有知青娃娃们，几十年不间断的探索与诤谏的原因。

九原西的那些行者、思者，岱村知青中，也有继续献身农业的，执教农业大学，进入社会科学院，投身农业对外援助，做了农业部长秘书……

第五十二章

农余三事之外没乐子

小辫有两个好妹妹照顾，我就一心去抓赌，把“赌场”的门窗，打了个稀巴烂，多年后才弄明白，乡亲们嗜赌，皆因“终年无娱乐”。

丫丫、小小知道自己的八哥病了，就到旗医院守护，病情缓解后，亚纳婶婶说，来奎素吧，山上有个子母洞，可以泉浴，疏通血脉。

小辫由于脑出血，已经瘫痪，有她们的照顾，慢慢好转，躯干、手脚，又灵动起来，到后来，只是走路有些歪斜，也让他长了记性。

那三爷，左耳没能再植，倒是没留下什么病患，“嗨，不就一只左耳嘛，没了就没了，我，我，我和小辫，还是哥们儿……”

小辫还给人家出主意呢，让他像望奎似的，带上个帽子，那种有耳帘的，把耳朵遮起来，俩人就常念叨一歇后语，“梁山上的朋友——不打不成交”。

后来，俩人结伴回了北京，先村后城，开起修车铺，随着落实知青政策，把户口也办了回来，小辫跟着家人，又回到教堂附近的大杂院。

两个妹妹，一个后来也回来了，一个就一直留在了敕勒川，那是后话了。

个别知青因为赌博，掉了耳朵，成了瘫子，当时就疯传开了，旗里、公社，禁赌就抓得更紧了，二圪蛋也斗志昂扬的，表示要么禁死，要么严拿。

一天，我去旗医院看望小辫，计划来回两三天吧。老乡们听说了，又动了赌的念头，还说呢，“司马一直在村里，让咱们憋得慌哟!”

我到了旗里，看小辫两个妹妹都在，还都懂一些医道，当天就往回返了，天黑快到村子时，遇见二圪蛋在村口等我呢。

他引着我，往村外空旷的田地走，躲进一个机井房，商量怎么抓赌——

“你怎么知道我回来?”

“我思摸（猜想）你当天就回来，人家有两个妹子哩，还用你照看?”

“是，怎么，有人赌啦？哎，说赌，我还一直没有见过，到底咋个赌法啦?”

二圪蛋就讲开了，说这赌博啊，可是有些看头啦，岱村吗，也就是押押宝，老乡叫提猴，也蛮有一套呢。

有个方盒盒，哎，那可是铜器啦，纯白铜啦，盒子边边上，每边刻着个数字——1、2、3、4。

盒盒里面，放上宝子，知道吧？宝子，也叫骰子，可是好骨料啊，还有的是象牙呢，六个面面，每个面面，有红点点。

还要呢，铺上绒布布，绒布布上，分开两色，红色 1、3，黑色 2、4，押宝的在绒布上投注，看投到几，押上钱。

庄家把宝子放到盒盒里，就摇啊摇啊，停下来，打开盒盒，让每个人都看看，看宝子的红点点，对准盒子上的几……

“投注的几，对上了，盒盒上的几，就赢啦？没对上，就输啦？”

“就是嘛。”

“那，要赢也不容易，太不容易啦，得看运气了吧？哎，你怎么这么清楚？你也赌啊？”

“哎呀呀，小宁啊，连我都不相信啦！我那是听老人们叨拉啊，才知道啊，我可没有赌过。你知道啊，望奎还让我管住那些婆娘，我怎么能去赌！”

我也没再多想，反正上级有指示，村里一些婆娘们不安生，就抓一回吧，至于怎么个抓，二圪蛋的意思，无非打散，骂个一阵，也就足够啦。

“就足够啦？”

“足够啦！他们怕你，怕你司马，大圪旦嘛，你真抓一次呢，他们就再也不敢啦！”

“再也不敢啦？”

“是嘛，你看，你在供销社，扔撇他们的锅灶，干部们就再不敢吃喝啦，一样样的！”

我就点点头，他招呼来几个民兵，一起相跟着，摸进了村，走过两个巷子，在保管员高虎虎的堡子院，停了下来，二圪蛋示意我们听——

灯光明亮，人声喧哗，男欢女叫，老呼幼喊，这么大的阵仗，让我有些吃惊，看看院门，没有关，更没有锁，是不是以为司马不在村里……

我就有些愤愤，带着人就进去了，待我站到赌桌旁时，他们还浑然不知，突然，高虎虎两目圆睁，高声嘶吼起来："哎呀呀呀！司马队长来啦?!"

他们看着我，我看着他们，三四十人吧，"呀！你高虎虎，保管员也算半个队干部啊，呀！翠翠，妇女组长啊，呀！全全，共青团员啊，呀！……"

彼此对峙，有好几分钟，高虎虎眼珠一眨，低声告给大家，把赌钱都放到桌子上，不管输赢，都交上来。我冷眼看看，还真不少，哎，其实，也真没多少。

"司马队长，你说，这样行不行?"

"行不行?! 我不想罚你们！我是想让你们记住!!!"

我知道，乡亲们吃粮吃不饱，手里钱更少，我关心的不是这些，我是觉得，怎么都是一身的力气，不往正经地方用呢?

想着想着，也没跟二圪蛋商量，更没和民兵们合计，我就离开了赌桌，退到院子里，眼睛乱踅摸，看到墙角的镐头、耙子、大铲……

运了运气，其实也真没动怒，拎起一把镐头，照着屋子的门窗，就抡开了，先是窗子，后是屋门，稀里哗啦——稀里哗啦，就毁塌了，散木一地、玻璃一摊。

我停下来，看看砸得屋洞天漏，就舒了口气，悠悠地把镐头放了回去，低着头，心里难过？还是一无所念？无精打采地朝知青屋走回去。

老乡们后来说起这档子事，叫“司马修门窗”，这个“修”，可不是修理，是整治、砍削、剪除的意思。

我事后也想过，乡亲们没有埋怨我，我在时也没听说再有赌博的，可是有一个映像，就常常出现在脑海里，就是赌桌上那些赌具。

哪有二圪蛋说的？只有老辈人才见过吧？什么白铜、骨料、象牙、绒布？光光的桌板上，就是破碗、破盘，后来问过高虎虎，他们怎么个赌法。

他说，一个粗瓷碗，盛着三颗破旧骰子，一只磕了边的瓷盘，三颗骰子扣在碗盘之间，用力摇晃之后，放下碗买大买小，九以上为大，九以下为小。

我觉得，他没有说瞎话，可能就是这么个赌法，反倒让我心里不舒服，几次自问呢：“你司马，大动干戈，对呀不对？”

史料说，这里春节后赌博，玩聚甚炽，成为社会问题，后来又看见过，也是史料啊，说这多是消遣，“终年无娱乐，恋爱、赌博、吸大烟为农余三事”。

所谓社会问题，是因为有更大的社会问题，除了那“三事”，他们有什么乐子？就算有节制啦，还有望奎、二圪蛋这样的牵制，不会闹得不可收拾。

第五十三章

舜天的老师让我们上大学

朵儿去海南后没有回村，我回了趟北京，同学带话说母校让我回去一趟，这才知道老师们要把舜天的孩子招回来上大学。去工厂还是上大学？我们几个都选择了上大学。

朵儿和令狐到海南育种，该回来了。令狐时间突然出现在知青屋里，把香蕉、芭蕉、椰丝面包，摆了一炕，同学们询问着，大嚼着，都有些兴奋。

“快吃、多吃，不吃就烂毬啦！捂的时间不短啦！”

“哎，令狐，朵儿呢？怎么没看见朵儿？她回南营子啦？”

“没有，我一个人回来的。她说，她在北京得多待几天……”

奋斗问令狐，知道她没回来，几个同学好像都有些沉闷，又聊了一阵子，就让令狐休息，大家伙儿各自去忙碌。

我凑近令狐，又问他："朵儿在北京干什么呢？"他说："好像要学英语，海外有了什么讯息，可能就不回岱村啦……"

再追问，令狐也说不上什么了，他好像有些预感，安慰似的与我说："过一段时间，事情自然就会明朗吧。"

几天以后，我接到了朵儿的信，与令狐说的一样，没有更多的解释，倒是在信的末尾，表示盼望我回北京时，要再见见，要再聊聊。

刚到岱村时，我们常常集中在一起。吉顺家的屋子小，我们都站到炕上，排列成行，左手拿毛主席语录，右手握拳上举，面对毛主席画像，早请示、晚汇报。

之后开会，要么改造自我，斗私批修，要么改造农村，设计蓝图，慢慢地，各自有了营生做，也都足够忙碌，就很少集中了，也很难集中了。

到了第二年，山岳、蛟龙、振东开始学习英语，北京的大学开始招生，自治区建在敕勒川的工厂，挺先进的轴承厂，规模不小呢，也开始招工。

知青中本来就弥漫着"留"还是"走"的议论，慢慢演化成"扎根"还是"拔根"的争论，尽管我们几个一直不议论这些，看来也回避不了了，得有个说法。

讨论的结果，一致认为，上学、进厂，是政策的变化，没有什么不应该，尊重各自的选择，几乎所有同学，如果在上学与进厂之间选择，都选择上学。

真是一拨好同学，就是下到了农村，也没有一个沉沦，如果能够重新上学，去读书，去求知，仍然是努力上进。

多年后回忆起来，其中一个重要原因，是舜天中学帮我们打下人生底色，遇上了像晏老师这样的一些好老师，动乱中没学坏，后来也没变坏。

当然，更重要的是，我们又相遇了敕勒川，老乡们早就说了，“毛主席不会让你们在农村一辈子”。

我们还和老乡争论呢，真是要在这里奉献青春，甚至人生。老乡就嘻嘻哈哈笑，人家根本不信，压根儿就不信，真是有先见之明啊，不服不成。

现在想想，年华与青春，那时我们常常思索，常言道，年华过眼、年华有秋、年华似水，而说起青春，就是激情、迸发、如焰。

年华似水，如匆匆逝去的来路，来时往往不识路，而青春如焰，像有烛照的前路，便常常面临抉择。

你不得不送走华年，留下过往，你却可以珍惜青春，面对未来，敕勒川乡亲们，敕勒川生活的点点滴滴，不断让我反思感悟，这感悟伴随一生，沉淀在生命深处。

当时，郝书记，公社领导，旗里的领导，自治区的扎那，对我们继续求学，更是理解和支持，我自己，当时想踏踏实实干点实事再走，领导却有话在先，“毕业后回来做公社书记”。

其实，这种说法内有深意，我是很多年后才明白的，越发感受到我们北京的舜天，我们内蒙古的敕勒川，对我们是多么宅心仁厚。

插队到第三四个年头，就有同学陆续走了。

先是金鸽、振东，到北京读书，金鸽学化工，毕业后回到内蒙古化肥厂，又考研，在北京高校做管理工作，振东学地质，毕业后在地质队，后到美国留学。

接着是奋斗、令狐，到包头读书，奋斗学冶金，毕业后在北京高校，做留学生管理，令狐学力学，转行做建筑设计软件，成了行业里有名的专家。

没走的同学，还都挺踏实的，一如既往地干着，我除了管着治安，还在安排打机井，筹划着植树造林。

舜天的孩子，来到敕勒川的，还有好多呢。一次，碰上邻村的仁智同学，就问我，什么时候还回北京？母校捎话给我，若回北京再回学校看看。

夏秋之间，农活不忙的时候，我回了一趟北京，也去了舜天中学，见到一些老师，当年的“牛鬼蛇神”，缓过一些神来，不过，感觉还有些战战兢兢。

很多年后，问询一些年青老师的生活，他们普遍结婚较晚，伴侣并非属意，育儿育女更迟，诸如此类吧，如果你不去细察，依然看不到岁月蹉跎的痕迹。

老师们引着我去见学校的一位负责人，说想请我给在校学生，讲讲插队生活，这是义不容辞的，我就答应了。

全校有线广播连着所有教室，我就给师弟师妹们讲了那么一阵子，至于讲了什么？我自己都记不得了，除了一些真情实感，少不了“假大空”。

就像后来，我们下乡四十年后，旗政协组织我们回忆下乡，还编了集子，附录有我们小组的“事迹”，其中的一些政治辞藻，自己看了都脸红。

我记得住的是，地理郭老师、历史朱老师，我们一起在校园里漫步，不经意走到礼堂，二位老师告诉我，历史上，礼堂不是这样的。

郭老师眸子闪亮，朱老师嘴角颤抖，说这里曾经挂着巨大的匾额，上书遒劲墨字“寿与国同”。

学校清末建立，王朝退去，共和兴起，1902 年学堂更名学校，是应对“三千年未有之变局”的产物，当然是“寿与国同”啦。

“那是 20 年代，齐校长书‘寿与国同’，仔细想想，何止与国同寿啊？也与国同运嘛！听你讲敕勒川，你们也算长了见识吧？国运有盛衰，也就会有中兴，咱们盼着与国同辉的日子吧！”

“你们吃苦啦，苦是不会白吃的！老师想起两句话，送给你们呀？‘年华虽逝，青春不老’，是不是呀？”

郭老师说了一阵，朱老师也说了一阵，我好像回到了当年的教室，细细听着，默默想着，心中如潮翻滚，体会着“年华虽逝，青春不老”。

离开学校时，走到舜天老校门——神似清华大学的“二校门”，又走过来几位老师，他们跟我说：“准备回来上大学吧！”

我们毕业时，在这校门前，曾照过一张大大的合影，我一直珍藏在身边，虽然同学老师各奔东西，各有惆怅，却一直心有不甘，胸怀大志。

记得一入舜天，老师就告诉我们，如果你在班里，成绩排前几名，考北大、清华就没有问题，我就憋着劲儿，想着考清华，那是平伯伯读书的地方。

想考建筑系，可不是研究建筑结构什么的，喜欢的是建筑学、建筑美学，住在四合院，对古建筑就有一份钟爱，后来特别喜欢看建筑。尤其是中西合璧那种，有时候在北京逛街，或者到外地出差，倘若内急了，都得拣建筑有模样的地方。

老师们说起考学，还告诉我，他们都在利用各种人脉，联络京城各大学，告诉他们，我们舜天的孩子，好多还在农村呢。

“我们知道，有个‘白卷英雄’，把入学考试的成绩，都弄得不算数啦，真让我们担心啊！”

老师知道，舜天的孩子不怕考试，要是考试不算数了，还不得吃亏？他们就张罗起来，请去地方招生的老师，把这些“好娃娃”都招回来。

我们舜天刘老师的先生，是京师大学的魏老师，曾经是留苏预备生呢，魏老师到敕勒川招生，就点名要舜天的孩子。

这都是真真的，我们岱村的京生、和平，还有我，还有好几个舜天的孩子，就是这么被点着名招回来的。

京生学历史，后来留校了，再后来去了加拿大，和平也是学历史，后来考研，在北京著名的大学教授世界历史。

记得那些年，清华一直没有在敕勒川招生，我们不得入其门，师大真诚来选拔，我就进入了京师大学。

入学后，魏老师给了特别的信任，让我担负社会工作，而我，舜天的孩子嘛，一心想读书，各科的老师们，带着我们一起，拼命弥补失去的时光。

教经济学的朱老师，尤其悉心，辅导我读经典、写文章，一篇篇看，一篇篇改，“单个儿教练”，人家是50年代的研究生，在大学里也属凤毛麟角。

我毕业后留校，才慢慢知道，魏老师人缘特别好，他帮助好几位老师平反了冤假错案，名声好，有威信，后来被提拔，到舞蹈学院做了党委书记。

现在，魏老师、朱老师都已经去世了，可是我常常想起他们，他们在我人生转折的时候，给了我不同寻常的助力。

当然，这都是后来，插队进入第五、第六个年头以后的事情了。

第五十四章

大学生活脱不去敕勒川印迹

当了几年农民，到了大学也是农民模样，还“见义勇为”劝架，还“有情有义”招生，常人常事，或许有敕勒川的印迹，敕勒川，那是滋养我精神生命的第二故乡。

当了几年农民，又是在阴山之麓、敕勒之野，身上自带痕迹，一种豁达、率性，走在大学校园里，人家一眼就看出来啦。

“喂，前面是谁呀？是不是司马小宁？我看像啊！”

一个女生，嘎嘣脆的声音，走过来，还拍打着我的肩膀，我扭头看看，不认识呀。

“不认识我啦？咱们老乡啊！我也是敕勒川来的！嗨，您这是怎么啦，都快六月天啦，您还狗皮帽子、大棉袄呐?!不热啊？还乐呵呵的！以为一直还在塞北么？”

看看自己，还真是的，怎么不知冷暖啦，还像下地那会儿？皮帽、棉袄，又御寒凉，还遮风雨，也挡阳婆，几乎一年到头也不离身，自在于心的。

我把帽子摘了，把棉袄扣子解开，与她边走边说话，她的话就没完啦——

“我看你，好像刚从外面回来，你刚才不在学校吧？”

“是啊，校办让我到外面办了点儿事儿。这不，刚回来，……”

“哟，你不知道吧？刚开完全校师生大会，工宣队长可是表扬你啦！”

“全校师生大会？工宣队长表扬我？干吗表扬我呀？”

“嘿，你自己不知道？你见义勇为呀！”

“我？见义勇为？我见什么义、勇什么为啦？”

“昨天，晚饭的时候，学生食堂，不是打架了吗！……”

原来是为这档子事——是，昨天晚上食堂有人打架，让我给劝住了。

要说，那时的京师大学食堂，挺棒的，每周排出食谱，公而告之，好像每天没有重样，特别是周四晚上，吃包子，同学们都盼着。

猪肉白菜馅儿，佐料里有酱，好像是黄酱和甜面酱掺和着，酱香、酯香挺独特，勾人馋虫，还有清香可口的西红柿鸡蛋汤，绝配！

一人俩包子，一个得二两，一般男同学也够了，个别饭量大的男生，有心眼活泛的女生，吃不了送过来，就都能吃好又吃饱。

我之前也听说，就是这样，仍然有人冒领，还有造假饭票的，所以食堂大师傅，一直盯着，严防作弊，不准多吃多占，也就没发生过什么冲突。

昨天晚上，我去食堂时，已经有人吃完往外走了。突然，取饭台前，乒乓作响，两个同学捂着脑袋，急速地往后撤步，做逃窜状。

餐桌上的同学，慌忙躲避，大厅中间，呼啦啦，就闪开一条挺宽的通路，眼见一只铁勺，飞了过来，击中一位逃跑同学的额头，又见飞出一把菜铲……

我还没反应过来，下意识，竟凑了过去，示意那俩同学快跑，自己就朝着取饭台冲了上去，只见一把菜刀，晃悠着高扬起来，要出手时让我攥住了刀柄，……

食堂的师傅都认识我，一看我来了，就埋怨——

> “司马小宁啊！你看看你，你来干什么？这些兔崽子，我们憋了好久了，吃饱了还不行，还想往外带，不教训教训，能长记性吗！”

有俩师傅，怒气未消，把我往一边扒拉，意思是还得追那俩同学，我横过身子，挡住了他们，他们那叫一个不情愿，还继续埋怨我——

“司马小宁，你说你，你拦什么拦？这种人就得治，轻了都不行！”

其实，这架打得，也就到此为止了，受了伤的同学，额骨骨裂，自知理亏，到校医院包扎后，回家养伤了，与食堂大师傅之间，再没有纠葛。

不知谁告诉了工宣队长，还“表扬一番”，我心想了，在敕勒川就是常人常事，摞跤、揪鼻斗、修门窗…… 不都一了百了嘛。

那山岫下，那野川上，有一种内生的、源初的，激情与尚义，可以争吵，还可以动武，却大都事过就了，我喜欢，迅起迅落，实在无华。

青纱帐角力，暗铺里啃沙鸡，与福锁动武八超，咆哮堡子院，粮房里抓奸……你说有文野之分？倒不如说，文野互彰，就是伤着了，都不会留下太大的疤。

除了争斗，日常待人处世，也是这样的。有情有义，无遮的情，内敛的义，这又让我想起，恢复高考后，第二年招生，我回了一趟敕勒川。

之前的一年，恢复高考，山岳已经在旗府中学任教，他教过的孩子，好多都考上大学，其中还有大学之后读研，成了“大圪旦”，国家栋梁之材。

他也参加了高考，成绩全自治区总分第二，却没有大学敢录取，我知道以后，心里特别不是滋味，他父母的所谓问题，为什么要殃及他这个后人？

到哪里去找，这样的学生？才华出众，就是到了农村，也没有一丝懈怠，追求知识，喜欢思考，胸有大志，一以贯之。

我就想把他招回来，径直去了招生办——

“今年，我想去招生。”

“好啊，欢迎！你想去哪里？”

“我想去内蒙古。”

“内蒙古？哎，好像你从内蒙古来的吧？可是有回避政策，招生人员不能去原籍招生……”

“哦，我知道，可是我的原籍是北京，内蒙古不是原籍……”

“哎呀，就招生来说，第二故乡，也算是原籍啊！”

“怕我到内蒙古，沾亲带故，办事不公？”

“哎呀呀，司马小宁还能办事不公？——那，你就去内蒙古吧。”

知道了我要去内蒙古招生，钟教授的一位学生，我们的一位学姐来找我。我当然知道钟教授，民俗学大师，一级教授，全校才有六位。

在我的眼里，钟教授是稀罕人物，白净的面容，宽阔的天庭，睿智的目光，被边缘化后，在校园里打扫卫生，也是一副乐天的样子。

只要得空，“工服”换都不换，就钻进图书馆啦，那时候，没有几个人正经读书，座位上读者寥寥，却常常可以看到这位老人。

当时他却是“问题教授”，他在敕勒川插队的女儿也受牵连，这孩子也同山岳一样，高考成绩很好，就是没有大学敢录取。

与我同去内蒙古招生的，还有一位老师，我们在学生会工作时，他是我的副手，一上路，我就告诉他，我是为公平录取而来。

“没有问题，司马，只要成绩够，咱们当然得录取，什么时候了，还株连九族？如果回学校后，有什么责任，咱们一起担着。”

招生很顺利，山岳的成绩、钟教授女儿的成绩，一如既往地好，被顺利录取，还有几个人有类似的情况，我们也给招了回来。

前些年，旗领导和老乡，送我们都上了学，魏老师还特意招我们回来，这次我们把山岳他们招回来，我高兴啊，谁说违规？我心里认定，这才合规。

不过，也小有担心，回校后一直候着招生办的反应，等了好几天，等到学生入学，没人来找后账，才了却了一桩心事。

要说呢，也有缺憾呀，运动中顶层当红的一位，他的女儿也在敕勒川，阴山北麓，干得极苦，老乡赞不绝口，高考成绩也好，我们没敢录取。

后来听说，被区内的大学录取了，就是嘛，那里的人所懂得的情义，与我们两厢比对，那味道不一样，再怎么着，我们并非土生土长啊。

山岳进入京师大学后，提前一年毕业，去美国留学，先学数学，转攻计算机，工作后在一个岗位干到退休，在工作频繁变动的美国，是很少有的。

第五十五章

朵儿拜师学习开始了新生活

在京城与朵儿见面，她在拜师学习英语，一改心如深潭，要跳脱啦？夕阳西下，朵儿让我记起，洛水洛神，华容婀娜，光润玉颜，气若幽兰。

当时，我除了见父母，就想见到朵儿，离开的时间越长，越是思念，现在回想，也是难怪啊，我们都过了18啦，奔20啦。

“好想好想啊！”
“好想好想啊！”

在北京，我们约好北海正门见面，俩人一相见，就忘情地拥抱起来，异口同声地念叨着：“好想！”俩人牵起手来，往琼岛走，我们去找弥勒佛，却遇上殿门紧闭。

俩人坐在白塔下面，宽宽的石阶上，相互依偎着，说起了丝绢《广寒宫图》，我的脑海里，回荡起熟悉的旋律——

让我们荡起双桨
小船儿推开波浪
海面倒映着美丽的白塔
四周环绕着绿树红墙

我在想，这里是京城的肚脐眼，在敕勒川，懂得了何为肚脐眼，那是一种驻防，更是一种活法，还是一种思维，圆融通达，让我们的性情，都有了改变。

白塔上看北京，都说城池四方方，哪里啊？往西北看，就弯进来一块，听说，东南方向上，忽必烈恩准，又突出去一块。

她看我走神，就摇了摇我的臂膀，彼此问询近况，她就劝我："复习功课吧，特别是得学学英语。"

"听令狐说，你在学英语？怎么学啊？"

"有老师啊，拜师啊，可是好老师啊，跟着老师学啊！"

"拜师？还是好老师？谁呀？"

"老清华的，留美的，20年代的老党员，大革命时期的老革命，最老一辈的老干部！"

"吹牛吧？谁呀？"

"先不告诉你！嘻嘻嘻！哎，你可不要告诉别人，嗯，明天我还去，你也跟我去吧！"

第二天，我跟着朵儿，来到紫竹院公园后身，一个幽静的大院，哦！这个大院，我来过，还常来呢，这是中央国安部门的大院。

朵儿在院门处登了记，就让我跟紧她，朝她的老师住处走，走着走着，我就跨步到了她前面，嘿嘿，我已经猜出她要去哪儿了。

朵儿有些着急："哎，小宁，你乱跑什么，这可是保密单位，别惹出事儿来。"我故意不回答她，越发疾步，她追着我，不一会儿，就到了。

"平伯母好！"

"哦，哦，小宁！怎么是你？你好，你好！回北京探亲啦？你爸爸妈妈好吗？"

我与朵儿的老师，这么打着招呼，朵儿就很是奇怪，其实，这位老师，就是平伯伯的夫人，我们叫她平伯母。

平伯母与我父母，运动中彼此断了来往，运动过后又开始走动，伯母去看过父母亲，父母亲也带着我们来看望过她，都庆幸躲过了大劫难。

学生们接二连三就都到了，就在客厅里，平伯母一口纯正的美式发音，带着出生地沪上的音韵，抑扬顿挫，学子们心神专一，啊！久违了的学习场景！

那个年代，有人一直偷听美国之音、英国 BBC，《英语 900 句》《灵格风英语》，朵儿属于其中之一啦，这回在家庭课堂听讲，仍然是一件隐秘事情。

不过，我看朵儿与伯母，好像有一种默契，瞧朵儿嘛，格外放松，分外喜悦，伯母夸她底子好？学得快？又不尽然噢……

一个心如深潭的姑娘，毅然一辈子留在农村，“腾”的一下，要跳脱啦？这是走了什么运道？沾了什么福气？

“朵儿，你真的不回岱村啦？”

“谁说的？原来是要回去的，得去再看看乡亲们，啊，特别呢，得看看你们啊，更要看看你啦，真是不由得，老是想你嘛！哈哈哈，你来啦，那，那就不一定回去啦！老乡嘛，你的同学嘛，以后有机会，一定会去看的……”

下课后，离开伯母家，她紧紧挽着我，我们一边走，一边说，去了她家——她义父的宅院，好像让外人挤占啦，她的住处，蜷缩在一间东耳房里。

本来，这不是住人的，存放杂物用，现在成了她的卧室，几平方米，一张单人床，占去了多一半房间，我们就坐在床沿上，有说不完的话。

夕阳斜射，照过窗棂，洒落在朵儿身上，她挪着身子，想躲开，我身不由己，按住她的肩膀，不让她动，面对着——

“别动啊，这多好！日既西倾……华容婀娜……”

“小宁还这么风骚？《洛神赋》吧？可是封资修啊！”

“转眄流精，光润玉颜。含辞未吐，气若幽兰。”

“这话可说过啦，过誉之词啊……”

念书时，附庸风雅，诵读《历代文选》，记住了个别词句，看着朵儿，一改在岱村的沉郁，辞赋中的女神，竟活了，我站了起来，把她揽在自己怀里。朵儿拽拽我的双臂，让我平静下来，她仰头望着我，眼睛忽闪忽闪的——

“有人说咱俩长得像，哎，仔细看看，是不是真像啊？”

“嗨，小驹和清怡，不早就说过，心为貌根，想法一样，连相貌都相像啦。”

“想法一样？想过没有？怎么一样啦？”

“没想过。——哎，显而易见吧，你，比起小驹、清怡，有些内向，其实，我比起她们来，更内向……你可说过，木讷是君子，静默是良人……”

“要从气质上说，外向善张罗，内向能做事，哦，不过，要按中医说法，内向的人可容易气虚啊，哈哈！嗯——气虚就得补，你——小宁啊，是不是，得补补啊？”

“说什么呢？补什么？”

她站起来，把我按住，让我坐好，从床头的一堆书里，找出几个笔记本，边翻边说，“这是韩叔叔，这是沈伯伯，这是……”

“韩叔叔？沈伯伯？——韩天涌？沈金秾？”

“对呀！哎，真神了，你怎么知道？”

“当然啦，我爸爸的朋友！在上海，他们一起跟着平伯伯，后来，平伯伯把他们都调到北京，运动中就中断来往啦，之前，常常到我们家，都喜欢我母亲做的饭菜，一起喝酒，一起神聊，我很多年没有见过他们啦……”

“平伯母让我也找他们，他们英文都棒着呢……”

韩叔叔、沈伯伯，也有地下活动的经历，还是财经、金融方面的专家，可是，在那种背景下，他们的长处被遮蔽了，还成为身心负累。

记得刚上舜天，说起将来考大学，财经专业、金融专业，都不在眼里，财经学院，好像末流，如果“服从分配”，都要考虑，去啊还是不去。

我和朵儿说这些，她说她不看这些，看的是英语，能在国民党经管要冲，还被共产党留用，是有真能耐的，“我就取其所长”。

我就想起妈妈的叮嘱，这个党、那个派，青年男女之间，可是得小心，“你们小小年纪，自己是把控不了的”。

第五十六章

朵儿清怡相携走出人生阴影

朵儿在美国读了大学，后来到罗马工作，真正走出了人生阴影，她还帮清怡盲眼复明，生理、心理都得到重生。她们还关心小驹，希望她也能够走出来。

朵儿不是随便的孩子，多年以后，书信来往，我多少了解了一些，毛主席会见尼克松前后，海外统战有新布局，她父母亲被“重新落子”。

她也被悄悄安排，先去香港，转道去曼谷，在那里，见到了父母亲，与父亲是第一次见面，当然，她是孩子，没有被赋予什么“使命”。

自此，朵儿的生命豁然开朗。

双亲征求她的意愿，她说想读书，想女承父业，还有敕勒川情结，报考农科，就去了美国，考入康奈尔大学，主攻农业经济。

种过地，再学农，就显得十分出众，毕业以后，被聘入国际粮农组织，到意大利的罗马总部工作。

我大学毕业后留校，几经辗转，做起了劳动社会学研究，有一年，到国际劳工组织访问，在都灵培训期间，去罗马找她，想突然出现，给她惊喜。

结果，却没见着，她的同事告诉我，她出差去了非洲，有项目在那里，我就把带去的礼物留下了，麻烦他们转交朵儿。

礼物是小驹那副套马杆，我想，该给朵儿呢，她痴迷研究“吃饱饭”问题，仍然热心农业，在延续敕勒川的耕牧理想，她一定喜欢。

带套马杆，不容易，安检、过关，都被格外盘查，可是我一说明原因，就都放行了，几年后，她放弃公职，离开意大利，到了非洲，也带上了套马杆。

我知道，她“第一次亲密接触”的外国人，就是非洲人，西南非洲的妇女代表团访问中国时，她在北京参加了会见，那是毛主席指示的一次会见。

她多次说过：“全地球的人，都应该对非洲好，那是人类的摇篮，地球人类从这里发祥。”

我做的研究，在国际上叫劳工研究，为此去过各大洲二十多个国家或地区，而唯独没有去过非洲，一直想找机会，去去那里，再见见朵儿。

小驹、清怡，与朵儿一直都有联系，毕竟都是“斯婴”，还同校同班同“乡”。清怡去过罗马，见到过朵儿，她去罗马是为了自己的眼睛。

还是20世纪，进入90年代，清怡的眼疾发作，她的左眼已是义眼，右眼保存了下来，但时常有不舒服的感觉，后来视力下降，医生说已经病变。

朵儿知道之后，给她写信，说不要慌张，角膜是可以移植的，而且“免疫赦免”，没有移植后的排异反应，让她来罗马诊治。

朵儿知道清怡支付手术费用没有问题，清怡确实有钱，不过，那是搏命钱，她一直生活在缅北，与发小成婚，已儿孙满堂。

毛主席会见奈温后，缅共人民军失势，他们夫妇已位居高层，为了维持生存，高级干部都涉毒谋私，鸦片贸易、加工合法化，他们难以置身其外。

然而，“以毒养军，以军护毒”，有违他们的良知，夫妻俩就尝试着改变，到能够自立山头时，他们带着一拨儿人马，进了大山、深林，有了自己的领地。

朵儿知道了这些隐秘，就建议清怡搞替代种植，逐步改掉罂粟种植，种甘蔗、玉米、稻谷啊，还可以种茶叶、木材、橡胶啊。

朵儿还动议国际粮农组织，介入“金三角”地区，去毒种、兴农种，派去了专家、技术人员，然而，农种费体力，且收益甚低，清怡就面临新问题。

朵儿又出主意，那么多的山林，红木啊、玉石啊、药材啊，兴办贸易，就打开了走向城市的通道，清怡与先生，开始城乡两栖，做起跨境贸易。

“朵儿，你一封信，我就飞来啦，你可得保住我这‘独眼’，不然瞎毬了，连‘斯婴’们都认不得啦！”

“放心吧，保住右眼，明亮如初！还会把你左边的义眼，换成更好的，能以假乱真！”

朵儿看着不离墨镜的清怡，心中异常痛楚，她摘下清怡的墨镜，轻轻抚摸着清怡的眼睛，上嘴亲吻，两个人相拥在一起，涕泗滂沱，撕心裂肺。

再看清怡，那两只眼眶，真眼的眼眶，义眼的眼眶，竟都淌下长长的清泪，清泪不绝，扑簌簌——扑簌簌——扑簌簌，连清怡自己都惊呆了——

"这左眼，你个灰犵狍，已经20年没有任何机能了，这是怎么啦，见到朵儿，就泛活啦?"

"好啊！好啊！好啊！太好啦！咱们找大夫，也试试，能不能双眼移植?!"

朵儿事先，已经联系好罗马生物组织工程实验室，移植人工角膜，医生审慎会诊，认为清怡的眼疾，并未病变，左眼的视神经，也没有完全萎缩。

清怡右眼再生，左眼复明，走出了视域的阴影，也真正走出了人生的阴影，"斯婴"两姐妹，欣喜若狂。

她俩重谢了医生，就在罗马城逛开了，不期而至，来到耶稣广场，朵儿却突然收住脚步，想转换方向。

清怡不解："怎么啦?"朵儿语塞，支支吾吾，清怡更是追问，二人移目前望，神情陡转，凝视着面前的耶稣会堂。

茁实的双柱，套叠的门花，涡卷的山墙，撩拨着躁动，移步入堂，只见天顶、壁饰、雕刻、画作，浓艳飘逸，寥天阔地，人跃马奔，袭扰着神幻。

两人默默退出来，再看广场，清怡显得难以自持，朵儿就搂住她，彼此紧靠着，都一言不发，却灵犀对答——

“清怡，我知道，今天不该带你来这里，怎么就鬼使神差地撞来了呢？全世界都知道，这个广场，是意大利红色旅，他们的罗马纵队残害总理的血光之地，凄惨啊，还是女性的自戕之地，这支队伍，女性为主，竟然占了八成，怎么带你来这里呢？”

“朵儿，不要自责，我见过的还少吗？还是在敕勒川，我就记住了一句话，离开爹娘，才会生活，练硬翅膀，才能成长。只是……”

“只是，你想起了，你的爸爸妈妈？想起了缅北的死中求活？”

“啊，是，是，还有，中国的红卫兵，外国人叫我们，‘毛主席的孩子们’，Red guard of Mao！Children of Mao！‘革命无罪，造反有理’，其实，也不只是中国，那时的世界多个国家，这里的红色旅，法国的红五月，西德的红军派，日本的赤军，美国的青年革命，英国的新教青年……”

“当时，咱们并不知道啊，知道也就一丁点儿、一丢丢，十分有限啊，哦，你怎么，一说一大套？”

“来这里，转机北京嘛，与小宁、小驹聊起来，说到这些呀。像法国，女性参与进来，最热闹的议题，竟然不是什么世界议题、人类议题，是‘我们的子宫’，反对限制堕胎，主要的诉求是教育改革、性解放、全盘民主，而本能的是性，特别是女性，说什么

‘越是干革命就越想做爱，越是做爱就越想干革命！’据说‘女性的激发阈值较低’，能折腾的，甚至很残忍的，女性要比男性还多，还都搅和到社会议题、政治议题里面，彼此还纠缠……”

“哦，这样，差别太大了！那时咱们根本不懂得这些事儿，后来一些老兵学坏了，乱交乱性，与‘子宫属于谁’，也不是一码子事，看来，我们并不是最不幸的？”

“对，并不是，不过，不过，要看你能不能，走出人生中这么一段阴影！”

“能不能走出人生阴影？那，你走出来了吗？”

“那，你呢，你走出来了吗？”

育实的孩子，天资聪慧，心交神往，胜于言传，她俩就又觉得，各自已经走了出来，“连失目都复明了嘛”，彼此伸手，摸到对方的肚脐，咯咯咯，笑起来。

“小驹呢？小驹怎么样？她走出来了吗？又是校长，又是僧人，加上在岱村，又是云贵小……”

“小驹？要说，该是走出来啦，嗯，不过，还有个小尾巴，恨不得自断其尾。”

“小尾巴？自断其尾？”

朵儿问起小驹，清怡就说，小宁有个判断，说小驹大体走出来了，如果说还有什么缺憾，她自己已经尽责了，她自己也说：“等谁了断？先自己了断！”

第五十七章

小驹的命债与救赎

说起小驹，她后来做了军医，云贵小的事情，让她一直深感困扰，懂得了赔命价，而非血命血偿。彷徨中，她一直在寻找解脱之道。

小驹的事情，涉及真相，连带的责罚，她来找过我，我也给她出主意，前前后后，有三十年，才有了“自我了断”，还是得益于岱村乡亲，还有芦教授。

这些，都说来话长。

小驹离开岱村参军，送别时，妮妮给了她一支口簧琴，还给她带话，德旺书记、世元大队长，有话对她说，关于云贵小书记的死亡。

当然，这不是小驹一个人的责任，可是，一个公社书记，就活生生没了，终究得查，让小驹要有心理准备，一旦查起来，认不认罪？认不认罚？

认？不是讲，无法无天，剩勇追寇，痛打落水狗吗？不认？

运动扩大化，逼供信，误伤误亡，要彻底平反，推卸不了的，小驹显得恐慌。

而妮妮，更想告诉小驹的是，怎么认罪，怎么认罚，小驹不解，躲闪着，也不接话，想打个马虎眼，蒙混过关。

妮妮看她这样，就上手摸小驹的腰身，右手伸进去，“霍”地抽出短匕，把自己的舌头一吐，匕刃贴在舌尖上，凑近小驹，让她仔细看。

“妮妮，你要干啥？这血肉阴森的，怪吓人，凌迟割舌吗？这是什么意思？有人伤，有人亡，我，我就得自伤？自亡？一伤抵一伤，一命偿一命？”

“姐姐，你说错啦，我们蒙地，不讲抵伤偿命。”

“你，你看你，血刃犯命的样子，不就要索取性命吗？”

“姐姐，你错，我是想告诉姐姐，认罪认罚，三句话，你该记住噢——说实情，赔命价，事了断。”

按妮妮的说法，敕勒川的命案，不讲偿命，讲偿命价，命的价钱，不是性命赔偿，而是命价赔偿，甲害死了乙，再把甲弄死，那不伤害更大啦。

可是，伤害了人的性命，也不能轻易饶过，伤害人的甲，就得认罪，说实话，比如把刀刃抵在舌头上，起誓、发誓，把杀人经过实实在在讲清楚。

然后，怎么赔偿乙呢，过去就是甲偿命，死了一个，再死一个？不是办法，就把乙命折价，比如值多少牲畜、多少财产，甲赔乙性命的等价。

在敕勒川，赔偿牲畜、财产，惩罚也就不算轻了，甲的生计受影响，甚至危及生存，而且有了教训，再不敢伤害人，甲乙仇怨也就扯平、了断。

我后来了解到，非索命而赔命价，源于游牧民族，草根法度，由习惯而习俗，再成为律法，成吉思汗时，还讲命命相抵，后来，他自己就有改变。

草原上的争斗，往往是部族与部族，一众牧民与另一众牧民，其中犯难者，大都不是为了一己之私，常是被众人怂恿、呼唤、驱使。

到了阿拉坦汗等后世汗王，已经是不乱行刑，没有死刑，那又不能助长杀人，就有罚畜刑、罚财刑，让其损畜、输财，不再是杀人者死，而是杀人者赔。

伤人赔血价，杀人赔命价，案结事了，旧事不提，兵者立罢，防止不断地寻仇复仇，如果血换血、命抵命，无物偿、无心抚，反而埋下伺机复仇的种子。

“妮妮，我明白了，就是追查云贵小的事情，也不会让我偿命，可是我得认罪认罚，这认罪认罚，不是抵伤偿命，是付出代价，等价的钱财物，相抵相赔，哦，我琢磨琢磨吧，嗨，如果真来查，再说吧……”

“姐姐，德旺和俺大的意思是，运动事出有因，问题在上面，你还是娃娃呢，以后的路还很长，做事情要好好合计哦！”

后来，对搞运动的责任处理，还真如德旺、世元所料，因伤亡者众，株连更多，怎么冤冤相报？怎么认罪认罚？

上面的指使者已经死亡，不再追究刑事责任，地方上的鼓动者，调离此地，相关的一些人，降级、劳动，个别的判刑 3 年，最多有判刑 15 年的。

调离、降级、劳动、判刑，有文件，有的还有公诉、公审，也就算调查了真相，赔偿呢，也是有的，死者有一次性抚恤，伤残者也有赔偿。

起先，抚恤、赔偿，都是公职人员，有单位的干部、职工，后来，连普通人也有了，被称为“三民”——居民、农民、牧民。

当然，抚恤也好，赔偿也好，金额都十分有限，后来，随着经济状况的好转，那些抚恤、赔偿，就总在陆续增加，尽管时少时多。

当时，群众斗群众，除了亡者、伤者，也有互伤者，伤人者也被伤，被伤者也伤人，所以，抚恤、赔偿，都是财政支付，没有在私人之间纠缠。

这样，小驹，同许许多多参与者一样，躲过一劫，认罪认罚，也就再没有人提起，她自己，心里却时有不安：“就真这么过去啦？”

后来，她考上军医大学，毕业后在北京的军队医院工作，我到京师大学读书时，她来找过我，周总理去世、毛主席去世，她觉得心里更没底了。

“宁宁，听说，你参加总理追悼会啦？人数很少啊，你怎么能参加？”

“我们学校四个名额，我一听到消息，就找工宣队，他们让我做了学生代表。”

“看见遗体啦？苍老了吧？总理这么一走，这局势……唉，这以后，可怎么办啊？”

“总理还是相貌堂堂，只是显得憔悴啦，神韵还在吧，都是劳累的啊。”

我们都见过总理，很多次呢，那时外宾来，在长安街夹道欢迎，一般都是总理陪同，敞篷车一过，就能见到，犹如深潭的睿目，是永远忘不了的。

再有，就是从小听说啦，平伯伯做地下工作，与任何人没有联系，由总理单线直接领导，平伯伯去世的追悼会，总理做了特殊安排，很是重视。

其实，毛主席的追悼会，我是更想参加的，小时候，天安门游行，就没有看清楚过，到了敕勒川，一个愿望就是，自己干出成绩，让毛主席亲自来接见。

我们没有干出那样的成绩，毛主席又年迈了，那个愿望，就一直没有实现，到老人家过世，想去与遗体见个面，也没有真的看到。

由于我参加了总理的追悼会，毛主席的追悼会，尽管规模要大得多，我就轮不上了，不能总是让我做学生代表啊，便很是郁闷。

“宁宁，主席的追悼会，你又去了吧？老人家怎么样？我怎么想起来，就紧张得不行？”

“我没去，机会不能都给我呀，不过，老人家走了，以后会怎样，还真是……”

小驹担心，会不会出现清算？与天斗、与地斗、与人斗，年幼盲从，如果真有清算，自己怎么办呢？认罪认罚？怎么认？怎么罚？

上面的政策，定性为全局性、长时间严重错误，而对人的处理，另有说法，“宜粗不宜细”，远离了敕勒川，云贵小的事情，北京再难听到。

而北京中学里的事情，时不时就被校友提起，校长的生辰、忌日的周年、运动的秩年，还有人做起了专业的史学研究，育实中学成了重点专题。

20 世纪 80 年代，有一天，小驹来找我。

还没坐定，她就拿出一沓粗糙的草纸，泛黄的颜色，格格楞楞，并不舒展，着眼看时，都是《证明》——《解决××遗留问题××领款证明》。

蜡纸刻板，油印那种，画着表格，领款人姓名、领款时间、领款原因，写着或亡或伤，然后有大队盖章，蒙汉文都有那种“圆坨坨”，还有领款人签章。

其中，有死亡领款，一次性，几十到百十来元，有伤残领款，从二三十元，到四五十元，看不出来，是一次性，还是持续性的。

时间，都是 1978 年、1979 年，那时，我已经大学毕业，记得月工资是49元5角，虽然不觉得少，也没有多的感觉，算算那赔偿，难说多啊少的。

“小驹，你哪儿弄来的？弄这些个干什么？”

“你不知道？我现在什么都看不进去，就爱看小人书……”

“看小人书？退化啦？往回长呢？越长越抽抽？”

“真想往回长，躲开那些烦心事儿，嗨，我路过中国书店，想找旧小人书，嘿，真邪了门了，就看见那么一沓子证明，裹在古书古籍里，好嘛，翻了翻，直戳我心窝子……”

“谁啊？谁把这些东西，弄到北京来啦？什么意思？噢，你是——看见这些，就又翻腾敕勒川的事儿啊？妮妮不是说给过你吗？看，看这些个证明，跟她说的一样啊，抚恤、赔偿，也没有要血命血偿啊，你，还平复不了？”

“我，我，我是说我自己，是不是还得做点儿什么？看人家，尽管就是几十块钱，也总算是个认赔……”

“噢，我明白了，嗯——这么着吧，我给你出个主意，这儿离雍和宫不远，那是蒙藏佛教寺院，蒙地人诵经礼佛去的最多的地方，刚刚恢复开放……”

“好，好吧！我去认赔啦，赎个罪！”

我陪着她去，路上我就问起她，关于育实的事情——

第五十八章

拜弥勒小驹悔泪搅拌着苦泪

我陪小驹走进雍和宫，天王殿拜弥勒，万福阁再拜另一尊弥勒，她懊悔又委屈，京城中学当时的一些真相就清楚了，真是悔泪搅拌着苦泪，到了我家，家父相劝，让她放下仇怨。

“小驹啊，这敕勒川的事情，就这么着啦，人家胡地，有胡理，你们这育实的事情，我可常听人吵吵，怎么个了断啊？”

“嗨，成了我们永远的痛啦，还有人怀疑我，说校长（被打）的事情我也在其中，是，我是在其中，可是，当时，我都没‘捞到’动手，校长就不行啦……”

“那，那动了手的，真正伤了校长的，谁啊？”

“哎呀呀，你说，那时候，咱们才几岁？就是初中娃娃，疯了似的，蜂拥而上，人家高中姐姐，劝都劝不住……”

“哦，我明白了，你的意思是，有两种可能，一真有让校长致命的某某某，二也可能是群体而为，那就法难责众啦？”

“哎呀呀，怎么说呢，如果真有某某某，也还是乱人乱拳啊，能都归罪她自己？如果是众犯，让谁认罪认罚？你还别说，妮妮讲的，赔命价，还是个好法子？是一种众责嘛，就不一对一啦，也好认、好赔些吧？”

那之后，我们都去过国外，业务交流之外，和同龄人再议论起育实的事情，就更加清楚啦。

在欧美，也常听说，外国人称我们“蓝蚂蚁”，着装都是蓝色的确良嘛。

后来，就称“红卫兵”啦，国防绿配着红袖章，也被叫作“毛主席的孩子们”，向他们展示了一片乐土，欧美青年的躁动、骚乱，与之有交互？有影响？

而癫狂也好，反叛也罢，时过境迁，欧美青年中，凡是触犯刑律的，一律罪不可免，我认识的塔德（Tade）教授、塞奥（Theo）教授，都是同龄人，谈过这些事情。

塔德庆幸，自己没伤人毁物，否则，坐牢不说，污点在身，不可能做教授，塞奥也挺激进，成为教授后，信念不改，可从不涉险，不触犯刑律。

我们呢，与他们有不同，他们是自发、自觉，要革命，要造反，我们是被率领、被指引，“革命无罪”，“造反有理”。

当然，上面对那个特殊时代有历史问题决议，全国、地方，也有公诉、公审，如果不执拗，赔血赔命，而赔血价、赔命价，可能就更好些。

对伤人者、被伤者、互伤者，多少年来，似无休止的恩怨，或许有更好的厘清，或许有更好的解脱，抚平那全局性、长时间过失，带给人们的伤痛。

连童谣都唱，明日复明日，明日何其多，拖延下去事有蹉跎，时光逝去了，就难能再回来，如果一定要回眸反思，那就是仇怨应了，忏悔得救赎。

小驹和我，走进雍和宫。

“宁宁，这个地界，好清静啊!”

“清净吗？好啊，心静而清，心清而宁。这里是庭院式的，你看吧，除了中路殿宇，太和斋、如意室、五福堂、松柏室、醉月轩、海棠院、后佛楼……”

“这么一比，我住那大院，就……”

“有人说，你们大院相当于里坊，大门高墙，历史上，里坊一旦开门通墙，就有了胡同，胡同里的庭院，四合院，就与街市连通啦，要畅快得多吧？”

“嗯……”

“还有呢，更乐呵——”

我带她进了天王殿，去看弥勒佛，这是毛主席也看过的，我就撩起衣服，手摸自己的肚脐，对着布袋和尚，呵呵呵笑。

小驹看着我，一脸不解？“这是干吗呢？”马上就明白了，也把手放在肚脐的位置，然后，念叨起来：“大肚能容，容天下难容之事!”

她走到面对佛尊的地方，规规矩矩，连着鞠躬，之后，却见她伸出双手的手指，都含到嘴里，指按着舌，舌抵着指，周身都在抖动。

她默默念叨着什么，过了一阵，她把自己的钱包拿出来，把里面所有的钱，整钱、零钱，一股脑儿，都安放在供桌上。

我看到她，神情已难自控，面肌抽搐，紫唇大张，热泪涌出，像断线串珠，噗哒噗哒噗哒，湿透了前襟，双手捂面，强忍悲声。

我走到她身边，把她带到殿外，她悲声大作，倚在我的肩头，号啕不止……有那么好一阵子，她平复下来，我就轻声问她——

“大肚能容，容天容地，与你何所不容?你想想看，岱村的老乡，敕勒川的老乡，是不是面若弥勒?我和朵儿议论过好多次，云主席、德旺书记、扎那…… 是不是啊?”

“嗯，嗯，想想，还真是啊!好多人，都是圆圆脸，呵呵笑…… 哦!连云贵小书记，也是面若弥勒啊，哇——哇——哇!我，我，我对不住他们!对不住云贵小书记!我真的好懊悔啊!”

“好啦，好啦，懊悔就好!虽为原罪，却可救赎，这不就救赎啦，大肚佛有言么——‘与你何所不容’?”

“嗯，嗯，希望菩萨容我……宁宁，我以后，还要再来，再来忏悔……”

我带她离开天王殿，去找另外一尊弥勒佛，听说在万福阁，我一直没有去看过呢，这尊弥勒佛尊，与其他弥勒佛尊，有太多不同。

这佛尊，不可平视，只能仰瞻，据说，由一颗硕大完整白檀木，雕塑而成，通高 26 米，地上 18 米，地下 8 米，头顶阁楼藻井，脚踏深连地底的须弥宝座。

被称“扶天盖地”，融有乾隆皇帝的虔诚，寓意治国安邦，祈愿弥勒继释迦牟尼佛后，在来生来世，更好普度众生。

小驹和我，仰面观瞧，以往弥勒佛尊，大慈大悲，笑容憨态，这里的佛尊，平添了一份威严，我就觉得，身边的小驹，又有响动，抽搭抹泪呢。

“又怎么啦？当年的假小子，飒爽英姿，今天怎么啦，还止不住啦？泪水涟涟的？”

“什么假小子?! 你不知道，这是苦泪，我委屈，你懂吗？宁宁，咱们走吧，我——”

她不愿意我说她假小子，拍打着我的肩背，说她委屈，还落不着同情，拽着我，就匆匆离开了。

我们就往我家走，路上，她就说起“打砸抢”时，她来过这里，是东城红卫兵邀请，她作为西城红卫兵代表，来这里声援。

当时，红卫兵强行进入大殿，真有人来砸这弥勒佛尊，拎着斧子，就爬上去啦，一斧子下去，砍在自己腿上，瘸着拐着，就离开了。

又有人再上，一斧砍空，闪了下来，摔得不轻，还以为毙过气了，还有再想上的，还没迈步呢，就都腿脚乱颤……

僧人们，不知怎么就与周总理联系上了，总理派来人，劝退了红卫兵，这里就得到保护，据说是保存最好的寺院。

打砸抢，不打不砸不抢，反倒没人信，小驹回到西城，说雍和宫贴了封条，被保护起来了，谁信啊？还有了传言，小驹害命啦，有人毙气啦……

我就想起插队前，清怡与朵儿在我们校园里，让我听到的对话，怀疑小驹有祸事，到敕勒川，可能是要躲祸，看来她是吃了“瓜落儿”，其中有委屈，苦水只能咽到自己肚里。

那天，我父亲在家独酌呢，二锅头，就着花生米、豆腐干，边看边写的，小驹见到我父亲，还在絮叨这份委屈。

父亲一向待客有礼，包括孩子的任何同学，他耐心听着，不断说着安慰的话，然后，找出一张白道林纸，用笔体很粗的钢笔，写下了两行字——

弥勒肚中无仇怨
有知长想人情暖

还落了款，“赵小驹同学惠存”。好一阵子，小驹平复了情绪，她好像理解了什么，不断称谢，柔声婉音，没有了“假小子”的模样，让我有些意外。

她感慨道，她的父亲，人家宁宁的父亲，都是父亲，怎么这么不同？意思是很少从自己父亲那里得到这样的关爱。

我父亲就哈哈大笑起来，说起自己的一个侄女，我一个叔叔和婶婶的女儿，也就是我的一个叔伯姐姐。

叔叔婶婶那时在第一野战军，战斗频繁，我这姐姐就出生在西北土窑里，队伍带着走，孩子就丢失过好几回，战斗打响，孩子没人管，就丢了，战斗之后，再去找回来。

后来叔叔婶婶又赴朝参战，姐姐被放到韶关，粤北南岭山脉上，跟着姥姥生活，一放就好几年。

与这个姐姐差不多同龄，我的哥哥，出生在上海外滩，我们父母做隐蔽工作，历经血雨腥风，而哥哥却和父母亲住在商区楼房里，楼上楼下，电灯电话。

父慈母爱，每天都能感受到，哥哥也走失过，那是跟上了小吃零担，因为贪馋，又自己找回了家。

当然，那时有白色恐怖，譬如，母亲带着哥哥乘飞机，那是一种掩护，皮箱里是贵金属——秘密经费，若被发现，性命堪忧，而年幼的哥哥懵懂无知。

也就是说，姐姐有父母，却不能陪伴，哥哥也有父母，却还有家。小驹跟那位姐姐一样，战争年代军人的孩子，没有父母相伴，这种例子太多了。

小驹与我父亲，还在说道“父爱”——

“伯父啊，我就像那位姐姐，宁宁就像他的哥哥，真是不同啊！”

“一个刚毅些，一个柔韧些，各有长短吧，人格嘛、个性嘛，随着长大，都会改善的，哦，伯父还没有说完呢，‘为人父，止于慈’，这是古人就懂得的。‘父之爱子，则为之计深远’，哪有父亲不爱孩子的?”

“伯父的意思是，凡是父亲，都慈爱，爱得还深远，由于父辈们生活的环境不一样，对孩子的人格养成，就有不同?”

“是啊，这些不同，多是社会环境不同，今后就不会啦，有句老话，‘艰难困苦，玉汝于成’，玉能成器，是磨砺而成噢，各种苦、各种难，就是磨砺，不过之后需要修复啊，调理、调适、调整，就会真正成器啦。你们也该知道，还有一句老话么，‘周虽旧邦，其命维新’，我们国家古老，却是不断求新的，不是吗？中央有决议啦，不能再乱来啦，要搞经济，要搞发展，你们以后，自然会得到更多爱怜。”

“如果社会不再无序了，连我们的人格、个性都会好起来？——那，我就信伯父啦!”

第五十九章

敕勒川的患难之交延续到京城

家父达观，也待人宽厚，与我的哥们儿，以至女同学，都熟悉，还与小辫来往上了。实际上，我们插友，敕勒川的患难之交，回到京城后感情更加深厚。

父亲一向达观，特别在子女面前，任何时候，都是乐天派，晚年作诗、对诗，没见一首是颓唐的，不是掩恶，都是扬善。

而我慢慢地知道了，越是达观，越是涉危使然、历险使然，父亲的历史好长时间没有结论，运动过后，父亲提出审查。

与他关系特殊的平伯伯不在了，其中的繁难可想而知，所幸平伯母还健康，不过，已是朝杖之年，80多岁啦，平伯母给父亲出具证明，历经四十年，父亲的历史问题才有了正评。

那时，热议改革开放，提出消除体制性障碍，平伯母找到父亲，让他找韩叔叔、沈伯伯，一起回忆国民党经管核心层的经验教训，欲上书进言。

后来，我看过这些材料，还问父亲，怎么就是些“硬”数据，没有“软”分析，父亲笑了笑，没有回答，还是小时候的印象，凡是遇到这种事情，父亲就寡言少语。

再后来，平伯伯的一些朋友，在公开的回忆中，说伯伯在建立新中国后，自己也披露过一些他们隐蔽工作的过往，虽然只是“细微末节”。

父亲50年代的自传中，有一些“细微末节”，我是看到过的，我就动员父亲，“再多写写呀，让我们这些孩子们，也知道知道呀”。父亲照旧，笔墨未动。

至于他和母亲，平伯伯早有话，“你们是党的人”，却一直“在党未入”，可以想见其中的纠结，心理重荷，而二老一生，视若如常，从未与儿女抱怨。

我们四个子女都入了党，父母当然高兴了，尤其是母亲，就怕我们走错路，他们除了慰藉，反躬自身，一定五味杂陈。

我能够有一些理解，还和这些年的经历有关，红卫兵上街的时候，我与和平、山岳、令狐，专心阳校长专案调查，才见识了毛主席说的，“党内有派”。

阳校长是老区来的，而京城领导的班底，是白区城工部的，相互之间，除了“正常”的教育路线之争，在运动中，竟衍生为人身伤害。

我们那时小，见到阳校长，像见到自己的妈妈，感受的是满满的慈爱，专案做下来，才知道，校长肝已纤维化，由于所谓“错误”，铸造厂惩罚性劳动，毁坏了身体。

当时，把干部分四类，第一类是好的，第二类是比较好的，第三类是有严重错误的，第四类是敌我矛盾的，我们贴大字报，说校长是“二类”。

其实，我们想定性“一类”，也是被“革命形势”给震乎住了，违心定为“二类”，就这，谁信？谁听？我们还被批为“软弱”“右倾”。

很多年后，我想凭吊阳校长，我的校友、插友仁智，帮我问清楚了，老人家在八宝山安放室里的位置，人家却要家属授权，学生见校长要被授权？面室而不得入，心情沉重，纠结犹存。

小驹与父亲话甚投机，我就跟她低声私语，与父辈的瓜葛，用不着看得太重，自己的人格养成更重要，巴师长早说过，“离开爹娘，才会生活”……

她若有所思，点头称是，又眨眨眼睛，悄声问道：“哎，你说，毛主席现在若还在，怎么看？我在敕勒川也问过，不能只是‘弯弓射雕’吧？”

我也被问住了，类似的问题，纠缠了我们好长时间，直到进入新世纪，我们一起去见毛主席的侍读芦教授，才算有了诚服的理解，这是后话了。

“司马大爷，您在家呢？给您送宝贝来啦！”

“哎呀，小辫同学啊，你来啦？给你添大麻烦啦！”

“哎，不是跟您说了吗，我们都是插友，这谁跟谁呀！得嘞，都让让，咱们给请进去！”

我们正说着话，单小辫来了，我父亲起身接待，原来是因为修桌子。

1949年11月，平伯伯把父亲从上海调到北京。安家时，要买家具，父亲就到街上转悠，国民党撤退时，大量的家具拍卖给信托商行，父亲用极廉的价格，买了全套硬木家具。

运动中，这些家具就留不住了，母亲百般护佑，只留下了一张楠木八仙桌，两只樟木躺箱，木似有灵，那八仙桌就慢慢开裂了，榫卯摇动起来。

那是中西合璧的式样，该是清末民初的设计，传统八仙桌的架构，欧式的边沿纹饰，牙板、攒框上雕着花草，面心板镶彩色板石。

我回京念书后，小辫来看过我，跟我说，他们兄妹都慢慢好起来了，小小还是行医，和村里人结了婚，好几个娃娃了。

丫丫嫁给了回乡知青，在镇上开起了饭馆，用奎素泉的水，做莜面、炸糕、烧麦、焙子，都好过其他店家，红火着呢。

后来，回乡知青们，韩青山为首的一拨，还相互联络，要把饭馆开到北京，让敕勒川知青再尝美食，到了 90 年代，梦想成真，丫丫也回了京城。

小辫不再修车，学了木工，他父亲的哥们儿都是木匠，一直惦记着小辫，把没了父亲的回城知青招收为徒，抢救古建时，小辫进了修缮修复所。

一次，小辫又来，我不在家，他就和我父亲拉话，看到八仙桌，就说得修啦，还大包大揽，说自己的师傅，都身怀绝技，修个桌子，小小不言。

这不，还真就修好啦，找了 130 轻汽，给送回来啦，父亲高兴，索问价钱，小辫挥挥手："司马伯伯，没个价！"父亲就有些蒙，看着我，问怎么办？

我也挥挥手，示意父亲："您就别管啦，我来和小辫结账。"

结什么账？讲交情，还要算账？

在小辫看来，在敕勒川，那是患难之交，要真是给钱，那就是打脸，我就对他拱拱手，就算完结。

“小辫，听说你忙着呢？现在干吗呢？”

“大司马，我们现在有重要任务，摸底勘查古代建筑，现在的活儿，在历代帝王庙呢……”

“历代帝王庙？嗯——就我们舜天中学西边？那个庙？那不是让一个中学给占了吗？”

“什么呀，他们得走人，要报批国家级重点文物保护呢，哎，要是有空，来看看？有意思！”

“有意思？有什么意思？”

“‘有庙没有佛’啊！不祭祀佛，祭祀的是人，都是帝王——不过，你们呀，先别来了，专家刚看完——”

他从兜里，掏出张纸，揉搓得够呛，给舒展开，让我们看，《专家鉴定》复印件，“柱糟檩朽、檐垂瓦落、构架歪闪，几近倾圮，处境危险”。

小辫的意思是，这地方值得一看，与敕勒川有牵扯，不过，等着修好了吧，不然，也没个看头。好嘛，就这么一等，等了十多年。

第六十章

镌刻在生命里的敕勒川情结

聚会吃饭，彼此说着彼此，别后的经历和成长，当年的疑惑和不解，不管说这，还是说那，都离不开敕勒川，这是镌刻在生命里的敕勒川情结。

真是好事连连，2004 年是个多喜之年，我们岱村知青，除了去了缅甸、美国、加拿大、非洲的，再一次聚齐聚餐，还带着家小，连妮妮都来啦。

这是个双春年，农历两个立春，我们相聚，是小辫邀请，参观修葺一新的历代帝王庙。还为一喜，祝贺妮妮的侄子，得了国家科技进步一等奖。

妮妮的侄子，汉名苑顺生，蒙名讷日贵，灾年孤儿，来到蒙地东部盟，妮妮离开岱村时，情有不愿，她去东部盟，就让顺生来岱村，一种“交换”。

她和北京知青关系好嘛，恋恋不舍，自己不得不离开了，让顺生到这里，要和北京知青在一起，特别是让山岳老师教他，她自己也能有些宽解。

南人到了北地，不知是人杰，还是地灵，顺生就学业优秀，高考后，去了武汉，又到北京，从本科生到硕士、博士、教授，专攻地质勘探。

其间，得到岱村知青，特别是蛟龙悉心帮助，蛟龙离开岱村最晚，其间与顺生联系更多，蛟龙读研后，做了农业部长秘书，依然与顺生来往很多。

顺生请教学习，蛟龙也关心他生活，有什么信息，得到什么好吃食，蛟龙都想着顺生，我们其他人与顺生的联系，蛟龙一直是枢纽。

顺生的足迹，遍及北疆、南域、大西南，发现了最大规模海相整装高含硫气田，属特大气藏，为缓解国家油气不足，贡献不小。

后来继续征战，在冀省腹地，发现了地热，规模巨大，清洁能源。由此，这古老的燕赵之地，结束了几千年烧煤、烧炭的历史。

“为者常成，行者常至。”

顺生说，这是从北京知青那里习得的，其实，他自被蒙地搭救，便顺风顺水，敕勒川更是成就了“顺生”。

他成为有名的科技专家，在2017年，被命名为一颗小行星的名字，那是紫金山天文台、国际小行星中心一起宣布的。

村子里的人再仰望银河，常常会看到，一颗小行星从旁划过，大伙儿会骄傲地说：“那是俺们岱村人名字命名的！”

聚会时，大家夸他，他就赞起令狐时间叔叔，国内其他行业的设计软件，几乎都是发达国家主导，什么时候能够自主设计，还真需要时日。

而建筑设计，自从令狐叔叔开发了新软件，原来只能设计20层以下的楼房，就可以自主设计更高的楼了，并且在全国遍地开花。

“您算得上‘行业乔布斯’呢！”

“哪里哪里，还是顺生更厉害！都成为天上的一颗星星啦！”

令狐谦逊地笑着，强调“还是顺生更厉害”。不过，说起敕勒川，令狐一直感叹，那里给了他情感和智慧的丰厚滋养。

设计想象，软件的结构、接口、过程，与人打交道，特别是对人的管理，敕勒川的生活，常常有启发，有激励，胸有自信，心有机巧。

“那段岁月，虽然非常，你们的青春，那种活力，可是摧折不掉的，我也是知青，在内蒙古东部盟插过队，也是几年后回到京城读书，而看看令狐，再看看顺生，我真羡慕你们——京城与敕勒，有这样的两代人，这青春不但是成长，还有延续呢，是不是还有超越啊?!”

我夫人也和令狐、顺生聊起来，顺生就感谢起这位婶婶，说去南方读大学时，路过北京，看到我俩当时还在忙着备考、读研，身边一摞一摞的书籍，很受触动。

大家询问岱村现状，妮妮就介绍，土地承包已多年，太昊集团来投资，发展畜养，多数后生们外出读书、打工、从商，已是今非昔比。

我和妮妮挨着，知道她发达了，回到了敕勒川，想在那里办学，还想参股乳业公司，她虽年过五十，还是那么精神，只是微微胖了些。

她感谢北京知青，激励了她的侄子，让她当时的“交换”有了好的结果，而且，说到她自己，也看到了学习榜样，有了上进心。

又说，祖上老辈人常常说，大汗有教诲，娃娃总要长大，少年不会不老，离开父母，才能成长，思谋思谋，这都对着呢。

提起去东部盟的事儿，她悄悄向我解释说，她父亲也看重我，只是那里讲究“木头中间进锯，俩人中间进人”，这是敕勒川的乡俗。

青年男女，要想成婚，就是双方再自愿，也得有中间人，也试探过，谁做中间人？你们知青，金贵着呢，公社、旗里，早看上你了。

后来，听说北京又来人啦，点着名要招回去，好像你还不想走，就抓紧让你入了党，还给你承诺，学成之后，回来进旗委，当公社书记。

其实，敕勒川的干部已经看明白，不该留你在这里，也可能，还是怕你水土不服，也可能不想把你耽误在这里——

“司马哥哥，你说，谁敢做这个中间人？”

“妮妮啊，别说啦，我，知道啦，谢谢你！谢谢敕勒川乡亲！”

“要谢，德旺、俺爹、扎那，还有公社、旗里的领导，都该谢啊！嘻嘻嘻！”

“都该谢！都该谢！嗨，几次回村里，不少人家，几十年过去啦，还挂着我们知青的照片片，见了老乡，你还能记得他的名字，人家就直接叫出你的名字啦，顺生有一年，把我们在村里的照片片，印在树脂版上，‘送给各位叔叔’，说要一起记住在岱村的那些年，就像恋情，那是镌刻在生命里的敕勒川情结。噢，对了，一直有个事情，你给说说清楚？你离开岱村前，老跟我说，‘敕勒的蚊虫不咬人’，什么意思啊？”

“司马哥哥，这么多年，没想清楚？我们生在那里，长在那里，蚊虫从来不咬嘛，怎么就你老觉得咬呢？”

“是咬啊，白花花的蚊子呀，哈素海飞来的吧，成群成队飞起来，像是小飞机要轰炸么，咬得一串串、一片片、红红的包啊！”

“看看，看看，司马哥哥，没有说错吧，不是我们欺生，是你水土不服，你再咋也是水土不服！嘻嘻嘻！”

“哦，明白啦！服啦！你说学我们？其实，我们学你们啊！”

第六十一章

终于了悟敕勒川的历史之谜

餐后，参观历代帝王庙，我就想起，参观过敕勒川民俗馆，与芦教授讨论过毛主席的相关见解，让我了悟敕勒川的历史之谜，虽是帝王之乡、征战之地，更是平静原野。

餐后，大家参观历代帝王庙，小辫成了讲解员。这里建于明，盛于清，自三皇五帝，历代帝王，供奉于此，同堂共祀。

“建庙时，明刚刚打败元，就把忽必烈也供奉在这儿啦，到了嘉靖皇帝，和咱们敕勒王，阿拉坦汗，因为要不要开放朝贡贸易，打起来啦，就又撤了供位，后来，还是开放了朝贡贸易，敕勒川与帝都，和平相处，很多很多年，到了清帝，又把忽必烈请进来了，还把成吉思汗，也请进来啦。”

小驹就说：“小辫说得对，在敕勒川时，巴师长也讲过，还不敢声张呢。”我就与妮妮说，你家原来也私挂成吉思汗王绣像，她就咯咯咯笑起来。

我曾到岱村东厢的后红岱村探访，那里建了一座敕勒川民俗馆，有一个主题就是展现，这片土地，乃帝王之乡、征战之地，更是平静原野。

自古，这里就有了人类活动，北魏、北周、隋、唐，有十几位皇帝，隶籍此地，其身世、生辰与这里有渊源。

从地域说，东面来的游牧民族，视这里为苑囿，凭此可以入汾河、黄河，自南而至的汉族，为了防止袭扰，便要死守阴山峪口，往往就起战事。

云主席曾经请著名史学家，来蒙地考察，走到大青山南麓，他们有一番议论，说这里帝王归帝王、征战归征战，倒有了不同民族间的交流。

不同的民族，文化、习俗甚至语言，战起反交集，息战更融合，两汉与匈奴、北魏与柔然、隋唐与突厥、明与鞑靼、清与准噶尔……悲剧与喜剧相衔。

几位老先生就感叹："这里蕴藏着一个历史的秘密……"

> “这里，尽管经常是一个风浪最大的地方，而细看，阴山像一座青铜屏风，从高处拖下来的深绿色的山坡，安闲地躺在黄河岸上，沐着阳光，这是多么平静的一个原野。”

这个谜，这个秘密，是什么呢？我理解，千战万战，总有始终，息兵之后，便该留下些什么，留下屏绿、河黄、艳阳，留下原野的安闲与平静，盛世的安然与富足。

看了北京的历代帝王庙之后，我就联想起敕勒川的历史之谜，在这里该有重现？或者说，还该更清晰，也该更深厚？

后来，我知道，历代帝王庙是唯一的、延续中华治统、道统的庙宇，祭祀不论成败，所宗中华统绪，不绝如线，公是公非，自有公论。

历代帝王，若南若北，彰彰如、昭昭如，孰可以为法？孰可以为戒？孰不憬然而思？惕然而惧？进入这庙宇，就可寻可循。

各个朝代的帝王聚于一室，不独为效法，更为从朝代的兴衰更替中，汲取教训，去弊扬善，也就是说，治统可新，道统惟继。

聚餐敬酒，妮妮和顺生，还是敕勒川“三敬”，“敬天、敬地、敬祖先”，对着呢！对自己的祖先，不溢美、不隐恶，才能代代相传，继往开来。

小驹凑近我，又问：“‘弯弓射雕’，对不对呀？怎么看呀？”

多年的追问，我们也知道了一些，曾经生活的敕勒川，身后的蒙元，绝非武夫逞世，世界历史，国际版图，没有人敢小觑。

地北逾阴山，西极流沙，东尽辽左，南越海表……东南所至不下汉、唐，而西北则过之，一统天下，混一宇内。

这是公认的，实史、信史，毛主席会怎么看？

后来，我认识了毛主席的侍讲芦教授，一起议论过这些问题，芦教授的先生刘教授，是有名的近代史专家，其中对工人史料，更有研究。

我与刘教授是同行，他又是师尊，我常常去拜访他，遇上芦教授时，也会聊一聊，有时候，她会给我讲起伴毛主席读书的往事。

一次，小驹和我一起去拜访芦教授，她一见芦教授，就吃惊似的跟我嘀咕："喔！端庄大气，气韵儒雅，容颜秀美。"

她就请教芦教授，怎么认识"弯弓射雕"，芦教授知道我们在敕勒川插过队，就侃侃而谈起来——

"和主席读《晋书》《南史》《北史》的时候，主席说过，我们的国家，是世界各国中统一历史最长的大国，中间也有过几次分裂，但总是短暂的，这说明各族人民热爱团结，维护统一。

"和主席说到魏晋南北朝，主席不认为是'文衰''道溺'，他说，魏晋南北朝，社会大动乱，大分裂，这不好，但当时的另一个方面是，南方的广大沃土，全面地得到了开发，生产技术普遍提高了，这是经济上的发展，又有许多少数民族，纷纷迁入中原后，战乱频仍，南北对峙，这不好，但民族大融合，大家庭在新的组合中稳定了，文化也交流了，丰富了。

“还提到过，当年的延安，成立了‘蒙古文化促进会’，建立了‘成吉思汗纪念堂’和‘蒙古文化陈列馆’，敬立成吉思汗半身塑像，由毛主席题写了‘成吉思汗纪念堂’七个大字。”

芦教授还说，她和主席一起，读过《枯树赋》——

昔年种柳，依依汉南。
今看摇落，凄怆江潭。
树犹如此，人何以堪！
…………

“他晚年的心情是什么？”“他是一个英雄末路，他是一个非常悲怆的，也是悲壮的晚年，我们对毛主席，有一些是不了解，有一些是有误解。”

我们离开芦教授，我观察小驹，少有的平和，她说了一句：“对就接着做，错就给改过，等谁了断？先自己了断！”

在这之后，小驹再也没有问起“弯弓射雕”这样的问题。

第六十二章

留在心中的青春之歌

我看到朵儿的遗言，才知道彼此血缘相连，她志走天涯，却命归黄泉，像花朵凋零，却绽放得愈加灿烂，我禁不住为她唱起《让我们荡起双桨》《敕勒歌》，留在我们心中的青春之歌。

那次，聚会，大伙儿还问起朵儿、清怡。转过年来，2005年，我接到亨利来电，却得知朵儿的噩耗，我含悲奔丧，小驹、妮妮也让带上问候。

离开非洲，飞机刚一起飞，我就拆开朵儿的信，里面有一张敕勒川旧照，还有一封长长的英文遗言，弥留之际，她回想起好多亲人、朋友，做了口述记录。

其中，写给我的遗言，译成中文，是这样的——

小宁：

照理，我该叫你哥哥啦，可是，我不想。

原来，我们真是长得像，在平伯母那里学英文的时候，我就有疑惑了，我们可能有特殊的关系？

离开你以后，我到了曼谷，妈妈问长问短，都要喋喋不休啦，我说到你的时候，妈妈怔住了，非常果决地说："没错，那是你的表哥。"

我说我们都有蒙元丝绢，妈妈就泪水沾衣，不让我再说下去，后来爸爸告诉我，蒙元丝绢，是你的母亲，噢，该叫姨母啦，与我的母亲，唯一的牵念，还是我父母亲离开敕勒川时带上的，爸爸去台湾之前，他们与姨夫姨母见面，留作纪念的，这次会面，是他们之间最后一次，此后就再没有相见。

由于他们的国民党背景，姨夫姨母，跟随平伯伯，有共产党背景，避讳陷于两党是非，可能还有对政争太多的感触，她们两姐妹之间，就素无来往，好像姨母对我母亲说过，除了共产党，不会与任何党派发生关系，以至于你、我，我们这些孩子们，对这种亲缘关系，就一直一无所知。

我不知道，自己想得对不对？你的母亲与我的母亲，她们姐妹俩，是亲情难舍的，我有《广寒宫图》丝绢，你也有，你那帧该是我母亲送给姨母的，而且，姨母收下了，还又让你带到敕勒川。你还常说，姨母告诉你，敕勒川虽为边地，却是宽乡，一定是我的母亲说给姨母的，而且，姨母是相信的，才又让你也来到敕勒川，我说的都对吧？

大陆改革开放后，我曾经问爸爸妈妈，要不要联系姨夫姨母，他们说等等吧，一年一年，他们那么快就老了，相继在90年代去世，去世前，他们从朋友那里已经知道，姨夫姨母，都已经先他们，离开了人间。

我本来，早就想告诉你这些家族往事，可是我拿不准，怕伤害了我们之间的感情，自古有训，“是亲不是亲，非亲却是亲”，在敕勒川，与你们舜天的孩子在一起，给了我很多很多慰藉，我尤其愿意和你待在一起，有一种非亲似亲的温暖，可能是那里布袋弥勒的民风，让我们也沾染了脱去凡俗的情感。

想想那时的耕牧生活，亨利同我说过，人为万灵之首，可是，看看马儿，看看羊儿，离开母体就撩蹄儿，活蹦乱跳，咱们呢，相比较，都是“早产儿”，教化、自省、自悟，磕磕绊绊，才能慢慢长大，他还老叫我“毛主席的孩子们”，是，没错，我们是那个时代的产儿，京城游子，敕勒少年，年华几多，青春几何——毕竟，咱们也还是长大了。

现世，我们没能认亲，这多多少少让人伤感。不过，这里是人类发祥的地方，一片神奇的大地，我习惯了这里的生活，农场的营生，好多都是按照“命养”，天种、王教、人居。“呜——呜——呜”，“咣——咣——咣”，“咯噔——咯噔——咯噔”，我常常梦到，自己一直坐在绿皮火车上，待离去时才更贪恋地凭窗回望，越是远离，那阴山岫谷，才越是绵长，亦远愈近，那敕勒草低，才越是辽阔，亦幻愈真。而在这里，我常常仰望星汉，有时候看到银河，就记起妮妮说过，曼赞古日木女神，那乳液般的星路上，有星星划过，我就觉得，你们也在看吧，我们看到的是同一片天空。我又跨上了马背，挥起了长长的套马杆，这里通向广袤无垠的地界天边，我想，你会来的，你会来看我，等你来的时候，我们在这里认亲？那时，我一定叫你哥哥，一起回眸我们的青春，一起重温我们的年华——

朵儿

捧着这封信，我热泪长流，心痛难休，朵儿正值盛年，她跑向地界天边，却在异乡离世而去，她怎么就这样走了呢?!

我知道，她骑乘罹难，在那片黑土地上，也是一种福气，命归田土，才能魂入天堂。

朵儿啊，朵儿！我知道，你也说过，如果人有一死，宁愿就这么爽快地归去，其实，你真的是一朵如锦的花朵，怎么能这么凋零啊？

我不相信，这样的花朵会凋零！不是吗？就是叶脱花落，依然灿烂绽放，给人光艳，让人亮眼，驻人心田，难忘红颜！

朦胧中见到朵儿，翩翩而至，口含敕勒川口簧，熟悉的音律，飘荡起来——

让我们荡起双桨

…………

敕勒川，阴山下

…………

这靓声靓影，让我激情澎湃，泪如泉涌，要知道，朵儿不光是发小、插友，还是我的妹妹呀！

我要给朵儿唱一首歌，不是《让我们荡起双桨》，也不是《敕勒歌》，我要唱的，却是一首新的青春之歌，唱她的“萌”，歌她的“燃”——

那年离京赴边关
游子还是青涩少年
敕勒风吹啊吹
才懂得了什么是爱恋
爱这里
苍苍的山岫
爱这里
茫茫的野川
爱这里
身边的乡亲
爱这里
心上的伙伴

岁月风寒
星斗移换
游子不再是少年
一诚尚勇走天涯

千虑殚精归黄泉
花有叶落噢
绽放愈灿烂
给人光艳
让人亮眼
驻人心田
难忘红颜

人言归来愈少年
游子梦回思乡关
别京城荡桨噢
走敕勒耕田
步步留脚印
心心都是念
曲曲长歌
声声眷恋
恋那里
染绿的山岫
恋那里
点彩的野川
恋那里
澄怀的乡亲
恋那里
蓄芳的伙伴

朵儿听到了！听到了我在唱，啊！我也听到了，她含起口簧，吹奏起苍凉壮阔的蒙古长调，伴着这乐音，我们回到了难以忘怀的敕勒川上……

天苍苍，野茫茫
风吹草低见牛羊
…………

2018 年初夏完稿于北京花园村

阅读时聆听腾格尔的《敕勒川》
感受内蒙古青春激情诗意年华